나사의 회전

세계문학의 숲 006

The Turn of the Screw

나사의 회전

헨리 **제임스** 지음
정상준 옮김

시공사

일러두기

1. 이 책은 헨리 제임스(Henry James)의 《나사의 회전(The Turn of the Screw)》을 우리 말로 옮긴 것이다. 《콜리어스 위클리(Collier's Weekly)》에 1898년 1월 27일부터 4월 2일까지 12회에 걸쳐 연재된 이 작품은, 〈커버링 엔드(Covering End)〉와 함께 《두 마술(The Two Magics)》(Heinemann 발행, 1898년)이라는 제목으로 처음 출판되었다. 《헨리 제임스 작품 전집(The Novels and Tales of Henry James)》 제12권 《애스펀 문서들, 나사의 회전, 거짓말쟁이, 두 얼굴(The Aspern Papers; The Turn of the Screw; The Liar; The Two Faces)》(Charles Scribner's Sons 발행, 1908년)에 다른 작품들과 함께 출간된 뉴욕판은 1898년 초판의 200여 군데를 수정했다.

2. 번역은 초판을 대본으로 삼았고, 뉴욕판을 참고했다. 옮긴이 주를 달고 해설을 쓰는 데에는 《The Turn of the Screw and Other Stories》(T. J. Lustig 편집, Oxford University Press 발행, 2008년), 《James's The Turn of the Screw: A Reader's Guide》(Leonard Orr 지음, Continuum 발행, 2009년), 《The Turn of the Screw: A Case Study in Contemporary Criticism》(Peter G. Beidler 편집, Bedford/St. Martin's 발행, 2010년) 등의 도움을 받았다.

3. 헨리 제임스가 직접 쓴 작가 서문은 뉴욕판 제12권의 서문에서 《나사의 회전》에 관한 부분만 발췌하여 번역한 것이다.

4. 본문의 주는 모두 옮긴이 주이다.

차례

작가 서문[*]

완벽히 독자적이고 무심한 이 짧은 소설에는, 비슷한 바탕을 갖춘 그 어떤 라이벌보다도, 그 자체에 제기될 수 있는 가장 예리한 질문에 대해 의식적으로 즉시 반박할 만한 것이 풍부히 갖춰져 있다. 이 소설은 난공불락의 여유로움이 있다고 말할 정도는 아니지만 작은 강점이 있기 때문이다. 그것은 이 소설이 완벽하게 동질적이라는, 다시 말해서 그 미덕의 마지막 티끌까지 모두 한 가지 종류로 되어 있다는 것이다. 우연히도 그 종류는 바로, 유의해야 할 단 한 가지 비평, 즉 진지한 비평에 시달릴 가능성이 낮다는 점이다. 이제 다시 저 높은 공상의 꽃을 보니, 그 꽃을 피우게 된 몇 가지 경험을 기억하게 된다.^{**}

---

[*]뉴욕판 《헨리 제임스 작품 전집》의 제12권 《애스펀 문서들, 나사의 회전, 거짓말쟁이, 두 얼굴》(1908)의 서문에서 《나사의 회전》에 관한 부분만 발췌한 것이다.
^{**}서문을 쓰기 위해 《나사의 회전》을 다시 읽게 된 사실을 가리킨다.

먼저 이야기의 출발점부터 살펴보자. 그것은 어느 겨울날 오후에 고색창연하고 침울한 분위기의 시골 대저택 거실 난로 주위에 모여 있는 사람들의 무리가 일으키는, 매우 매혹적인 느낌이다. 그곳에서 사람들은 (마치 재빨리 아량을 베풀어서 그 저택을 '문학적' 재료로 변형시키려는 듯이), 어떤 구실이었는지는 잊었지만 소박한 구실을 핑계로, 유령과 한밤중의 공포를 다루는 소설을 화제에 올렸다. 슬프게도 그런 상품의 공급이 전반적으로 유난히 줄었다는 것과 그 전체적인 수준은 더욱 떨어졌다는 말들이 오갔다. 매우 효과적으로 공포를 일으키는 훌륭한 괴담(그런 이야기들을 대략적으로 그렇게 부르자면)은 이미 모두 만들어졌고, 어떤 방면에서도 새로운 작물이나 종자는 우리를 기다리는 것 같지 않았다. 새로운 종자라고 볼 수 있는 현대의 '심령' 소설은 실험실에 틀어놓은 수도꼭지에 노출된 듯이 괴이함이 모두 씻겨나가서, 실로 새로운 유형을 거의 기대할 수 없다는 보증서를 갖고 있는 것이나 다름없었다. 훌륭하다고 보증된 이야기일수록, 성스럽고 소중한 옛 공포를 일깨우는 속성은 더욱 결핍된 듯이 보이기 때문이다. 그리하여 내가 기억하기로, 우리들이 그 아름다운 형식의 상실을 애석해하고 있었을 때, 출중한 집주인은 우리에게 최고 형식을 갖춘 극히 희귀한 이야기를 하나 들려줄 수 있을지도 모른다고 말했다. 그는 젊은 시절에 어떤 숙녀에게서 그 이야기를 들으며 느꼈던 인상을 결코 잊을 수 없었다. 그것은 그녀가 여러 해 전에 들었던 끔찍한 사건에 관한 것으로, 구체적인 사항이 거의 없

8

었다. 외딴곳에 사는 어린애 두 명이 등장하는 그 이야기는 그 집에 고용되었다가 죽은 '나쁜' 하인들의 유령이 그 애들을 '홀리려는' 의도로 실제로 나타났다는 것이었으므로, 그녀가 이야기를 더 잘 기억했더라면 훨씬 무시무시했을 것이다. 그것이 전부였지만, 예전에 내 친구와 대화를 나눈 그 숙녀가 잊어버린 것들은 더 많이 있었다. 그녀는 오래전에 들었던 그 놀라운 주장을 장담할 수 있을 뿐이었고, 내 친구는 그림자의 그림자를 들려줄 수 있을 뿐이었으므로, 내가 이해한 그 이야기는 말할 필요도 없이, 바로 그처럼 희미한 그림자에 감싸여 있는 것이었다. 이야기는 표면상으로는 그리 충분하지 않았지만, 알갱이 하나라도 더해졌더라면, 구식 은제 코담뱃갑에서 엄지와 검지로 *끄집어낸* 소량의 담배처럼, 목적에 맞게 말끔하게 다뤄진 그 소중한 자밤은 못 쓰게 되었을 것이다. 나는 귀신에 홀린 아이들과 배회하는 비굴한 유령들을 '진귀한 것'으로 기억하게 되었고, 그것은 확실히 마음을 동요시키는 이야기로 손색이 없었다. 그래서 일 년 후에 유서 깊은 크리스마스 철의 오락을 다루는 잡지*의 발행인이 시즌에 어울리는 글을 요청했을 때, 나는 예전에 적어두었던 몇 개 되지 않는 더없이 생생한 메모를 즉시 생각해냈다.

개인적으로 이러한 이유에서 《나사의 회전》은 집필되었다.

*《콜리어스 위클리(Collier's Weekly)》를 뜻한다.

고백하건대 나는 삶의 먼지 덮인 길가에서 반짝거리던 그 훌륭한 보석이 왜 솜씨 좋게 채취된 적이 없었는지를 의아하게 생각했다. 내게 그 보석은 상상력에 절대적인 자유를 허용해주었고, 상상력을 조금도 방해받지 않을 곳으로 초대했다. 그것은 상상력을 '외적' 통제에 얽맬 필요도, 일상적이거나 진실하거나 끔찍하게도 '유쾌한'(물론 늘 그렇듯이 극히 유쾌함을 주는 그 자체 형식은 제외하고) 패턴에 일치시켜야 할 필요도 없었다. 사실 내가 두 번째로 언급한 매력은 여기에서 비롯된다. 즉 여기에서 상상력이 어떤 도움도 받지 않고, 어떠한 관련도 맺지 않은 채 발휘된 완벽한 예를 발견할 수 있다는 것이다. 상상력은 게임을 하면서, 오늘날의 스포츠 용어로 말하자면 제 힘으로 점수를 딴 것이었다. 그 게임이 어느 정도나 가치 있는 것인지는 말할 필요가 없을 것이다. 고백하건대, 지금 가장 흥미로운 것은 내가 주목한 그 상상력의 발휘이며, 상상력이 그 상황 **전체**를 떠맡아 작동한 것이라 여겨진다. 그 결과 필연적으로 등장한 것은, 달리 표현하자면, 불순물이 없는 순수한 동화(童話)다. 실로 그 동화는 꾸밈없고 무한한 믿음이 아니라 의식적이고 계발된 믿음에서 발생했다는 점에서만 다르다. 하지만 동화란 대체로 두 가지 부류 중의 하나에 속한다. 한 가지는 짧고 명확하고 단일한 것으로, 많든 적든 얼마간의 일화들로 촘촘히 짜여 있다(우리가 어릴 때 친숙했던 《신데렐라》와 《푸른 수염의 사내》, 《엄지 동자》, 《빨간 모자》와 그림 형제의 보석 같은 많은 이야기들이 그 직접적인 예가 될 것이다). 반면 다른 부류의 동화는 길고 산만하고, 풍부하고, 다양하며, 끝없이 이어진다. 극적으로 말하면, 이런 부류의 동화에서는 완결성이 희생되고 만다. 즉 완결성이 '충일함'에, 사람에 따라서는 '풍부함'이라고 부르는 것에 희생되는 것이다. 임의로 《아라비안나이트》의 어떤 이야기든 주목해보라. 현대인의 산만한 마음이 이 작품의 일화에 이끌리는 이유는 우리가 배회할 수 있는, 소위 '경험의 드넓은 벌판'에 있다. 그곳은 붙어 있지만 독립적이며, 우리가 올바르게 상상하지 않으면 어떠한 것도 옳지 않은 세계이다. 다행스럽게도 일화와 같은 소품에서는 잠시 올바르게 상상하여 아름다움과 명료함을 얻을 것이다. 반면에 길이가 매우 길고 폭이 넓은 작품을 추구하면 우리는 허우적거리고 숨을 헐떡이게 된다. 다시 말해 우리는 실패하고 마는데, 이 경우 실패란 연속성의 실패가 아니라 기분 좋은 통일성의 실패, 아름다움과 명료함이 특징인 '완결성'의 실패이다. 이상하게 들리겠지만, 이러한 일이 벌어지는 것은 오래 시간 동안 상상력을 '지속하는 것'이 불가능하기 때문이 아니라, 바로 **어떻게** 그것이 지속될 것인가에 더 관심이 쏠리기 때문이다.

즉흥적 창작처럼, 즉 준비 없이 지속적으로 이야기를 이어서 만들어나가는 것처럼 쉬운 일은 없다. 하지만 그 흐름이 지나쳐서 범람하는 순간부터 그것은 안타깝게도 더럽혀진다. 그러면 물길은 실로 널리 퍼지면서 집들과 가축, 작물과 도시들을 그 안에 그러모아서, 우리에게 재미있도록 전체적인 지형을 비틀어놓고, 단번에 흐름과 수로에 대한 우리의 생각—시냇물의 용도와 이야기의 미덕에 대한 우리들의 관념—을 침해한다. 《아라비안나이트》에서 그렇듯이 즉흥적으로 이어지는 이야기들은 마주친 대상들을 쓸어 담아서 가슴 위에 떠다니게 함으로써 그것들과 관련을 맺을 수도 있다. 그러나 그렇게 하면 이야기 자체와 관련을 맺는 효과는 크게 사라진다. 동화의 어려운 점은 늘 이것이라고 생각한다. 《나사의 회전》도 이야기 자체와 관련을 맺으며 통일되도록 즉흥적으로 창작하는 것이 어려웠지만, 그것은 절대적으로 필요했다. 극도로 자유롭지만 동시에 재앙을 일으킬 소지 없이, 홍수를 일으킬 징후 없이, 즉흥적으로 창작하는 것. 한마디로 말해서, 흐름을 그 자체와의 이상적인 관계와 유사하게 유지하는 것. 이것이 이 작품에서 내가 해야 할 일이었다. 문제는 순전한 통합성, 명료성과 완결성을 목표로 삼으면서도 자유롭게 작용하는, (말하자면) 지나칠 정도로 작용하는 상상력에 의존하는 것이었다. 이러한 법칙에 따르면, 상상력은 자유롭지 않으면 발휘되지 않고 통제되지 않으면 즐거움을 주지 않는다. 현 상태에서 이 이야기의 미덕은 따라서, 내가 판단하기로는, 그 위험과 겨루어 성공했다는 점이다. 그 이야기는 혼돈의 세계로 유람을 떠났으면서도 동시에 《푸른 수염의 사내》와 《신데렐라》처럼 끝까지 일화로 남아 있다. 비록 그것이 증폭되고 매우 강조되어 그 자체로 되돌아오지만 말이다. 그 문제로 보자면, 《푸른 수염의 사내》와 《신데렐라》가 되돌아오는 것과 같다. 이런 말 다음에는 다음 말을 덧붙일 필요가 거의 없을 것이다. 즉 이 작품은 순전히 창의력의 산물이며, 냉정하게 예술적으로 계산된 작품이고, (그저 재치가 없는 자들을 사로잡는 '재미'란 늘 하찮기 때문에) 쉽사리 사로잡히지 않은 자들, 진부함에 물린 자, 환멸을 느낀 자, 괴팍한 자들을 사로잡으려는 놀이라는 것이다. 달리 표현하자면 이 작품은 마음에 품은 '분위기'의 연구이다. 곤란한 문제를 의심하고 느끼는 분위기, 헤아릴 수 없이 엄청난 쓰라림의 분위기, 비극적이면서도 절묘한 불가해함의 분위기가 그것이다. 내 젊은 친구, 가상의 화자의 짙은 미혹이라는 주제를 빚어가면서도 매우 명료하고 섬세하고 팽팽히 긴장시킨 표현을 써서 아름다움을 낳는 것, 이러한 노력이 그 문제의 어떤 점보다도 더 큰 관심을 불러일으킨다. 실로 그러한 실험의 예술적 가치가 오랜 시간이 지난 후에 그것이 다시 불러일으킬 지적 반향으로 측정된다면, 이 작고 견고한 판타지를 옹호할 수 있을 것이다. 오늘날 이 작품은 내게 일련의 연상들을 ㄱ 이면에서 이끌어낸다. 그것들을 고백하려면 의심할 여지없이 부끄러울 터이므로, 그 가운데에서 언급할 것을 선택하지 않을 수 없다. 예컨대 나는 어떤 독자*가 내게 가한 비판을 기억한다. 분명 어느 정도로는 내 작품에 관심을 가졌지만 깊은 통찰력은 없었던 그는 내가 자기 자신의 미로에 빠진 젊은 여주인공을 충분히 '형상화'하지 못했으며, 그녀에게 성격과 특성, 특색과 기질을 부여하지 않았

*영국 작가 H. G. 웰스(1866~1946)를 가리키는 듯하다.

고, 피터 퀸트와 제슬 양 및 불운한 아이들뿐 아니라 그녀 자신의 불가사의한 미혹을 처리하도록 만들지 않았다고 불평했다. 나는 그 비판에 대한 내 답변을, 지금은 그것이 대단히 터무니없다고 생각하지만, 똑똑히 기억한다. 그 비판에 내 예술적, 아이로닉한 심장이 그 순간 터져버릴 정도로 뒤흔들렸던 것이다. "당신은 편안히 마음껏 그런 혹평을 하시는군요. 하지만 거리낌 없이 당신에게 털어놓자면, 이상하게 들릴지 모르지만, 작가는 늘 많은 어려움들 가운데서 대단히 미묘한 선택으로 가장 어려운 것에 매달리고 그것을 압박하며 다른 어려움들은 지적으로 무시해야 합니다. 그 모든 어려움에 맞붙으려 한다면 틀림없이 어떤 것도 완벽하게 다룰 수 없으니까요. 반면에 몇 가지 어려움을 효과적으로 다루면 축복받은 황금빛 안개가 드리우게 되고, 그 밑에서 다른 어려움들은 제멋대로 조롱을 일삼는 구름 위의 여신들처럼 신중히 물러나게 됩니다. 《나사의 회전》에는 우리의 젊은 여주인공이 그렇게나 많은 이례적이고 모호한 강렬한 경험을 수정처럼 투명하게 기록한다는 전반적인 계획이 섬세하게 설정되어 있습니다. 물론 그녀가 그 이례적이고 모호한 경험을 설명한다는 뜻은 아니지요. 그것은 다른 문제입니다. 무력하게 인정하건대 (빼앗기고 싶지 않은 내 작은 공간을 확보하기 위해서 기껏해야 간헐적으로 싸우면서) 나는 그녀를 그런 관계가 아닌 다른 관계들과 관련하여 보여줄 길이 없었습니다. 그 다른 관계들 가운데 하나는 바로 그녀 자신의 성격과의 관계이겠지요. 물론 우리는 불안과 추리를 내비치는 그녀를 그대로 받아들일 수 있을 만큼 그녀의 성격을 잘 알고 있습니다. 그녀가 말하듯이 '세상으로부터 격리되어 보호를 받고 자라난' 젊은 여성이 그 상황에서 그런 괴이한 문제들에 대해 특유의 믿을 만한 진술을 할 수 있다는 것은 실로 성격적 요소를 적잖이 드러냅니다. 그녀에게는 상당한 '권위'가 부여되어 있었습니다. 만약 내가 서투르게 더 많은 것을 시도했더라면, 그 정도에도 도달하지 못했을 겁니다."

이 말이 옳기 때문에 나는 아름다운 사물들을 설명하는 데 종종 매력을 느낀다. 예술 작품에서는 비밀스러운 것, 복잡한 것, 심오한 것을 언제나 아름다운 것으로 규정하지만, 나는 이 소설이 유령을 등장시켜 우리가 숙고하도록 강하게 호소하는 면을, 즉 이 소설이 가장 심각한 어려움에 대처하기 위해 선택한 방법을, 무엇보다도 그 매력으로 들고 싶다. 그렇게 심각하지 않은 어려움도 있었다. 예컨대 내가 하고 싶었던 다양한 종류와 정도의 인상을 만들어내기 위해서는 유령 사례에 관한 오늘날의 풍부한 기록을 포기하기만 하면 됐다. 그 기록을 보면 상이한 징후와 환경들이 사례의 특징을 이룬다. 등장하는 인물이 상이한 일을 하지만 전체적으로 보아 발생하는 일은 거의 없다. 여기서 중요한 점은 '어떤 일'이 전혀 일어나지 않는다는 것이다. 이런 부정적 속성을 지닌 기록의 양은 방대하며, 유령들은 조심하거나 예의를 지키거나 움직이지 않는 존재가 압도적이다. 기록되고 입증된 '유령들'은 다시 말해서, 짐작컨대 그들로서는 엄청난 수고를 들여서 나타났을 텐데, 그렇게 고생한 것과 어울릴 정도로 의미심장하거나 극적이지 않으며, 특히 계속 등장하지도 않고 의식이 있는 것도 아니며 반응을 보이지도 않는다. 따라서 그들은 특정 순간에는 경이롭고 흥미롭지만, **행동**하는 것은 상상할 수 없는 존재들이다. 그런데 《나사의 회전》에서 내가 필사적으로 추구한 것은 행동이었으며, 행동이 없다면 그것은 아무것도 아니었다. 나는 마침내 내 유령을 정확하게 제시하는 것과 내 이야기를 '훌륭하게' 제시하는 것, 즉 무서운 것에 대한 내 느낌과 내가 의도한 공포를 만들어 내는 것 중에서 하나를 선택해야 했다. 선한 유령은, 전거를 들어서 말하자면, 행동의 주체로서는 빈약하다. 그러므로 주위를 맴돌고 배회하며 어두운 그림자를 드리우는 내 유령들, 한 쌍의 비정상적인 등장인물은 처음부터 완전히 통례에서 벗어나야 했다. 그들은 다른 세계에서 온 악한 유령이 될 것이다. 그들은 상황에 악의 기운을 퍼뜨리는 무서운 임무를 맡게 될 것이다. 그런 일을 하려는 그들의 욕망과 능력, 동시에 그들이 미친 효과를 가시적으로 측정하고 더불어 그들의 성공을 관찰하고 묘사하는 것—이것이 바로 내 핵심적인 생각이었다. 따라서 간단히 말하자면, 실제 유령들은 전혀 로맨틱하지 않기 때문에, 나는 순수한 로맨스에 운명의 주사위를 던진 것이다.

이 말은, 피터 퀸트와 제슬 양이 우리가 지금 이해하는 바와 같은 '유령'이 전혀 아니라, 옛날 마녀 재판의 마녀들처럼 엉성하게 만들어진 고블린*이나 요정들, 꼬마 도깨비, 마귀와 같은 존재임을 내가 다시 인식하게 되었다는 뜻이다. 그게 아니라면 좀 더 유쾌하게 말해서, 희생자들이 달빛 아래에서 춤추는 것을 보려고 그들을 졸라대서 나오게 하는 전설적인 요정과 같은 존재다. 그렇다고 그들이 어떤 형태로든 순전히 유쾌한 존재로 바뀔 수 있다고 암시하는 것은 아니다. 그들은 기껏해야 오직 내 주제를 직접적이고 치열하게 표현하도록 나를 도와줌으로써 즐거움을 주는 존재들이다. 여기, 그 유령들을 쓰는 방식에 있어서 나는 고도의 기예가 진정으로 필요하다고 느꼈다. 그리고 바로 이 점에서 나는 이 소설을 다시 읽으며 내 예방책이 정당화되었음을 알게 된다. 문제의 본질은 유령이 되어 나타난 그 약탈적 인물들의 사악한 동기이다. 그러므로 이 사악함이라는 요소가 무력하거나 공허하게 제시된다면 그 결과는 비천할 —이 말은 하찮다는 뜻이다—것이다. 그렇기에 내 생각을 암시하고 그 윤곽을 예시하는 과정에 대한 생생한 흥미가 일었다. 그것은 사악함의 **심연**에 대한 의식을 어떻게 가장 잘 전달할 것인가의 문제였고, 그 의식이 없으면 내 우화는 몹시 비참하게 절뚝거릴 것이었다. 불길한 악—내가 어떻게 그것을 내 사악한 유령들의 의도로 지켜나갈 수 있을 것인가? 다양한 악행을 예시하고, 그들이 저지르는 타락한 행위를 보여주고, 그들의 행위를 인용하고, 제한적이지만 비참한 사례를 보여주게

*동화 속에 나오는 작고 추하게 생긴 악귀.

되면 필연적으로 그들의 상대적인 비속함이 함께 드러날 것이다. 전체 이야기 속에서 잠깐씩 그들의 모습을 묘사하면서 내가 어떻게 이러한 비속한 추락으로부터 그들의 당당하고 사악한 의도를 구할 수 있을 것인가? 나쁜 사자(死者)들을 되살려 다시 한 차례 나쁜 짓을 저지를 수 있도록 하는 것은 그들의 비범함을 보증하는 일이다. 그러므로 반(反) 클라이맥스가 다가오는 것을 꺼리는 것처럼, 그들이 어떠한 사악한 행위를 했는지 그 구체적인 세부사항을 묘사해서는 안 된다. 우리는 흔히 소설에서 어떤 거창한 형태의 악행, 혹은 더 나은 것으로, 거창한 악인에 죄가 지워지는 것을 보아왔고, 지옥의 뜨거운 숨결로 악행이 약속되고 선언되는 것을 보았지만, 그런 다음에 그것은 몹시 통탄스럽게도 어떤 특정한 야만성, 특정한 비도덕성, 특정한 치욕의 범주로 축소되어 묘사되었다. 그 결과 그 실연(實演)은 딱할 정도로 그 기대에 미치지 못하게 된다. 《나사의 회전》에서 내 사악한 유령들이 이런 위험에 굴복한다면, 그들의 사악함이 족히 드러나지 않는다면, 나는 예술가로서 내 머리를 과거 그 어느 때보다도 낮게 숙일 수밖에 없을 것이다.

따라서 그러한 불명예의 불쾌함과 두려움을 예상하면서, 결코 쉽지는 않지만 올바른 지름길에 적절한 불을 밝히게 되었음이 틀림없다. 궁극적으로 따져볼 때, 내가 무슨 의미를 전해야 했는가? 그것은 출몰하는 그들 한 쌍의 존재 의미였다. 그들은 문자 그대로, 어떤 짓이라도 할 수 있었다. 즉 그런 상황에 놓인 작은 희생자들이 당하리라고 짐작할 수 있는 최악의 행동을 아이들에게 할 수 있었다. 그렇다면 숙고해보건대, 짐작할 수 있는 궁극적인 최악의 행동은 무엇일까? 이 질문에 대한 답변은 매우 감탄스럽게 떠올랐다. 그러한 경우에 선택할 수 있는 **절대적** 악행이란 없었다. 그것은 수십 가지 다른 요소들에 따라 달라지며, 인식과 성찰과 상상력의 문제이다. 더욱이 이런 것들은 정확히 말해서 구경꾼, 비평가, 독자의 경험에 비추어 달라진다. "오로지 악에 대한 독자의 전반적 환상을 강렬하게 만들어라." 나는 스스로에게 이렇게 말했고, 그것은 매력적인 일이었다. 그러면 독자의 경험, 상상력, (아이들에 대한) 공감, (거짓된 벗에 대한) 공포로 인해서 독자는 스스로에게 구체적인 사항들을 충분히 공급할 것이다. "독자가 악을 **생각**하도록 만들고, 그것을 스스로 생각하도록 하라. 그러면 너는 빈약한 상세한 설명에서 해방될 것이다." 나는 이 창의적 생각을 적용하려고 노력했고—실제로 대단한 노력이 요구되었다—그리고 명백히 기대 이상으로 성공했다. 하지만 이 성공의 증거 가운데 일부는, 그것이 가장 설득력 있게 보일 때조차, 다분히 희극적으로 보인다고 덧붙이지 않을 수 없다. 터무니없이 강조하고 꼴사납게 모든 것을 상세히 설명한다는 비난과 함께 공격이 퍼부어졌을 때, 내 계산이 실패했고 내가 공들인 암시가 효과를 보지 못했다고 어떻게 느낄 수 있겠는가? 이 문제로 말하자면, 처음부터 끝까지 상세한 설명은 전혀 없을 뿐만 아니라, 내가 추구한 가치는 단연코 공백에 있다. 물론 공포를 자극하고 동정심을 유발하며 장인의 솜씨를 발휘함으로써—이러한 소중한 원칙의 믿을 만한 효과를 어떤 작가가 자랑스럽게 여기지 않겠는가—그 공백에서 많든 적든 얼마간 환상적인 인물을 읽어내는 경우는 예외로 하겠지만 말이다. 한편, 작가에게는 매우 흥미롭고 동시에 도덕주의자에게는 한 가지 주제가 될 수 있는 점은, 소설을 읽고 그 상황의 의미에 빠져든 독자의 분노에 찬 소박한 반응이다. 그는 이야기가 야기하는 느낌과 쟁점들을 예술가의 탓이라고 도덕적으로 비난하지만, 예술가는 그저 무결점의 이상에 집착했을 뿐이다. 이 서문에서 제시한 몇 가지 의견을 염두에 두면, 지속적으로 그 이상에 집착하는 과정에서 생기는 긴장은 에너지와 생명력을 얻게 될 것이다!

나사의 회전

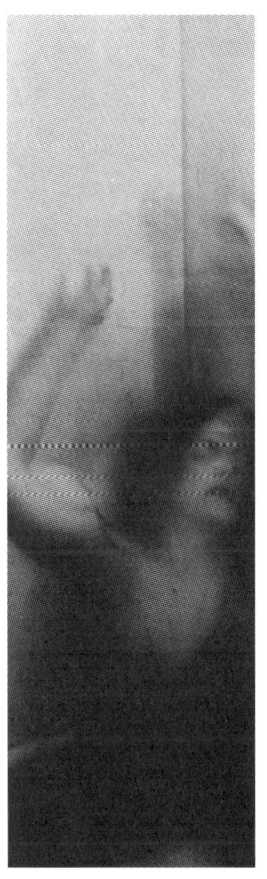

그 이야기는 난롯가에 앉아 있는 우리를 숨도 쉴 수 없으리만 치 조마조마하게 만들었다. 하지만 크리스마스 전날 밤에 고색 창연한 집에서 오가는 괴이한 이야기가 으레 그렇듯이, 그것이 소름 끼치는 이야기였다고 누군가 분명히 언급한 것 외에는 아무도 말이 없었다. 이윽고 누군가 어린아이에게 그런 재앙이 일어난 경우는 처음 들어본다고 지나가듯이 말했다. 그 경우란 크리스마스를 맞이하여 우리가 지금 모여 있는 집처럼 낡은 집에 유령이 나타난 사건이었다. 어머니와 같은 방에서 잠을 자고 있던 어린 소년에게 무시무시한 유령이 나타났고, 그 소년은 공포에 질려 어머니를 깨웠다. 자신의 두려움을 몰아내고 다시 잠들 수 있도록 마음을 달래달라고 깨운 것이 아니라, 그렇게 하기 전에 소년을 동요시킨 그 광경을 어머니가 직접 대면하고 그것에 맞서달라고 깨운 것이었다. 더글러스의 대답을 이끌어낸 것은 바로 이 말이었다. 그는 그 즉시가 아니라 늦은 저녁 시간이 되어서야 답했지만, 그것은 흥미로운 의미를 담고 있었기에 나는 그의 말에 관심을 기울였다. 누군가 그다지 인상적이지 않은 이야기를 들려주고 있었고, 나는 더글러스가 귀담아 듣고 있지 않다는 것을 눈치 챘다. 이것은 그에게 할 이야기가 있고 우리는 기다리기만 하면 된다는 징후였다. 사실 우리는 이틀 밤을 더 기다려야 했다. 하지만 그날 저녁 우리가 잠자리에 들려고 각자 흩어지기 전에 그는 마음속에 있던 말을 꺼냈다.

"전적으로 동의합니다. 그리핀이 말한 유령, 아니 그것이 무엇이든 간에 아주 어린 나이의 소년에게 처음 나타났다는 사실이 특이한 묘미를 더해준다는 것이지요. 하지만 제가 알기로, 그런 마술적인 사건이 어린아이에게 일어난 것은 처음 있는 일이 아닙니다. 만약 아이가 등장하기 때문에 그 이야기의 효과에 묘미가 더해졌다면, 아이가 두 명이라면 어떻겠습니까?"

"물론 묘미가 두 배가 된다고 말할 수 있겠지요! 그에 덧붙여서, 그 아이들에 대한 이야기를 우리 모두 듣고 싶어 한다고 말할 겁니다." 누군가 큰 소리로 말했다.

나는 난로 앞에 서 있던 더글러스를 떠올릴 수 있다. 그는 양손을 주머니에 넣은 채 난롯가에 등을 지고 서서 자기에게 말한 사람을 내려다보고 있었다. "지금껏 저 말고는 아무도 들어본 적이 없는 이야기일 겁니다. 정말 너무 끔찍한 이야기이지요." 물론 이 말에 대해서 사람들은 그가 자기 이야기에 최고

가를 매기려는 것이라고 생각했다. 그러자 우리의 친구는 조용히 우리를 둘러보고 이렇게 말하면서 자신의 승리를 교묘히 준비해나갔다. "그 어떤 이야기라도 능가하는 것입니다. 제가 아는 어떤 이야기도 그것에 미칠 수 없어요."

"순전히 공포에 있어서 그렇단 말입니까?" 내가 이렇게 물어보았던 것을 기억한다.

그는 그렇게 단순한 것은 아니라고 말하려는 듯이 보였고 어떻게 표현해야 좋을지 모르는 것 같았다. 그는 손으로 눈가를 비비고 약간 주저하듯이 얼굴을 찡그렸다. "무시무시한, 무시무시한 점에 있어서 말입니다."

"아, 정말 재미있겠군요!" 어떤 부인이 소리쳤다.

그는 그 부인의 말을 들은 척도 하지 않았다. 그는 나를 보고 있었지만, 내가 아니라 자신이 묘사하고 있는 것을 바라보는 것 같았다. "도처에 깔려 있는 불길한 위험과 공포와 고통에 있어서 그렇습니다."

"자, 그렇다면 그냥 자리에 앉아서 이야기를 시작하시지요." 내가 말했다.

그는 난롯가로 몸을 돌려 장작을 발로 차더니 잠시 그것을 바라보았다. 그리고는 다시 우리 쪽으로 몸을 돌렸다. "시작할 수 없습니다. 런던으로 사람을 보내야 합니다." 이 말을 듣자 모두들 불평하는 소리를 내고 비난을 퍼부었다. 그러나 그는 여념이 없는 듯한 태도로 설명했다. "그 이야기는 글로 쓰여 있습니다. 잠긴 서랍 안에 들어 있지요. 몇 년 동안 꺼낸 적이 없습니다. 내가 집사에게 편지를 쓰고 열쇠를 동봉해서 보내면 그가 그 꾸러미를 찾는 대로 보내줄 겁니다." 그의 이 제안은 특히 나를 향한 것처럼 보였다. 자기가 망설이지 않도록 도와달라고 나에게 요청이라도 하는 듯했다. 그는 몇 해의 겨울을 지나면서 형성된 두꺼운 얼음을 깨뜨린 것이었고, 오랫동안 침묵을 지킬 만한 자기 나름의 이유가 있었던 것이다. 다른 사람들은 이야기가 미뤄져서 화를 냈지만, 나의 관심을 끌었던 것은 바로 그의 망설임이었다. 나는 그에게 첫 우편으로 편지를 보내고 우리에게 되도록 빨리 이야기를 들려달라고 간청했다. 그런 다음 나는 문제가 되는 그 일을 그가 직접 겪었는지 물어보았다. 이 말에 그는 즉시 대답했다. "아, 다행히도 아닙니다!"

"그 기록은 당신의 것입니까? 당신이 그것을 적었습니까?"

"오로지 인상만 간직하고 있습니다. 바로 여기 있지요." 그는 자기 가슴을 가볍게 두드렸다. "그 인상을 한 번도 잊어버린 적이 없습니다."

"그렇다면 당신의 원고는?"

"오래되고 빛바랜 잉크로, 그리고 더할 나위 없이 아름다운 필체로 쓰여 있습니다." 그는 다시 말을 돌렸다. "어떤 여성의 필체입니다. 그녀가 죽은 지 20년이 되었지요. 죽기 전에 문제되는 그 원고를 제게 보냈습니다." 사람들은 이제 모두 귀 기울여 듣고 있었다. 물론 눈치 빠르게 상황을 짐작하거나 적어도 무언가를 추측하는 사람도 있었다. 그는 그 추측을 받아넘기면서 미소를 짓지도 않았고 짜증을 내지도 않았다. "그녀는 대단히 매력적인 사람이었지만 저보다 열 살이 많았습니다. 제 누이의 가정교사였지요." 그는 조용히 말했다. "그 직업을 가진 사람들 가운데 제가 아는 누구보다도 쾌활한 여성이었습니다. 어떤 직책이라도 맡을 만한 자격을 갖추고 있었지요. 아주 오래전의 일입니다. 이 사건이 일어났을 때 저는 지금보다 훨씬 젊었지요. 저는 트리니티 칼리지에 다니고 있었고, 두 번째 해의 여름에 집에 내려갔을 때 그녀를 만나게 되었습니다. 그 해에는 집에 오래 머물렀지요. 아름다운 해였습니다. 그녀가 일하지 않는 시간이면 우리는 정원을 거닐며 이야기를 했습니다. 그렇게 이야기를 나누는 도중에 그녀가 놀라울 정도로 똑똑하고 좋은 사람이라는 것을 알게 되었습니다. 그래요, 싱글거리지 마세요. 저는 그녀를 무척 좋아했고, 그녀 역시 저를 좋아했다는 것을 생각하면 지금도 기쁩니다. 그녀가 저를 좋아하지 않았더라면 저에게 이야기하지 않았을 겁니다. 그녀는 누구에게도 이야기하지 않았거든요. 그녀가 남들에게 들려주지 않았다고 말해서가 아니라, 저 스스로 그것을 알고 있었습니다. 저는 확신했고, 그렇다는 걸 알 수 있었지요. 여러분들도 이야기를 듣게 되면 어째서 그런지 쉽게 판단할 수 있을 겁니다."

"그것이 너무나 무서운 일이라서 그랬을까요?"

그는 나를 계속 응시했다. "당신은 쉽게 판단할 겁니다." 그는 되풀이하여 말했다. "당신이라면."

나도 그를 응시했다. "알겠습니다. 그녀가 사랑에 빠져 있었군요."

그는 처음으로 웃음을 터뜨렸다. "당신은 정말 예리하군요. 네, 그녀는 사랑에 빠져 있었습니다. 말하자면, 과거에 그랬다는 겁니다. 그 사실이 저절로 드러났지요. 그녀의 이야기에서 그 사실이 드러나지 않을 수 없었으니까요. 저는 그것을 알아챘습니다. 제가 알아차린 것을 그녀도 알았습니다. 하지만 우리 둘 다 그것을 입에 담지 않았어요. 저는 그 시간과 장소를 기억합니다. 잔디밭 구석의 커다란 너도밤나무 그늘과 그 길고 뜨겁던 여름날 오후. 그건 몸서리를 칠 만한 장면은 아니었지요. 하지만 아—!" 그는 난롯가에서 물러나 털썩 자기 의자에 주저앉았다.

"목요일 오전이면 그 꾸러미를 받겠지요?" 내가 물었다.

"아마 두 번째 배달 이후에나 받을 겁니다."

"자, 그렇다면, 정찬 후에—"

"여러분들 모두 이 자리에서 저와 만날 겁니까?" 그는 또다시 우리를 둘러보았다. "아무도 떠나지 않겠지요?" 거의 간절한 기대를 품고 있는 듯한 어조였다.

"모두 머물 겁니다!"

"나는 있을 거예요." "나도 있을 거예요!" 출발 날짜가 정해져 있었던 부인들이 소리쳤다. 하지만 그리핀 부인은 좀 더 분명히 밝혀야겠다고 느낀 듯 말했다. "그녀가 사랑에 빠진 사람이 누구였지요?"

"그 이야기가 알려줄 겁니다." 내가 대신 대답했다.

"아, 그 이야기를 듣고 싶어서 기다릴 수 없을 정도예요!"

"그 이야기는 알려주지 않을 겁니다. 문자 그대로 노골적으로 알려주는 것은 아닙니다." 더글러스가 말했다.

"그렇다면 더욱 유감이군요. 나는 그런 식이라야만 이해할 수 있는데."

"당신이 말해주지 않겠어요, 더글러스?" 누군가 다른 사람이 물었다.

그는 다시 벌떡 일어났다. "그러지요. 내일 말입니다. 이제 전 잠자리에 들어야겠습니다. 안녕히 주무십시오." 그는 재빨리 촛대를 들고 약간 어리둥절한 상태의 우리를 남겨두고 나가 버렸다. 넓은 갈색 홀의 구석 자리에 앉아서 우리는 계단을 올라가는 그의 발자국 소리를 들었다. 그러자 그리핀 부인이 말했다. "글쎄, 그녀가 누구를 사랑했는지는 몰라도, 더글러스가 누구를 사랑했는지는 알겠네요."

"그녀는 열 살이나 더 많았다고 했잖소." 그녀의 남편이 말했다.

"레송 드 플뤼.* 그 나이에! 하지만 그렇게 오랫동안 침묵을 지키다니 참 근사한 일이군요."

"40년이나 침묵을 지키다니!" 그리핀이 거들었다.

"마침내 이렇게 분출되네요."

"그 분출로 목요일 밤은 굉장히 특별한 날이 될 겁니다." 내가 대답했다. 모두들 내 말에 동의했고, 그것을 생각하느라 그

---

*Raison de plus. 프랑스어로 '더욱더 그럴 만한 이유'라는 뜻.

밖의 다른 것에 대한 관심은 모두 사라졌다. 무척 불완전하고 연재물의 시작 부분에 불과한 듯한 마지막 이야기가 끝나자 우리는 악수를 하고 누군가의 말대로 '촛대에 달라붙듯이' 촛불을 하나씩 들고 잠을 자러 갔다.

다음 날 나는 열쇠가 든 편지 한 통이 첫 번째 우편으로 런던의 그의 아파트에 보내졌음을 알았다. 이 사실이 결국 알려졌음에도 불구하고, 아니면 바로 그렇기 때문에 우리는 정찬이 끝날 때까지 더글러스를 혼자 있도록 내버려두었다. 실은 우리가 잔뜩 기대하고 있는 그런 감정에 가장 잘 어울릴 듯한 저녁 시간이 될 때까지 그를 그대로 둔 것이었다. 그 시간이 다가오자 그는 우리가 바라는 대로 대화를 나누고 싶어 하는 눈치였고, 이야기를 터놓게 된 가장 큰 이유를 우리에게 들려주었다. 우리는 또다시 홀의 난롯가에 모여 전날 밤에 가벼운 놀라움을 느꼈던 것처럼 놀라운 사실을 그에게서 들었다. 그가 우리에게 읽어주기로 약속한 그 이야기를 적절히 이해하려면 몇 마디의 도입부가 반드시 필요한 모양이었다. 내가 곧 제시할 이 이야기는 훨씬 시간이 흐른 후에 내가 직접 정확하게 베낀 사본에서 유래한 것임을 여기서 분명하게 밝혀두고, 더 이상 언급하지 않기로 하겠다. 가엾은 더글러스는 죽음이 눈앞에 다가왔을 때 그 원고를 나에게 맡겼다. 당시 그 원고는 사흘째 되던 날 그에게 배달되었고, 나흘째 되던 날 밤에는 바로 그 장소에서 숨죽이고 모여 있는 우리에게 그가 엄청난 노력을 들이며 읽기 시작한 것이었다. 출발할 예정이었지만 계속 머물겠다고 말했던 부인들은 다행히도 물론 계속 남아 있지 않았다. 이미 정해진 일정 때문에 떠난 부인들은 더글러스가 교묘하게 우리의 기대를 자극하여 일깨워놓은 호기심을 참을 수 없을 지경이라고 공공연히 수다를 떨었다. 하지만 부인들이 떠남으로써 얼마 되지 않은•최후의 청중은 결국 더욱 소규모로 정선되었으며, 난롯가에 둘러앉아 다 같이 전율에 휘둘리게 되었다.

우선 그는 글에 쓰인 기록이 어떤 의미에서는 그 사건이 어느 정도 시작된 다음의 이야기를 이어받고 있다는 것을 알려주었다. 그러므로 알아두어야 할 사실은 그의 옛 친구가 가난한 시골 목사의 막내딸이었으며, 스무 살의 나이에 처음으로 가정교사 자리를 얻게 되자 불안에 떨며 런던으로 올라왔다는 것이었다. 그녀는 광고에 응하여 직접 면접을 보려고 올라왔고, 광고를 낸 사람과는 이미 간단한 서신을 교환한 다음이었다. 그녀가 심사를 받기 위해 할리가(街)에 있는 거대하고 위압적으로 보이는 저택에 모습을 드러냈을 때, 이 사람 즉 장래의 후원자가 될 사람이 신사라는 사실은 환히 드러났다. 한창때의 총각으로서 그처럼 멋진 인물은 햄프셔 목사관 태생으로 불안감에 가슴이 두근거리는 소녀에게는 꿈속에서나 옛날 소설에서가 아니라면 만날 수가 없는 사람이었다. 다행히도 그런 유형은 결코 멸종하지 않으므로 그와 같은 타입은 쉽게 유형화할 수 있다. 그는 잘생기고 과감하며 쾌활하고 또한 즉흥적이고 명랑하며 친절했다. 그녀에게 그는 당연히 당당하고 훌륭한 사람으로 보였지만, 무엇보다도 그녀의 마음을 사로잡고 그녀가 이후에 발휘한 용기를 갖도록 해준 것은 그가 이 일을 자신이 일종의 혜택을 입은 것으로, 고마운 마음으로 갚아야 할 신세로 묘사했다는 점이었다. 그녀의 눈에 그는 부유하지만 몹시 낭비벽이 심한 사람, 준수한 용모를 갖추고 상류층의 유행을 추구하며, 여성들에 대한 매력적 처신이 넘쳐나는 사람으로 보였다. 그의 런던 거주지인 큰 저택에는 여행에서 수집한 물건들과 사냥에서 얻은 기념품들이 넘쳐났지만, 그가 그녀를 즉시 보내고 싶어 한 곳은 에섹스에 있는 자신의 본가인 오래된 시골 저택이었다.

그는 어린 조카 남매의 부모가 인도에서 죽자 그 아이들의 후견인이 될 수밖에 없었다. 남매는 2년 전에 죽은, 군인이었던 남동생의 아이들이었다. 그와 같은 처지에 있는 사람, 즉 적절한 경험도 없고 티끌만 한 참을성도 없는 독신남에게 기이한 우연으로 맡겨진 그 아이들은 몹시 무거운 짐이었다. 그 부담은 그저 커다란 걱정거리였고 그의 입장에서 보자면 틀림없이 실수의 연속이었지만, 그는 그 불쌍한 아이들을 무척 동정했고 자기가 할 수 있는 일이라면 무엇이든 다 해왔다. 무엇보다 아이들이 자라기에 적합한 곳은 물론 시골이므로 아이들을 시골 저택으로 보냈고, 자신이 구할 수 있는 가장 훌륭한 사람들을 내려보내서 처음부터 아이들을 그곳에서 돌봐주도록 했다. 심지어는 자기 하인들도 보내어 아이들의 시중을 들도록 했으며, 시간이 날 때마다 아이들이 어떻게 지내고 있는지를 보러 직접 내려가기도 했다. 그런데 곤란한 점은 그들에게 다른 친척들이 없었다는 것과 그는 자기 자신의 일만으로도 시간이 모자랐다는 것이다. 그는 건강에 좋고 안전한 시골 저택 블라이에 아이들을 맡겼고, 그 작은 가정의 우두머리로—비록 하인들 사이에서만 그랬지만—그로스 부인이라는 탁월한 여성을 두었다. 원래 자기 어머니의 하녀였던 그로스 부인이 이제 그 집으로 갈 가정교사의 마음에 들 거라고 그는 믿고 있었다. 그로스 부인은 집안일을 관장하는 우두머리 하녀였고 또 얼마간은 그 어린 소녀를 보살펴주었다. 아이가 없는 그로스 부인은 다행스럽게도 그 소녀를 무척 좋아했다. 집안일을 도와주는 사람들이 많이 있기는 하지만, 이제 가정교사로 내려갈 젊은 여성이 물론 가장 책임 있는 자리를 맡게 될 것이다. 또한 방학이 되면 그녀는 학기 중에 학교에 가 있는 어린 소년을 돌보아야 할 것이다. 학교에 보내기에 어린 나이이기는 하지만 그렇지 않으면 어떻게 하겠는가? 이제 방학이 시작할 때이므로 조만간 소년이 돌아올 것이다. 처음에 두 아이를 돌봐준 젊은 여성이 있었지만 불행히도 아이들은 상실의 고통을 겪어야 했다. 더할 나위 없이 훌륭한 사람이었던 그녀는 죽을 때까지 아이들을 위해서 무척 헌신적으로 봉사했다. 그녀의 죽음으로 인해 가장 곤란했던 것은 바로 어린 마일스를 학교에 보내는 것 외에 다른 대안이 없었다는 점이었다. 그 이후로 그로스 부인은 플로라를 위해서 예절에 있어서나 그 밖의 다른 일에 있어서 할 수 있는 대로 최선을 다해왔다. 이 외에도 요리사, 하녀, 소 치는 여자, 늙은 조랑말, 나이 든 마부와 정원사가 있었으며 모두들 아주 점잖았다.

이와 같이 더글러스가 상황을 묘사하자 누군가 질문했다. "그런데 이전 가정교사는 어떤 이유로 죽었나요? 너무 훌륭한 사람이라서 그렇게 되었나요?"

우리 친구는 즉시 대답했다. "그것도 나올 겁니다. 앞질러 말하지 않을 거예요."

"미안합니다. 당신이 바로 그런 일을 하는 거라고 생각했었지요."

"그 가정교사의 일을 이어받는 처지라면 저는 알고 싶을 겁니다. 그 직책이 위험을 수반할 것인지—" 내가 말을 꺼냈다.

"목숨에 대한 불가피한 위험을?" 더글러스가 내 생각을 마무리 지었다. "그녀는 알고 싶어 했고, 알게 되었습니다. 그녀가 무엇을 알게 되었는지 여러분들은 내일 듣게 될 겁니다. 물론 그러는 동안 그녀에게 자신의 앞날은 다소 암울하게 여겨졌지요. 그녀는 젊고 시련을 겪은 적이 없는데다 불안했습니다. 앞날을 떠올려보면 의무는 과중하고 말벗할 사람도 거의 없는, 정말로 무척 외로운 생활일 거라고 여겼을 겁니다. 그녀는 망설였지요. 이틀간 조언을 구하고 심사숙고했습니다. 하지만 후견인이 제시한 월급은 그녀의 소박한 기대를 훨씬 능가하는 것이었지요. 두 번째 면담에서 그녀는 자진하여 어려운 일을 떠맡기로 했고 고용되었습니다." 여기까지 이야기하고 더글러스는 말을 멈추었다. 그래서 나는 모인 사람들을 위해 한마디 끼어들 수밖에 없었다.

"여기서 얻을 교훈이라면 물론 그 훌륭한 젊은이가 아주 멋지게 유혹했다는 것이겠군요. 그녀는 그 유혹에 굴복했고요."

그는 일어서서 전날 밤에 그랬던 것처럼 난롯가로 가서 통나무를 한 번 발로 찼다. 그리고 우리에게 등을 돌린 채 잠시 서 있었다. "그녀는 그를 꼭 두 번 밖에 보지 못했습니다."

"아, 그래요. 하지만 바로 그 점이 그녀의 아름다운 열정을 드러내는 것이지요."

이 말을 듣자 약간 놀랍게도 더글러스는 나에게로 몸을 돌렸다. "그것이 바로 매력점입니다. 유혹에 굴복하지 않은 다른 사람들도 있었지요." 그는 계속해서 말했다. "그는 그녀에게 자신의 어려움을 모두 솔직하게 털어놓았습니다. 몇몇 지원자들에게 그 계약 조건은 일자리를 맡지 말라는 것이나 다름없었습니다. 어쩐지 그들은 그저 겁이 났어요. 그런 생활이란 따분하게 들렸지요. 이상하게도 들렸고요. 그가 제시한 중요한 조건 때문에 더욱더 그러했습니다."

"그것은 바로?"

"그를 성가시게 해서는 안 된다는 것이었습니다. 결코, 절대로 안 된다는 것이지요. 호소하거나 불평해도 안 되고, 어떤 일에 관해서 편지를 쓸 수도 없었습니다. 그녀는 그저 묻는 말에 대답만 하고, 그의 변호사에게서 돈을 받고, 모든 일을 떠맡고 그를 내버려두어야 한다는 겁니다. 그녀는 그렇게 하기로 약속했지요. 그러자 짐을 덜게 되어 즐거운 마음으로 그가 잠시 그녀의 손을 잡고 그녀의 희생적인 헌신에 고마워했을 때, 그녀는 이미 보상을 받은 기분이었다고 내게 말하더군요."

"그런데 그녀가 받은 보상이 그게 전부였나요?" 어떤 부인이 물었다.

"그녀는 그를 다시는 보지 못했습니다."

"아!" 그 부인이 말했다. 이내 우리 친구가 또다시 우리를 남겨두고 나가버렸기에 다음 날 저녁이 될 때까지 그 주제에 기여한 중요한 언급이라고는 그 말이 전부였다. 난롯가 구석에 있는 가장 좋은 의자에 앉아서 그는 가장자리에 금박이 둘러진 얇은 구식 앨범의 빛바랜 붉은 표지를 펼쳤다. 그것을 모두 읽는 데에는 하루 이상의 여러 날 밤이 걸렸다. 그런데 첫째 날에 질문을 했던 그 부인이 또 질문을 던졌다. "원고의 제목이 뭔가요?"

"제목이 없습니다."

"아, 저는 제목을 붙일 수 있어요." 내가 말했다. 그러나 더글러스는 내 말에는 신경도 쓰지 않고, 글쓴이의 아름다운 필체를 귀로 옮겨놓은 듯한 낭랑한 소리로 또박또박 원고를 읽기 시작했다.

1

모든 것의 시작은 일련의 비상과 낙하로, 정상적인 심장 박동과 비정상적인 박동 사이의 자그마한 오르내림이었던 것으로 기억한다. 런던에서 기꺼이 그의 호소에 응한 후에, 나는 여하튼 이틀간을 무척 언짢은 상태로 보냈다. 다시 의혹이 들었으며 내가 실수를 저지른 거라는 생각이 확고해졌던 것이다. 이런 마음 상태로 나는 덜컹거리며 흔들리는 역마차를 타고 긴 시간을 보냈다. 역마차가 멈추는 곳에 이르자 저택에서 보낸 마차가 보였다. 이전에 들은 것처럼, 널찍한 유람용 마차는 유월의 오후가 저물어갈 무렵 나를 기다리며 서 있었다. 화창한 날의 그 시간대에 달콤한 여름 향기로 나를 친절하게 환영하는 듯한 시골길을 마차로 달리다보니 용기가 새롭게 솟아올랐다. 대문을 지나 현관으로 이르는 가로수 길에 접어들면서 일시적으로 용기가 줄어들었지만, 그것은 내가 이전에 얼마나 낙심하고 있었는지를 입증할 뿐이었다. 무척이나 음울한 것을 예상했거나 두려워하고 있었기에 나를 맞이한 것은 기분 좋은 놀라움이었다. 넓고 깨끗한 건물의 정면, 열려 있는 창문과 산뜻한 커튼, 밖을 내다보고 있는 하녀 두 명은 무척 쾌적한 인상을 주었던 것으로 기억한다. 잔디밭과 화사한 꽃들, 자갈 위로 마차 바퀴가 삐걱거리는 소리, 그리고 무성한 우듬지 너머로 황금빛 하늘을 빙빙 돌며 까악거리던 까마귀들을 기억한다. 이 풍경은 내가 살던 초라한 집과 대조되는 광대함을 지니고 있었다. 즉시 문간에 어떤 정중한 사람이 어린 소녀의 손을 잡고 나타나서 내가 그 저택의 안주인이나 유명한 방문객이라도 되는 양 허리를 굽혀 공손히 절했다. 할리가에서 나는 이 저택이 다소 협소한 곳일 거라고 생각했기에, 그것을 떠올리자 저택의 주인을 더욱더 신사다운 사람으로 생각하게 되었다. 그것은 내가 앞으로 누리게 될 것들이 그가 약속한 바를 능가하리라고 시사하는 듯했다.

다음 날까지 다시 기분이 침체되는 일은 없었다. 내가 가르칠 두 아이 가운데 더 어린 아이에게 소개된 이후로 나는 내내 의기양양한 기분이었다. 그로스 부인과 함께 나왔던 어린 소녀는 처음 본 순간 그 아이와 관계를 맺는 것이 커다란 행운으로 여겨질 만큼 아주 매력적인 아이였다. 그 아이는 지금까지 보아온 어떤 아이보다도 예뻤고, 나중에 생각해보니 내 고용주가 아이에 대해 더 많은 이야기를 하지 않았다는 사실이 이상할 지경이었다. 그날 밤 나는 거의 잠을 이루지 못했다. 너무 흥분한 탓이었다. 돌이켜 생각해보면 이 흥분은 놀라운 감정이었는데, 내가 후한 대접을 받고 있다는 느낌에 더해져 이런 상태는 계속 이어졌다. 이 저택에서 가장 좋은 방들 가운데 하나인 위풍당당하고 커다란 방, 살짝 만져보니 감촉이 좋은 커다란 침대, 여유 있게 드리워진 무늬가 새겨진 휘장, 생전 처음으로 머리끝에서 발끝까지 내 모습을 비춰볼 수 있었던 긴 거울, 이 모든 것들은 내가 맡은 어린아이의 놀라운 매력과 더불어 덤으로 받은 것처럼 여겨졌다. 마차를 타고 오면서 내 나름대로 다소 걱정스러웠던 그로스 부인과의 관계도 무난하리라 여겨졌으며, 이것 역시 처음부터 덤으로 받은 혜택인 듯했다. 이러한 첫인상에서 나를 다시 움츠러들게 만든 것이 있다면, 그것은 바로 부인이 나를 만나 무척이나 즐거워한다는 명백한 정황이었다. 뚱뚱하고 소박하며 평범한 외모에 청결하고 건강한 여성인 부인이, 자신의 감정을 너무 드러내지 않으려고 일부러 조심할 정도로 무척 반가워한다는 것을 나는 30분도 체 지나지 않아서 알아차렸다. 그 당시에도 나는 부인이 자신의 감정을 내보이고 싶어 하지 않는 이유가 무엇인지 약간 의아하게 생각했는데, 의심을 품고 그 점을 심사숙고했더라면 틀림없이 나는 불안해졌을 것이다.

그러나 내가 맡은 어린 소녀의 빛나는 이미지처럼 그렇게 기쁨을 주는 것에 있어서는 불안함이 전혀 끼어들 수 없다는 것이 하나의 위안이었다. 아마 다른 무엇보다도 그 아이의 천사 같은 아름다움이 나의 들뜬 기분과 관계가 있을 것이다. 나는 잠을 이루지 못하고 아침이 되기 전에 몇 번이나 일어나서 방 안을 서성이며 전체적인 상황과 앞날을 자세히 생각해보았다. 그리고 열린 창문으로 희미하게 밝아오는 여름날의 새벽 풍경과 내 방에서 내다보이는 집의 다른 부분들을 바라보았고, 어둠이 희미해지는 가운데 새들이 처음 지저귀기 시작했을 때 집 밖이 아니라 안에서 들린 것 같았던, 그다지 자연스럽지 않은 한두 가지의 소리가 다시 나는지 귀 기울여 들어보았다. 분명 아이의 울음 같은 소리가 멀리서 희미하게 들린 순간이 있었다. 또 다른 순간 내 방문 앞에서 가벼운 발걸음이 지나가는 듯한 소리에 깜짝 놀라며 정신을 차리기도 했다. 하지만 이 일시적인 느낌은 그다지 두드러진 것이 아니어서 곧 떨쳐버리게 되었다. 다만 이후에 일어난 다른 사건들에 비추어 볼 때, 아니 다시 말하자면 오히려 다른 사건들의 어둠에 비추어 볼 때, 지금에야 그 느낌들이 되살아나는 것이다. 어린 플로라를 지켜보고 가르치며 '형성'하는 일이야말로 행복하고 유용한 삶을 이루리라는 점은 너무나 명백할 것이다. 첫 대면 이후 당연히 내가 아이를 밤에 데리고 자야 한다고 아래층에서 의견의 일치를 보았으므로, 그에 따라 아이의 작고 하얀 침대는 이미 내 방에 마련되어 있었다. 내 임무는 그 아이를 돌보는 것이었지만 이번에는 어쩔 수 없는 나의 서먹함과 아이의 타고난 수줍음을 고려하여 아이를 마지막으로 그로스 부인과 함께 자도록 했다. 아이는 수줍어했지만, 곧 나를 좋아할 거라고 나는 전적으로 확신했다. 아이는 대단히 묘하게도 자신의 수줍음에 대해 무척 솔직하고 용감하게 털어놓고는, 우리가 그 점을 의논하고 그것을 아이의 성격 탓으로 돌리면서 우리의 행동을 결정하는 것을, 조금도 불편한 기색 없이 라파엘로의 성스러운 아기처럼 깊고 부드럽고 평온한 태도로 받아들였다. 내가 이미 그로스 부인을 좋아하게 된 한 가지 이유는 바로 이것이었다. 저녁 시간에 커다란 양초가 네 개 세워진 식탁의 높은 의자에 앉아서 턱받이를 두른 채 빵과 우유를 앞에 놓고 촛불들 사이로 화사한 얼굴로 나를 바라보는 내 학생과 함께 앉아 있을 때 나는 경탄과 놀라움을 느끼지 않을 수 없었고, 이런 모습을 보면서 그로스 부인이 즐거워하는 것을 알 수 있었던 것이다. 플로라가 있는 곳에서는 부인과 나 사이에 그저 놀랍고 만족스러운 표정으로, 불명료하고 완곡한 암시로만 표현할 수 있는 것들이 물론 있었다.

"그런데 어린 소년은요? 그 애도 플로라처럼 생겼어요? 그 애도 이렇게 무척 남다른가요?"

우리는 눌 다 어린아이를 우쭐하게 만들어서는 안 된다는 생각을 하고 있었다. "아, 더없이 남다르지요! 선생님께서 이 아이를 좋게 생각하신다면!" 부인은 접시를 손에 들고 우리의 어린 친구에게 미소를 보내며 거기 서 있었다. 아이는 평온하고 선량한 눈빛으로 우리를 번갈아가며 바라보았고 그 눈빛에는 우리의 말을 가로막을 것이 없었다.

"네, 그렇게 생각한다면요?"

"선생님은 그 어린 신사에게 폭 빠질 거예요."

"글쎄, 내가 여기 온 이유가 그것이었군요. 폭 빠지기 위해서란 말이죠." 다음 말을 덧붙이고 싶은 충동을 느꼈던 것을 기억한다. "하지만 유감스럽게도, 나는 다소 잘 빠지는 편이지요. 런던에서도 폭 빠졌거든요."

이 말을 듣고 그로스 부인의 넓적한 얼굴에 나타났던 표정을 지금도 기억할 수 있다. "할리가에서요?"

"할리가에서요."

"아, 선생님, 선생님이 첫 번째가 아니에요. 마지막도 아닐 거고요."

"아, 내가 유일한 사람일 거라는 자부심은 없어요. 어떻든 내가 알기로는, 내 다른 학생이 내일 돌아온다면서요?"

"내일이 아니라 금요일이에요, 선생님. 선생님이 오셨을 때처럼 그 아이도 경호인의 보호를 받으며 역마차를 타고 도착할 거예요. 똑같은 유람 마차를 보내 그 아이를 맞이할 거고요."

그래서 나는, 역마차가 도착할 때 내가 아이의 어린 누이와 함께 그 아이를 기다려주는 것이 더욱 즐겁고 다정할 뿐 아니라 마땅한 일일 거라고 즉시 내 의견을 말했다. 그 말에 그로스 부인이 너무도 진심으로 동의했으므로, 나는 부인의 태도를 우리가 어떤 문제에 있어서든 완벽하게 의견이 일치할 거라는 일종의 고무적인 약속으로 받아들였고, 고맙게도 그것은 한 번도 저버려진 적이 없었다. 아, 부인은 내가 그곳에 있는 것을 너무나 기뻐했다!

그 다음 날 내가 느낀 것은, 공정하게 말하자면, 내 활기찬

도착에 대한 반작용이라고 불릴 수 있는 것은 아니었다고 생각
한다. 기껏해야 그것은 아마 내가 새로운 주위 환경을 걸어 다
니고 올려다보고 받아들이면서 그 규모를 보다 충실히 가늠함
으로써 빚어진 약간의 중압감에 불과했다. 사실 나는 새로운 환
경의 규모와 크기에 대응할 만한 마음의 준비를 갖추지 못한 상
태였기에, 그것에 직면하여 약간 자랑스러우면서도 겁에 질리
는 기분을 다시금 느꼈다. 이러한 흥분 상태에서 수업은 확실히
조금 지연될 수밖에 없었다. 나의 첫 번째 임무는 될 수 있는 대
로 부드러운 태도로 아이의 마음을 사로잡아 나를 알도록 만드
는 것이라고 생각했기에 나는 그날 하루 종일 그 아이와 밖에
서 지냈다. 나에게 그 저택을 구경시켜줄 사람은 플로라, 오직
그 아이여야 한다고 플로라에게 이야기하자 그 애는 무척 만족
스러워했다. 그 애는 발걸음이 닿는 곳마다, 가는 방마다, 으슥
한 곳마다 샅샅이 보여주면서 그곳에 대한 우습고 유쾌하고 어
린애다운 이야기를 들려주었고, 그 결과 우리는 30분도 지나지
않아 친한 친구가 되었다. 짧은 시간 동안 집을 돌아보면서 텅
빈 방들과 지루할 만큼 긴 복도에서, 걸음을 멈출 수밖에 없었
던 꼬부라진 층계에서, 심지어 현기증이 날 만큼 높이 자리 잡
은, 총안이 설치된 오래된 사각 탑의 꼭대기에서, 비록 어린아
이이기는 하지만 그 아이가 묻기보다는 말하기를 훨씬 좋아하
는 성격을 발휘하여 자신 있고 활발하게 아침의 노래처럼 울려
퍼지는 이야기로 나를 이끌어갔다는 것은 놀라웠다. 나는 블라
이를 떠난 이후 그곳을 다시 보지 못했는데, 이제 좀 더 나이를

먹고 더 식견이 넓어진 나의 눈으로 보면 그 저택이 상당히 축소되어 보일 거라고 감히 단언한다. 그러나 금발에 푸른 옷을 입은 나의 어린 여자 지휘자가 내 앞에서 춤을 추며 귀퉁이를 돌아가고 또닥또닥 길을 달려갈 때, 나는 장밋빛 얼굴의 요정이 살고 있는 로맨스의 성을 바라보는 듯했다. 젊은이의 생각을 바꿔놓기 위해서 어떻게 해서든 이야기책과 동화책을 온통 모방한 듯한 그런 곳 말이다. 내가 잠깐 졸면서 그저 이야기책을 꿈꾸었던 것일까? 아니, 그것은 크고 추하고 오래되었지만 편리한 집이었고, 예전에 있었던 건물을 반쯤은 다시 짓고 반쯤은 사용하면서 그 건물의 특징을 몇 가지 보유하고 있었다. 거대한 표류선에 탄 승객들처럼 우리는 그 안에서 방향을 잃고 어쩔 줄 모르고 있는 듯이 여겨졌다. 그런데 기묘하게도, 키를 잡고 있는 사람은 바로 나였다!

2

이틀 후 그로스 부인이 어린 신사라고 부르는 소년을 만나러 플로라와 함께 마차를 타고 갈 때 이런 느낌은 더욱 절실해졌다. 이틀째 저녁에 일어난 사건으로 몹시 당황했기 때문에 더욱 그러했다. 이미 말했던 대로 첫째 날은 전반적으로 마음이 안정되었다. 그러나 나는 그날이 어떻게 미무리되는지를 애리한 불안감을 느끼며 지켜보아야 했다. 그날 저녁 늦게 도착한 우편낭에는 나에게 온 편지가 있었다. 내 고용주의 필체로 단지 몇 줄 밖에 적혀 있지 않은 그 편지에는 그의 앞으로 보내진 편지가 아직 개봉되지도 않은 채 동봉되어 있었다. "이 편지는 교장이 보낸 것입니다. 그 교장은 끔찍하게 지루한 사람이지요. 그의 편지를 읽고 그와 함께 일을 처리하세요. 하지만 명심할 것은 나에게 절대로 보고하지 말라는 겁니다. 단 한마디도 안 됩니다. 그럼 이만!" 나는 그 봉인을 뜯는 데 무척 노력을 들여야 했다. 봉인이 너무 커다란 것이었기에 그것을 뜯어내는 데 시간이 오래 걸렸던 것이다. 결국에는 개봉되지 않은 그 문서를 내 방으로 가지고 올라왔고, 잠자리에 들기 바로 전에 다시 열어보았다. 그날 밤에 나는 두 번째로 잠을 이루지 못했다. 그 편지는 다음 날 아침까지 그냥 내버려두는 편이 나았을 것이다. 조언을 구할 수도 없는 사정이어서 다음 날 나는 고민에 사로잡혔다. 결국에는 그 걱정거리에 짓눌릴 지경이어서 나는 최소한 그로스 부인에게라도 속마음을 털어놓기로 결심했다.

"그게 무슨 뜻인가요? 도련님이 학교에서 쫓겨나다니요."

나를 바라보는 부인의 표정을 나는 그 순간 눈여겨보았다. 부인이 재빨리 무표정한 얼굴로 되돌리려는 노력이 눈에 보일 지경이었다. "하지만 학생들이 모두—?"

"집으로 돌아가지 않느냐고요? 그렇죠, 하지만 방학 동안만이지요. 마일스는 결코 다시는 학교에 돌아가지 않을 거예요."

내가 지켜보는 가운데 부인은 의식적으로 얼굴을 붉혔다. "학교에서 도련님을 받지 않을 거라고요?"

"단호히 거절했어요."

이 말에 부인은 눈을 치켜뜨더니 내 시선을 피했다. 나는 그 눈에 선량한 눈물이 고이는 것을 보았다. "도련님이 무슨 일을 했는데요?"

나는 주저했다. 그러고 나서 부인에게 편지를 건네주는 편이 제일 좋겠다고 판단했다. 하지만 부인은 편지를 받지 않고 손을 등 뒤로 돌렸다. 부인은 서글프게 고개를 저었다. "이런 일은 저에게 맞지 않아요, 선생님."

나의 조언자는 글을 읽을 수 없었던 것이다! 나는 내 실수에 움찔하면서 될 수 있는 대로 그것을 무마할 셈으로 편지를 펼쳐서 다시 부인에게 읽어주었다. 그리고는 머뭇거리면서 편지를 다시 접어 주머니에 넣었다. "그 애가 정말로 나쁜 애인가요?"

부인의 눈에는 아직도 눈물이 있었다. "그 신사 분들이 그렇게 말씀하시나요?"

"그분들은 구체적인 이유를 말하지 않았어요. 마일스를 계속 받아주는 것이 불가능하다고 유감을 표했을 뿐이에요. 그 말이 뜻하는 의미는 오직 한 가지뿐이죠." 그로스 부인은 묵묵히 귀를 기울였으나 그 의미가 무엇인지는 내게 묻지 않았다. 그래서 나는 부인이 옆에 있는 것만으로도 내 마음의 안정에 도움이 된다는 것을 염두에 두면서 그 문제를 좀 더 일관성 있게 제시하기 위해 계속해서 말했다. "그 애가 남들에게 해가 된다는 거예요."

소박한 사람들이 흔히 급격하게 노여움을 내비치듯이 이 말에 부인은 갑자기 발끈했다. "마일스 도련님이! 해가 된다고요?"

이 말에는 선량한 믿음이 넘쳐흐르고 있었기에 비록 아직 그 아이를 보지 못했지만 나 역시 두려움을 느끼고 있었으므로 나는 그것이 어처구니없는 생각이라는 결론으로 비약하게 되었다. 나는 내 동료와 더욱더 의견을 일치시킬 수 있도록 즉시 신랄하게 맞장구쳤다. "가엾게도 어리고 순진한 자기 친구들에게 해를 끼친다는 말이지요!"

"그렇게 잔인한 말을 하시다니 너무하세요! 도련님은 채 열 살도 되지 않았다고요." 그로스 부인이 큰 소리로 말했다.

"그래요, 그래. 믿을 수 없는 일이지요."

이 고백을 부인은 분명 고맙게 받아들였다. "먼저 도련님을 만나보세요, 선생님. 그리고 나서 그 말을 믿으시라고요!" 그 즉시 나는 그 아이를 보고 싶은 조급함을 새로이 느꼈다. 호기심이 발동했으므로 이후 몇 시간 동안 그 호기심은 점점 강해져서 거의 고통스러울 지경이었다. 내가 판단하기로, 그로스 부인은 자신이 나에게 미친 영향을 알아차렸기에 한층 더 확신에 찬 말을 덧붙였다. "차라리 어린 아가씨에 대해서 그 말을 믿는 편이 낫겠어요. 아가씨에게 축복이 있기를." 부인은 다음 순간 덧붙여 말했다. "아가씨를 보세요!"

나는 몸을 돌렸다. 불과 10분 전에 백지 한 장과 연필, 둥근 O자를 여러 개 멋지게 그려놓은 연습지 한 장을 주고 교실에 있도록 했던 플로라가 열린 문간에 모습을 드러내고 있었다. 플로라는 나를 바라보며 자기 나름의 아이 같은 태도로 불유쾌한 의무에 대해 놀랍게도 무심함을 드러냈다. 하지만 나에게는 그 시선이 무척 어린애답게 느껴졌고, 내게 품고 있던 애정이 드러난 것으로 보였다. 또한 그 애정으로 아이는 나를 따라다녀야 한다고 여겼을 것이다. 그로스 부인이 얼마나 적절하게 두 아이를 비교했는지 실감하는 데 이보다 더 필요한 것은 없었다. 나는 내 학생을 안고 아이에게 키스를 퍼부었다. 그 가운데에는 속죄의 흐느낌도 섞여 있었다.

그럼에도 불구하고 나는 그날의 남은 시간 동안 내 동료에게 접근할 또 다른 기회를 엿보았다. 특히 저녁이 가까워지면서 부인이 다소 나를 피하고 싶어 하는 눈치를 보였기 때문이다. 내 기억에 나는 계단에서 부인을 따라잡았고, 함께 계단을 내려갔다. 그리고 바닥에 이르자 부인의 팔에 손을 올려놓고 붙잡으며 이렇게 말했다. "낮에 당신이 한 말은 그 애가 나쁜 짓을 하는 경우를 한 번도 본 적이 없다는 뜻이겠지요."

부인은 머리를 뒤로 제쳤다. 이때쯤 되자 분명 부인은 매우 솔직하게 어떤 입장을 택한 듯했다. "한 번도 본 적이 없다고요? 그렇게 말한 것은 아니에요."

나는 다시 혼란스러워졌다. "그렇다면 그런 것을 본 적이 있었나요?"

"물론 그렇죠, 선생님."

심사숙고하면서 나는 이 말을 받아들였다. "당신 말은 장난꾸러기가 아닌 소년은 결코—"

"나에게 맞는 소년이 아니에요."

나는 부인을 더욱 꼭 잡았다. "당신은 아이들이 버릇없이 활기차게 구는 것을 좋아하지요?" 그러고 나서 부인의 대답에 보조를 맞추어 열성적으로 말했다. "나도 그래요! 하지만 오염시킬 정도까지 좋아하는 것은 아니에요."

"오염시킨다고요?" 내가 쓴 거창한 단어에 부인은 어리둥절했다.

나는 그 말을 설명했다. "타락시킨다고요."

부인은 어안이 벙벙하여 내 말뜻을 생각했다. 그러나 부인은 기묘한 웃음을 터뜨렸을 뿐이었다. "도련님이 선생님을 타락시킬까 두려우신 건가요?" 부인이 기분 좋게 대담한 유머 감각을 발휘하여 질문을 던졌으므로, 나는 틀림없이 약간 바보처럼 보였겠지만 부인의 웃음을 흉내 내어 비슷하게 웃으며, 잠시 그 놀림을 우호적으로 느끼고 받아들였다.

그러나 다음 날 마차를 탈 시간이 가까워졌을 때 나는 다른 질문을 불쑥 꺼냈다. "전에 여기 있었던 여자 분은 어떤 사람이었죠?"

"지난 번 가정교사요? 그분도 젊고 예뻤어요. 거의 선생님만큼이나 젊고 예뻤지요."

"아, 그렇다면 그 젊음과 아름다움이 그녀에게 도움이 되었기를 바라요!" 나는 이렇게 주절거렸던 것을 기억한다. "그분은 젊고 예쁜 여성을 좋아하는 것 같군요."

"아, 그랬어요." 그로스 부인이 동의했다. "그런 식으로 사람을 좋아했지요." 부인은 이 말을 실제로 입 밖에 내자마자 얼른 다시 정신을 차렸다. "내 말은 그분, 주인님의 방식이 그렇다는 거예요."

나는 깜짝 놀랐다. "그런데 처음에는 누구에 대해 말하셨지요?"

부인은 무표정하게 보였지만 얼굴을 붉혔다. "물론 그분에 대해서지요."

"주인님에 대해서요?"

"그 밖에 누가 있겠어요?"

명백히 다른 사람이 없었으므로 다음 순간 나는 부인이 의도했던 것보다 더 많은 사실을 우연히 누설했다는 느낌을 잊어버리고 말았다. 그래서 나는 그저 내가 알고 싶었던 것을 물었다. "그녀는 마일스에게서 무엇인가를 보았나요?"

"옳지 않은 것을 말씀인가요? 그 선생님은 제게 전혀 말하지 않았어요."

나는 잠시 주저했지만 곧 극복했다. "그 여성은 주의 깊고 꼼꼼한 편이었나요?"

그로스 부인은 양심적으로 대답하려고 노력하는 듯이 보였다. "어떤 점에 있어서는 그랬어요."

"하지만 전반적으로는 아니었고요?"

다시 부인은 생각에 잠겼다. "저, 선생님, 그 여자 분은 죽었어요. 저는 험담을 하고 싶지 않아요."

"당신의 감정을 전적으로 이해해요." 나는 서둘러 대답했다. 하지만 잠시 생각해보니 조금 더 물어보아도 내가 인정한 사실에 크게 어긋날 것 같지 않았다. "그 가정교사는 여기서 죽었나요?"

"아뇨, 떠났어요."

그로스 부인의 간결한 대답에서 모호하게 여겨진 부분이 무엇이었는지를 나는 알지 못한다. "죽기 위해서 떠났다고요?" 그로스 부인은 똑바로 창밖을 내다보았다. 하지만 나는 원칙적으로 블라이에 고용된 젊은이들이 어떤 일을 하도록 요구되고 있는지 알 권리가 있다고 느꼈다. "그녀가 병이 들어서 집에 갔다는 말인가요?"

"그 선생님이 이 집에서 병에 걸린 것은 아니에요. 겉으로 보기에는 그랬지요. 연말이 되자 그분은 집에 간다고 이곳을 떠났어요. 짧은 휴가를 보내기 위해서라고 말했지요. 그분이 여기서 보낸 시간을 고려하면 그런 휴가를 누릴 권리가 충분히 있었어요. 당시 여기엔 젊은 여자 하나가 보모로 계속 머물러 있었어요. 착하고 똑똑한 사람이었고, 선생님이 없는 사이에 아이들을 전적으로 돌봐주었지요. 하지만 그 젊은 선생님은 결코 돌아오지 않았어요. 그리고 그분이 돌아올 거라고 예상하던 바로 그 무렵에 주인님에게서 선생님이 돌아가셨다는 이야기를 들었지요."

나는 이 말을 곰곰이 생각해보았다. "그런데 무슨 병으로 죽었나요?"

"주인님은 전혀 말씀해주지 않으셨어요. 오, 선생님 이제 그만이요. 저는 일을 하러 가야 해요." 그로스 부인이 말했다.

3

이처럼 부인은 나에게 등을 돌렸지만, 그것은 다행스럽게도 내가 느끼는 당연한 호기심을 막지 않았고, 우리가 서로 가까워지는 데 방해가 되지도 않았다. 어린 마일스를 집으로 데리고 온 이후, 우리는 전보다 더욱 친밀하게 내가 전반적으로 느끼고 있던 당혹스러움의 근거에 대해서 이야기를 나누었다. 나는 이제 내 앞에 모습을 드러낸 그런 아이가 퇴학을 당해야 한다는 사실이 너무나 어처구니없다고 주장할 만한 마음 상태였던 것이다. 나는 그곳에 조금 늦게 도착했다. 그 아이가 마차에서 내려 그 자리에 있던 여관 문 앞에 서서 나를 찾으며 생각에 잠긴 듯한 모습으로 서 있을 때, 순간 나는 그의 어린 누이를 처음 보았을 때와 똑같은 상태가 되었다. 신선한 기운이 광채를 발하고, 완전히 향기로운 순수함이 넘쳐흐르며 안팎에서 그를 감싸고 있다고 느낀 것이다. 아이는 믿을 수 없을 정도로 아름다웠다. 그로스 부인이 정확하게 지적했듯이, 그 아이가 있는 곳에서는 아이에 대한 다정함 외에는 일체의 감정이 사라질 정도였다. 내가 그때 그곳에서 그 아이를 내 마음에 받아들였던 것은 다른 아이들에게서 그만큼 찾아볼 수 없었던 어떤 신성함 때문이었다. 그것은 이 세상에서 사랑 이외에는 아무것도 알지 못하는 듯한 태도, 뭐라 말로 표현할 수 없지만 어린애답게 드러나는 그 태도였다. 그보다 더 향기로운 순진무구함을 지니고 오명을 쓰기란 불가능했으리라. 그 아이와 함께 블라이로 되돌아왔을 때쯤, 나는 내 방의 서랍 속에 가둬놓은 그 끔찍한 편지를 생각하며 온통 어리둥절한 상태였다. 그때까지는 아직 격분할 정도는 아니었다. 그로스 부인과 은밀히 이야기를 나눌 수 있게 되자 나는 그것이 기이한 일이라고 단언했다.

부인은 즉시 내 말을 이해했다. "그 잔인한 비난 말인가요?"

"그건 잠시도 용납될 수 없는 비난이에요. 친애하는 부인, 저 아이를 보세요!"

그 아이의 매력을 발견했다는 나의 주장에 부인은 미소를 지었다. "장담컨대, 선생님, 저는 언제나 그렇답니다! 그렇다면, 뭐라고 말하실 건가요?" 부인은 즉시 덧붙였다.

"그 편지에 대한 답장에요?" 나는 마음을 이미 굳힌 상태였다. "아무 말도 하지 않겠어요."

"그러면 도련님의 백부님께는?"

나는 신랄했다. "아무 말도 안 할 거예요."

"그러면 도련님에게는?"

나는 경이로울 지경이었다. "아무 말도요."

부인은 앞치마로 입가를 훔쳤다. "그렇다면 저는 선생님과 한 편이 되겠어요. 우리는 그 비난이 사실이 아니라는 것을 밝힐 거예요."

"우리는 그것을 밝힐 거예요!" 나는 열렬히 부인의 말을 따라했고 맹세를 할 셈으로 손을 내밀었다.

부인은 잠시 내 손을 잡았다. 그러고 나서 붙잡히지 않은 손으로 앞치마를 다시 끌어당겼다. "혹시 제가 주제넘게 행동하면 불쾌하시겠어요?"

"내게 키스하려고요? 천만에요!" 나는 그 선량한 부인을 끌어안았다. 우리가 자매처럼 포옹을 나눈 후에 나는 좀 더 기운을 얻었고 더욱 분개하게 되었다.

어떻든 그 당시의 상황은 이러했다. 시간은 너무나 충일하였기에 그 시간이 흘러간 방식을 회상해볼 때 그것을 조금이라도 명확하게 제시하려면 온갖 기교가 필요하다는 생각을 떠올리게 된다. 되돌아볼 때 놀라운 것은 내가 받아들인 상황이었다. 나는 내 동료와 더불어 그 일을 헤쳐나갈 의무를 떠맡았던 것이다. 분명 나는 어떤 마력에 걸려 있었고, 그 마력으로 말미암아 내가 바쳐야 할 극심한 노력과 그러한 노력에 결부된 극히 어려운 관계를 가볍게 치부할 수 있었다. 나는 매혹과 연민의 거대한 파도에 밀려 높이 솟구쳤다. 무지와 혼란과 어쩌면 자만심에 빠져서 나는 이제 막 세상에 대한 교육을 시작해야 할 시점에 있는 소년을 잘 다룰 수 있다고 간단하게 생각했다. 그 아이의 방학이 끝날 무렵 학업을 계속하기 위해서 내가 어떤 계획을 마련했는지 지금은 기억조차 할 수 없다. 실제로 그 아름다운 여름에 우리 모두는 그 아이가 나에게서 가르침을 받아야 한다는 생각을 하고 있었다. 그러나 지금 나는 그 몇 주 동안 가르침을 받은 사람은 오히려 나였다고 느낀다. 나는 처음에 분명 무엇인가를 배웠는데, 그것은 협소하고 숨 막히는 내 삶이 준 가르침은 아니었다. 나는 즐거움을 느끼는 것을 배웠고 심지어 즐거움을 베풀어주고 내일에 대해 생각하지 않는 법을 배웠다. 어떤 의미에서는 생전 처음으로 공간과 공기와 자유, 여름날의 온갖 음악과 자연의 모든 신비를 알게 된 것이었다. 게다가 나는 존중을 받고 있었고 그것은 달콤한 기분이었다. 아, 그것은 덫이었다. 그것은 내 상상력과 예민함에, 어쩌면 내 허영심에, 그리고 내면의 흥분하기 쉬운 그 어떤 기질에 놓인 덫이었으며, 의도적인 것이 아니었다 하더라도 내 내면으로 깊이 파고들었다. 그 상황을 전체적으로 묘사하자면, 내가 경계를 풀고 있었다고 말하는 것이 최선일 것이다. 아이들은 거의 문제를 일으키지 않았다. 그 아이들은 놀라울 정도로 부드러운 성격을 지니고 있었다. 나는 험난한 미래가(미래는 모두 험난하기 마련이니까!) 그 아이들을 어떻게 대할지, 어떤 상처를 입힐지에 대해서 가끔 생각했는데, 이것조차 막연히 두서없는 생각에 머물렀다. 아이들은 건강과 행복이 넘쳐흘렀다. 그래도, 모든 것으로부터 보호해야 하고, 모든 것을 정리하고 모든 조치를 취해야 옳은, 어린 귀족이나 왕족의 혈통을 이어받은 왕자나 공주를 맡은 것처럼, 내 공상 속에서 아이들의 미래는 오로지 낭만적인 형태로만 떠올랐으며 진짜 왕족들이 향유하는 넓게 펼쳐진 정원과 사원(私園)의 모습을 띠었다. 물론 이런 곳에 갑자기 무엇인가 난입하면 그 이전의 시간은 주문에 걸린 고요한 시간처럼—무엇인가 모여들거나 웅크리고 있는 정적의 순간처럼 여겨질 것이다. 실제로 변화가 생기자 그것은 야수가 튀어나온 것 같았다.

처음 몇 주 동안은 하루하루가 더디게 지나갔다. 가끔 아주 좋은 날이면 나는 나만의 시간이라고 부르던 시간을 얻곤 했다. 그것은 내 학생들이 차를 마시고 잠자리에 들 시간이 되어서 내가 끝으로 잠자리에 들기 전에 혼자서 약간의 휴식을 누리는 시간이었다. 비록 학생들을 무척 좋아하긴 했지만 이 시간이야말로 하루 중에서 내가 가장 좋아한 때였다. 그리고 나는 날이 어둑해지고 있을 때—아니 낮의 햇빛이 남아서 서성거리고 히늘이 붉게 물든 가운데 최후까지 고목에 남은 새들이 마지막으로 지저귀는 소리를 들려줄 때—정원을 산책하면서 그곳의 아름다움과 장중함을 한껏 누릴 수 있었던 때를 가장 좋아했다. 그럴 때 내가 마치 주인이라도 된 양 소유 의식을 느끼는 것은 우습기도 하고 우쭐한 기분을 자아내기도 했다. 이러한 순간에 나는 즐거운 마음으로 나 자신이 평온한 상태이고 정당하다고 느꼈다. 분별력과 차분한 양식과 대체로 높은 교양을 발휘함으로써 내가 그 사람에게 즐거움을 주고 있다—혹시라도 그 사람이 이런 일에 대해 한 번이라도 생각해본 적이 있었을까?—고 생각하는 것 또한 어쩌면 의심할 바 없이 즐거운 일이었다. 그의 절박한 요구에 내가 응했으니까. 내가 하고 있던 일은 그가 진지하게 바라면서 나에게 직접 요청한 일이었고, 결국 내가 그 일을 수행할 수 있었다는 사실은 예상보다 훨씬 더 큰 기쁨이었다. 간단히 말해서, 나는 스스로를 놀라운 젊은 여성이라고 생각했고 이러한 사실이 더욱 공공연히 알려지리라는 믿음에서 위안을 얻었다고 생각한다. 글쎄, 곧 첫 번째 징후를 드러낸 그 놀라운 것들에 정면으로 맞서려면 나도 놀라운 인물일 필요가 있었다.

그 일은 어느 날 오후 나만의 시간을 보내고 있는 가운데 느닷없이 일어났다. 아이들은 다른 곳으로 물러났고 나는 밖으로 나와서 거닐고 있었다. 이렇게 배회하고 있을 때 나에게 떠오르곤 하던 생각들 가운데 한 가지는, 이제는 그 무엇에도 움츠릴 필요가 없으므로 말하건대, 갑자기 누군가를 만난다면 매혹적인 이야기책처럼 매혹적이리라는 것이었다. 거기 길이 굽은 곳에 누군가 나타나서 내 앞에 서서 미소를 짓고 나를 인정해 줄 것이다. 나는 그 이상은 바라지 않았다. 그저 그가 알고 있기를 기대했을 뿐이다. 그가 알고 있다는 것을 확인할 수 있는 방법은 오로지 그의 잘생긴 얼굴에서 그 사실을 감지하고, 그로 인한 친절한 얼굴빛을 보는 것이었다. 바로 그것이 내 마음에 떠올랐을 때—그것이란 말은 그의 얼굴을 뜻한다—첫 번째 사건이 발생했다. 긴 유월의 어느 날이 저물어갈 무렵 나는 정원 한곳에서 저택을 바라보고는 깜짝 놀라 걸음을 멈추었다.

그 순간 나는 내 상상이 눈 깜짝할 순간에 현실이 되었다는 느낌에 사로잡혔고, 그것은 그 어떤 환영이 일으킬 수 있는 것보다도 훨씬 더 큰 충격이었다. 그가 그곳에 서 있었던 것이다! 그러나 그는 잔디밭 너머 높은 곳에, 첫날 아침에 어린 플로라가 나를 데리고 갔었던 그 탑의 꼭대기에 서 있었다. 총안이 설치된 그 탑은 어울리지 않는 사각 건물 한 쌍 중의 하나다. 나는 차이를 거의 알 수 없었지만 어떤 이유에서인지 새것과 오래된 건물로 둘을 구별하였다. 저택의 양쪽 끝에 접하고 있는 그 탑들은 어쩌면 건축학적으로 터무니없는 것이었겠지만, 전적으로 동떨어진 건축물이 아니고 또한 허세를 떨칠 정도의 높이도 아니며, 고색창연한 허울에 있어서 이미 점잖은 과거가 되어버린 낭만주의 부흥기의 산물이라는 점에서 사실 어느 정도 봐줄 만한 구석이 있었다. 나는 그 탑들에 경탄했고 그것에 대한 공상을 하기도 했다. 그 탑들이 어스름 속에서 어렴풋이 모습을 드러낼 때 우리 모두는 총안이 있는 장중한 흉벽에 대해 때로 감탄했기 때문이었다. 하지만 그처럼 높은 곳은 내가 그렇게 자주 그려오던 그 인물이 있을 만한 가장 적합한 장소는 아니었다.

청명한 황혼녘에 드러난 이 인물은 내가 기억하기로는 숨이 막힐 정도로 놀라운 두 가지 서로 다른 감정을 일으켰다. 그것은 곧 첫 번째의 충격과 두 번째의 놀람으로 인한 충격이었다. 두 번째 감정은 첫 번째의 감정이 착각이었음을 강렬하게 인식한 결과였다. 내 눈에 들어온 그 사람은 내가 경솔하게 가정했던 그분이 아니었다. 그리하여 나에게 시각의 혼란이 생겨났고, 몇 년이 지난 지금에도 생생하게 묘사할 수 있을을 정도다. 호젓한 곳에 있는 낯선 사람은 세상으로부터 격리되어 보호를 받고 자라난 젊은 여성에게 충분히 공포의 대상으로 여겨질 수 있다. 그리고 몇 초가 지나면서 확인할 수 있었던 바, 나를 바라본 그 인물은 내 마음속에 있었던 이미지가 아니었을 뿐 아니라 내가 아는 어느 누구도 아니었다. 나는 그런 사람을 할리가에서 본 적이 없었고 다른 곳에서도 본 적이 없었다. 게다가 그 장소는 그 순간 그것이 나타났다는 사실 그 자체로 인해서 더할 수 없이 기이하게도 황량한 곳으로 바뀌어버렸다. 여기서 전에 없이 심사숙고하며 진술하고 있는 나에게는 최소한 그 순간의 감정이 모두 되살아난다. 내 눈에 들어온 것을 받아들이는 동안, 주위의 모든 풍경은 마치 죽음에 휩싸여버린 듯이 여겨졌다. 여기서 지금 글을 쓰는 동안에도 나는 또다시 저녁 무렵의 소리들이 사라져버린 강렬한 정적을 들을 수 있다. 황금빛 하늘에서 까악거리던 까마귀의 울음소리가 멈췄고, 그 푸근한 시간은 잠시 모든 소리를 잃어버렸다. 하지만 자연에 있어서 다른 변화라고는 일어나지 않았다. 사실 변화가 있었다면 내가 기이할 정도로 날카롭게 주시했다는 것이라고나 할까. 하늘은 여전히 황금빛이었고 공기는 청명했으며, 흉벽 너머에서 나를 바라본 그 남자는 액자 속의 그림처럼 선명했다. 그러므로 나는 그 남자일지도 모를 사람들, 하지만 그 남자가 아닌 사람들을 차례로 아주 민첩하게 떠올려보았다. 우리는 상당히 먼

거리를 사이에 두고 대면하고 있었기에, 그렇다면 그가 누구인 가라는 강렬한 물음을 나 자신에게 던져보았다. 하지만 아무런 답도 생각해낼 수 없었고 잠시 시간이 흐른 후 내 놀라움은 더욱 커졌다.

나중에 생각해볼 때 어떤 사실들에 관해서 가장 중요한 물음, 아니 그런 물음들 가운데 한 가지는, 그것이 얼마 동안이나 지속되었는가 하는 것이다. 자, 당신이 어떻게 생각하든 간에, 이 문제는 집 안에 내가 알지 못하는 사람이 있었다는—무엇보다도, 얼마나 오래 있었던 것일까?—열댓 가지 가능성을 황급히 타진하는 동안 지속되었다. 그 가능성들은 별다른 차이가 없었다. 내가 맡은 임무상 그런 것을 몰라도 안 되고, 그런 사람이 있어서도 안 된다고 생각하면서 나 자신을 약간이나마 추스르는 동안에도 그 물음은 계속되었다. 그것은 어떻든 이 손님—내 기억으로는 모자를 쓰지 않은 그의 친숙함의 표시에 기묘한 자유분방함이 배어 있있다—이 자기가 서 있는 곳에서 나를 뚫어지게 응시하는 동안 지속되었던 것이다. 그는 저물어가는 빛을 받으며 자신이 불러일으킨 바로 그러한 의문을 품고, 똑같이 탐사하는 듯한 시선이었다. 서로에게 소리쳐 말을 건네기에는 너무 멀리 떨어진 거리였다. 그러나 우리가 서로를 똑바로 응시한 결과, 좀 더 가까운 거리였다면 우리들 사이의 어떤 도전으로 정적이 깨졌을 만한 순간이 있었다. 그는 저택에서 멀리 떨어진 한 모퉁이에 똑바로 서서 벽의 돌출된 부분에 양손을 얹고 있는 듯이 보였다. 이 종이 위에 써지는 글자들을 보듯이, 그처럼 선명하게 나는 그 남자를 보았다. 그러고 나서 정확히 1분 후에 그는 마치 그 광경에 한 가지를 덧붙이려는 듯 천천히 자리를 옮겼고, 계속 나를 뚫어지게 바라보면서 반대편 구석으로 옮겨갔다. 그래, 이렇게 자리를 옮기는 동안에도 그가 결코 나에게서 눈을 떼지 않았다는 것을 나는 예리하게 의식했고, 지나가면서 그의 손이 한 총안에서 그 다음 총안으로 옮겨간 것을 지금 이 순간에도 떠올릴 수 있다. 그는 맞은편 구석에서 걸음을 멈추었지만 짧은 순간에 불과했고, 몸을 돌리면서도 여전히 나를 응시하고 있음이 눈에 띄었다. 그는 몸을 돌렸다. 내가 아는 것은 그것이 전부였다.

4

이번 경우에 내가 얼마간 더 기다리지 않은 것은 아니었다. 나는 몹시 동요되었을 뿐 아니라 깊이 뿌리박힌 듯 움직일 수 없었기 때문이다. 블라이에 어떤 '비밀'이 있었던 것일까? 우돌포*의 미스터리나 아니면 입 밖에 낼 수 없는 어떤 미친 친척이 생각지도 못할 곳에 감금되어 있는 것일까? 얼마나 오랫동안 내가 이런 문제들을 곰곰이 생각해보았는지, 혹은 낯선 이와 충돌한 그곳에서 혼란스런 호기심과 두려움에 휩싸여 얼마나 오랫동안 그대로 서 있었는지 알 수 없다. 다시 집으로 돌아왔을 때는 어둠이 상당히 깔린 다음이었다는 것만을 기억할 뿐이다. 그사이에 혼란스런 동요가 나를 사로잡아 휘몰아갔음이 분명하다. 그 주위를 빙빙 돌면서 3마일 정도는 틀림없이 걸었

*고딕소설의 정수라고 평가받는 앤 래드클리프의 소설 《우돌포의 비밀》에 나오는 장소.

을 테니까. 그러나 그 이후로 나는 더욱더 짓눌리게 되었기 때문에 이처럼 단순한 놀라움의 시작은 인간에게 비교적 흔히 일어나는 오싹한 한기에 불과했다. 사실 그 사건에서 가장 기묘한 부분은—그 나머지 부분들도 기묘하기는 했지만—홀에서 그로스 부인을 만났을 때의 내 의식이었다. 내가 돌아왔을 때 받은 인상, 그때의 장면이 연속적으로 떠오른다—램프 불빛이 밝게 빛나고 초상화가 걸려 있고 붉은 카펫이 깔려 있는, 넓은 흰 패널로 둘러싸인 공간, 나를 찾고 있었다는 사실을 즉시 알 수 있는, 선량한 얼굴에 떠오른 내 친구의 놀란 표정. 이것들은 내 마음속에 각인되어 있다. 내가 나타나자 꾸밈없이 기뻐하며 말끔히 걱정을 떨쳐버린 부인과 마주하자, 내가 부인에게 털어놓으려 했던 그 사건과 관련해서 부인은 아는 바가 전혀 없으리라는 생각이 퍼뜩 들었다. 나는 편안해 보이는 부인의 얼굴을 보면 말이 나오지 않을 거라고는 예상하지 않았다. 그런데 내가 그것에 대해 언급하기를 주저했다는 사실은 어쩐지 바로 내가 목격한 그 사건의 중요성을 드러내는 듯했다. 내가 느낀 공포의 진정한 서곡이 내 동료에게 걱정을 끼치지 않으려는 본능—이렇게 말해도 되겠지만—과 더불어 시작되었다는 이 사실은 이 이야기 전체에서 가장 기묘하게 보이는 부분이다. 따라서 그 쾌적한 홀의 그 자리에서 부인의 시선이 나에게 머무는 가운데 나는, 그 당시에는 말로 표현할 수 없었던 어떤 이유로 내면의 획기적인 변화를 경험했고, 내가 늦은 것에 대한 모호한 핑계로 밤 풍경이 아름다웠다는 것과 이슬이 많이 내려

발이 젖었다는 구실을 대며 될 수 있는 대로 빨리 내 방으로 물러났다.

이제 그것은 다른 문제였다. 며칠이 지난 다음에도 그것은 다분히 수상쩍은 문제로 남아 있었기에, 매일매일 몇 시간씩 혹은 나의 분명한 의무를 수행하면서 간신히 얻어낸 최소한 몇 분의 순간에도 나는 혼자서 생각해야 했다. 아직 참아낼 수 없을 정도로 신경과민 상태는 아니었지만 그렇게 될까봐 나는 몹시 두려웠다. 이제 내가 이리저리 숙고해보아야 했던 사실은, 어쩐 일인지 무척 밀접하게 나와 관련된 듯이 보인 그 방문객에 대해서 어떻게도 설명할 수 없다는 것이었다. 그다지 오래 지나지 않아서 나는 정식으로 물어보거나 자극적인 언급을 하지 않고도 어떤 식으로든 집안의 복잡한 사정을 타진할 수 있게 되었다. 내가 받은 충격으로 말미암아 내 모든 감각은 틀림없이 예리해졌을 것이다. 보다 면밀하게 주의를 기울인 결과 3일이 지나자 나는 하인들이 나에게 음모를 꾸미거나 나를 어떤 '장난'의 대상으로 삼지 않았다고 확신할 수 있었다. 내가 보았던 그것이 무엇이든지 간에, 내 주위에서는 그것에 대해서 아무것도 알 수 없었다. 온건한 추론이라고 세울 수 있는 가설은 단 한 가지밖에 없었다. 누군가 다소 무례하게 제멋대로 침입했다는 것이다. 나는 내 방에 잠깐 들어가서 문을 잠그고 혼자 계속해서 이렇게 중얼거렸다. 우리는 공동으로 가택 침입을 받은 것이다. 어떤 부도덕한 여행자가 오래된 저택에 흥미를 느끼고는 남들이 보지 않는 사이에 몰래 들어와 가장 전망이 좋은 곳에서 풍경을 구경하고는 들어왔던 것처럼 몰래 빠져나간 것이다. 그가 나를 그토록 과감하고 거칠게 쳐다보았다면, 그것은 그의 경솔함을 드러내는 한 부분일 뿐이다. 결국 다행스러운 점은 우리가 분명 그를 더 이상 보지 않을 거라는 사실이었다.

다행스럽기는 했지만, 그것은 내가 맡은 매력적인 일과는 비교할 수 없었다. 그 일 덕택에 나는 다른 일에 근본적으로 중요한 의미를 부여할 수 있었다. 그 일이란 바로 마일스, 플로라와 함께 지내는 생활이었다. 다른 무엇보다도 고통스러울 때 그 생활에 몰입할 수 있다고 느꼈기 때문에 나는 더욱더 그 생활을 좋아했다. 내가 맡은 어린아이들의 매력은 지속적인 기쁨을 주었으므로, 처음에 내 일이 우울하고 단조로울 거라고 예상하면서 느꼈던 두려움이나 혐오감이 부질없는 감정이었다는 데 새삼 놀라지 않을 수 없었다. 우울한 단조로움이란 있을 것 같지 않았고 오랜 기간 고된 노력을 바쳐야 할 것 같지도 않았다. 그러니 나날이 아름답게 드러나는 그 일이 어떻게 매력적이지 않을 수 있는가? 그것은 놀이방의 로맨스이자 교실의 시 그 자체였다. 물론 이렇게 말했다고 해서 우리가 소설과 시만 공부했다는 뜻은 아니다. 내 말은 내 학생들이 불러일으킨 그러한 흥미를 다른 식으로는 표현할 수 없다는 것이다. 아이들에게 익숙해지기는커녕 끝없이 새로운 것을 발견했다고—가정교사에게 그것은 놀라운 일이다. 나는 내 동료들에게 증언을 요청한다!—말하는 것 외에는 달리 표현할 길이 없다. 물론 이러한 발견이 미치지 못하는 한 가지 방향이 있었다. 마일스가 학교에서 한 행동에는 깊은 어둠이 계속 덮여 있었다. 나는 그 수수께끼에 직면하면서도 고통을 느끼지 않는 것이 곧 가능해졌다는 사실을 알아차렸다. 어쩌면 심지어는 그 아이가 말 한 마디 없이 스스로 그 문제를 해결했다고 말하는 편이 더 사실에 가까울 것이다. 아이는 그 비난을 모두 터무니없는 것으로 만들어놓았다. 진정 그 아이의 붉은 장밋빛 순수함이 타오르는 곳에서 나의 결론은 저절로 꽃을 피웠다. 약간 무시무시하고 불결한 학교 환경에 비해서 그 아이는 너무나 훌륭하고 아름다웠고 따라서 그에 대한 대가를 치른 것이었다. 다수—심지어 우둔하고 지저분한 교장들을 포함할 수 있는—의 편에서 그러한 차이와 탁월한 자질을 의식하게 되면 언제나 앙심에 호소하는 법이라고 나는 예리하게 판단했다.

아이들은 둘 다 부드러운 성품을 갖고 있었고—그것이 그들의 유일한 결함이었는데, 그렇다고 해서 마일스가 둔재인 것은 결코 아니었다—그것은 아이들을 (어떻게 표현해야 할까?) 거의 비인격적인 존재로 만들었기에 결코 벌을 줄 수 없었다. 아이들은 일화에 나오는 아기 천사들 같았고, 최소한 도덕적으로는 체벌을 가할 만한 이유가 없었다! 특히 마일스에 대해서 말하자면 그 애에게 과거가 없는 듯이 여겨졌던 것을 기억한다. 우리는 어린아이에게서도 약간이나마 과거가 있으리라 기대한다. 그러나 이 아름다운 어린 소년에게는 무언가 특히 섬세하고 특히 행복한 구석이 있었고, 내가 보아온 그 나이 또래의 어떤 아이들에게 있어서보다 그러한 면이 매일매일 더욱 새롭게 발휘되는 듯했다. 마일스는 단 1초 동안도 고통을 느끼지 않았다. 나는 이것을 그 아이가 사실 응징을 받지 않았음을 직접적으로 입증하는 것이라 여겼다. 만약 마일스가 사악한 아이였다면 꾸지람을 들었을 것이고, 그 반향에 의해서 나는 그 사실을 포착하고 그 흔적을 찾아냈을 것이다. 그러나 나는 전혀 아무것도 발견하지 못했다. 그러므로 그 아이는 천사였다. 마일스는 학교에 대해 일절 말하지 않았고 동무나 선생님에 대해서도 전혀 언급하지 않았다. 그리고 나로 말할 것 같으면, 그들에 대해서 너무나 혐오감을 느끼고 있었으므로 넌지시 암시조차 하지 않았다. 물론 나는 마술에 걸려 있었는데, 그 당시에도 내가 그런 상태라는 것을 뻔히 알고 있었다는 게 놀라운 일이다. 하지만 나는 매혹된 상태에 스스로를 내맡겼다. 그것은 어떤 고통이든지 풀 수 있는 해독제였고, 내 고통은 한두 가지가 아니었다. 그 당시 나의 집에서는 곤혹스런 편지들을 보내고 있었고, 집안 형편이 잘 풀리지 않았던 것이다. 그러나 내 아이들과 함께 있다면 세상에 중요한 일이 무엇이 있겠는가? 이러한 질문을 나는 자투리 휴식 시간에 스스로에게 던지곤 했다. 나는 아이들의 사랑스러움에 현혹되어 있었다.

하던 이야기를 계속하자면, 여러 시간 동안 아주 세차게 비가 내려서 교회에 갈 수 없었던 어느 일요일이 있었다. 그래서 나는, 날이 저물어갈 무렵에 날이 갤 기미가 보이면 함께 저녁 예배에 참석하기로 그로스 부인과 이야기를 해두었다. 다행히 비가 멈추어서 외출할 준비를 했다. 교회까지는 정원을 가로질러 마을로 이어지는 좋은 길을 따라 20분 정도 걸어가면 되는 거리였다. 계단을 내려와 홀에서 내 동료를 만난 순간 나는 장갑을 두고 온 것을 떠올렸다. 나는 일요일에만 예외적으로 아이들에게 허용되는, 차갑고 깨끗한 사원 같은 '어른용' 식당의 마호가니 식탁에서 아이들과 함께 놋쇠 잔에 차를 마시면서, 어쩌면 교육상 좋지는 않겠지만 아이들이 보는 앞에서 장갑을 세 땀 꿰맸었다. 장갑이 식당에 있었기에 발길을 돌려 그것을 찾으러 갔다. 날은 잿빛으로 어둑어둑했지만, 오후의 빛이 아직 머물러 있어서 문지방을 넘자마자 닫혀 있는 넓은 창문 옆의 의자 위에서 내가 찾던 물건을 볼 수 있었다. 그런데 그뿐만이 아니었다. 창문 너머에서 똑바로 안쪽을 들여다보고 있는 어떤 사람의 존재를 알아차렸던 것이다. 방 안으로 한 걸음만 들여놓아도 충분했다. 그 순간 모든 것을 볼 수 있었다. 그것이 온전히 그곳에 서 있었다. 똑바로 안을 들여다보고 있는 그 사람은 이미 나에게 나타났던 사람이었다. 그리하여 그는 다시 나타났고, 전보다 더욱 분명한 모습을 드러냈다고는 말할 수 없지만—그것은 불가능했으니까—더욱 가까운 거리에 나타난 것이었다. 그것은 우리의 관계에 있어서 한 걸음 더 진전된 것을 의미했다. 그와 마주친 순간 내 숨이 멎고 온몸이 차가워졌다. 그는 똑같이 보였다. 그는 똑같은 모습이었고, 전에도 그랬듯이 이번에도 허리부터 윗부분이 보였다. 식당이 1층에 있었지만, 창문은 그가 서 있는 테라스까지 아래로 이어지지 않았던 것이다. 그의 얼굴은 유리창 가까이 붙어 있었다. 그가 더 잘 보임으로써 기이하게도 나는 그를 처음 보았을 때의 인상이 얼마나 강렬했던지 새삼스럽게 깨달을 수 있을 뿐이었다. 그는 그저 몇 초 동안 머물러 있었지만, 그 사람 역시 나를 보았고 알아보았다는 것을 확신할 수 있을 만큼 긴 시간이었다. 그러나 나는 그 남자를 몇 년 동안 보아왔고 언제나 그를 알았던 것처럼 느꼈다. 하지만 이번에는 전에 일어나지 않았던 일이 발생했다. 유리창을 넘고 방을 가로질러 내 얼굴을 바라본 그의 시선은 이전처럼 잡아 삼킬 듯이 강렬했지만 잠시 나를 벗어났고, 그사이 나는 그 시선을 따라가며 그것이 몇 가지 다른 것들을 계속해서 응시하는 것을 보았다. 그 순간, 그가 거기에 온 것은 나 때문이 아니라는 확신이 충격적으로 더해졌다. 그는 누군가 다른 사람 때문에 온 것이었다.

이 번득이는 자각—그것은 두려움 가운데 생겨난 자각이었으므로—으로 인해 나에게는 더없이 특이한 결과가 나타났다. 거기 서 있는 동안 갑자기 의무감과 용기가 솟구치기 시작했다. 용기라는 말을 쓴 것은 의심할 바 없이 이미 내가 두려운 상태였기 때문이다. 나는 곧장 문 밖으로 뛰어나가 현관문에 이르렀고, 순식간에 마찻길에 도달했다. 될 수 있는 대로 빨리 테라스를 따라 뛰어가서 모퉁이를 돌자 모든 것이 시야에 들어왔다. 그러나 이제 그곳에는 아무것도 보이지 않았다. 그 방문객은 사라진 다음이었다. 나는 이 사실에 진정 안도감을 느끼며 멈추어 섰다. 나는 거의 쓰러질 지경이었으나 주위를 샅샅이 살펴보았고, 그에게 나타날 시간을 주었다. 나는 시간이라고 말하지만, 과연 그것이 얼마나 오랜 시간이었을까? 지금에 와서도 나는 그런 것들이 지속된 시간에 대해서 정확하게 말할 수 없다. 그런 종류의 척도는 내 인식을 벗어난 것이었음에 틀림없다. 그것들은 그때 내가 실제로 생각했던 것처럼 그리 오래 지속되지는 않았을 것이다. 테라스와 집 전체, 그 너머의 잔디밭과 정원, 내 눈에 보이는 사원 어디나 거대한 공허함으로 텅 비어 있었다. 관목들과 큰 나무들이 있었지만 이런 곳들 어디에도 그가 숨어 있지 않다고 분명히 확신했던 것을 기억한다. 그는 거기 있거나 거기 있지 않거나 둘 중 하나였는데, 내 눈에 그가 보이지 않는다면 거기 있지 않은 것이었다. 나는 이와 같이 생각하고 나서 내가 왔던 곳으로 돌아가지 않고 충동적으로 창가에 다가갔다. 그 남자가 서 있었던 곳에 내가 서 있어야겠다는 생각이 얼떨결에 들었다. 나는 그렇게 했다. 내 얼굴을 창유리에 갖다 대고 그가 했듯이 방 안을 들여다보았다. 그 순간, 그의 시야에 무엇이 들어왔는지를 정확히 내게 보여주려는 듯, 방금 전에 그 남자가 바라보는 곳에 내가 들어섰듯이 그로스 부인이 홀에서 방으로 들어왔다. 이것으로 나는 이미 일어난 사건의 반복적인 이미지를 충실히 확보할 수 있었다. 내가 그 방문객을 보았듯이 부인은 나를 보았고, 내가 그랬듯이 부인도 별안간 멈추었다. 나는 내가 받았던 충격을 부인에게 전달해준 것이었다. 부인의 얼굴은 하얗게 질렸다. 그것을 보자 나도 그렇게 창백해졌는지를 자문하게 되었다. 부인은 잠시 쳐다보았고 바로 내가 행동했던 것처럼 뒤로 물러났다.

이제 부인이 밖으로 나와서 나에게 달려올 것이며 내가 곧 부인을 만나게 되리라는 것을 알았다. 나는 내가 있던 곳에서 움직이지 않았고, 부인을 기다리는 동안 한 가지 이상의 여러 가지 것들을 생각했다. 그러나 지면을 할애해서 언급할 만한 것은 단 한 가지였다. 부인은 도대체 왜 겁에 질렸을까.

5

아, 부인은 저택의 모퉁이를 돌아 다시 어렴풋이 보이게 되자마자 내 궁금증을 풀어주었다. "아니, 대체 무슨 일이에요?" 부인은 상기된 얼굴에 숨을 헐떡이고 있었다.

나는 부인이 아주 가까이 올 때까지 아무 말도 하지 않았다. "내게 말인가요?" 내 얼굴이 상당히 놀라웠음에 틀림없다. "내가 그렇게 보여요?"

"백지장처럼 창백해요. 끔찍해 보인다고요."

나는 이 상황을, 내가 알고 있는 것을 모두 말하지 않고도 아무런 죄의식 없이 감당할 수 있다고 생각했다. 처음 만나는 사람처럼 조심스럽게 예의를 갖춰 그로스 부인을 대해야 할 필요성은, 어깨에서 옷이 흘러내리듯 소리 없이 사라져버렸다. 내가 잠시 망설였다면, 그것은 내가 무엇을 감추려고 해서 그런 것이 아니었다. 나는 손을 부인에게 내밀었고 부인은 내 손을 잡았다. 부인이 내 옆에 있다는 느낌이 좋아서 나는 부인의 손을 약간 세게 잡았다. 수줍게 놀란 눈을 치켜뜨는 부인에게 도움을 받는 듯이 느껴졌다. "물론 교회에 가자고 오셨겠지요. 하지만 나는 갈 수 없어요."

"무슨 일이라도 있었나요?"

"네, 이제 당신에게도 알려드려야겠어요. 내가 무척 이상하게 보였나요?"

"이 창문을 통해서요? 끔찍하게 무서웠어요!"

내가 말했다. "기겁할 정도로 놀랐거든요." 그로스 부인은 놀라고 싶지 않지만 자신의 입장을 아주 잘 알고 있으므로, 어떤 특별한 불편이라도 나와 함께 나눌 준비가 되어 있음을 눈빛으로 드러냈다. 아, 부인이 나와 공유해야 한다는 사실이 분명히 결정되었다! "당신이 1분 전에 식당에서 본 내 얼굴은 바로 그것 때문이에요. 조금 전에 내가 본 것은 훨씬 나빴어요."

부인은 손을 꼭 잡았다. "그게 뭐였지요?"

"특이한 남자였어요. 안을 들여다보고 있었어요."

"어떤 특이한 남자요?"

"전혀 모르겠어요."

그로스 부인은 공연히 우리 주위를 둘러보았다. "그렇다면 그 사람은 어디로 갔지요?"

"그건 더더욱 알 수 없어요."

"그 사람을 전에도 본 적이 있나요?"

"딱 한 번 보았어요. 오래된 탑에서요."

부인은 나를 더욱 뚫어지게 바라볼 뿐이었다. "그 사람이 낯선 사람이란 말인가요?"

"아, 그럼요."

"하지만 저에게 이야기하지 않았잖아요."

"네. 여러 가지 이유가 있었어요. 하지만 당신이 짐작한 대로—"

그로스 부인은 눈을 동그랗게 뜨고 이러한 추측에 맞섰다. "아, 나는 전혀 짐작도 할 수 없어요! 선생님이 상상할 수 없다면, 내가 어떻게 할 수 있겠어요?" 부인은 아주 소박하게 말했다.

"나는 전혀 상상할 수 없어요."

"그 남자를 탑에서 말고는 본 적이 없다고요?"

"그리고 조금 전에 바로 이 자리에서 보았지요."

그로스 부인은 다시 주위를 둘러보았다. "그 사람이 탑에서 무엇을 하고 있었나요?"

"그저 거기 서서 나를 내려다보고 있었어요."

부인은 잠시 생각했다. "그 사람이 신사였나요?"

나는 생각할 필요도 없었다. "아니요." 부인은 점점 놀라워하며 나를 바라보았다. "아니라고요."

"그렇다면 이 근처에 사는 사람이 아니에요? 마을 사람도 아니고요?"

"아무도, 아무도 아니었어요. 당신에게 말은 하지 않았지만, 확인해봤다고요."

부인은 모호하게 안도의 한숨을 쉬었고, 묘하게도 이것은 훨씬 도움이 되었다. 하지만 실제로는 약간의 진척만 있었을 뿐이었다. "그런데 그 사람이 신사가 아니라면—"

"그 사람이 뭐냐고요? 소름 끼치는 사람이었어요."

"소름이 끼친다고요?"

"그 사람은—하느님 맙소사, 나는 그 사람이 대체 뭔지 몰라요!"

그로스 부인은 다시 한 번 주위를 돌아보았다. 부인은 어스름이 깔리는 먼 곳을 응시하다가 다시 정신을 차리고는 나에게 시선을 돌리며 돌연 다른 말을 꺼냈다. "교회에 갈 시간이에요."

"나는 교회에 갈 만한 상태가 아니에요!"

"선생님에게 도움이 되지 않을까요?"

"그들에게는 도움이 되지 않을 거예요." 나는 집을 바라보며 고개를 끄덕였다.

"아이들에게요?"

"나는 지금 아이들을 내버려둘 수 없어요."

"뭐가 두려우신가요?"

나는 과감하게 말했다. "그 남자가 두려워요."

이 말에 처음으로 그로스 부인의 커다란 얼굴에서 보다 예리한 의식이 멀리서나마 희미하게 비치는 듯이 보였다. 어쩐지 그 얼굴에서 부인에게 제시하지도 않았고 나에게도 아직 불확실하기 짝이 없었던 어떤 생각이 뒤늦게나마 떠오르는 것을 알아차렸다. 돌이켜 생각해보건대, 나는 즉시 그것을 부인에게서 얻어낼 수 있는 어떤 것으로 생각했고, 부인이 곧 더 많은 것을 알고 싶어 한 욕구와도 관련이 있다고 느꼈다. "그게 언제였지요? 탑 위에 있었던 것이?"

"이달 중순쯤이었어요. 바로 이 시간이었고요."

"거의 어두웠을 때군요." 그로스 부인이 말했다.

"아, 아니, 그렇지는 않아요. 내가 지금 당신을 보고 있듯이 그 사람을 분명히 봤어요."

"그렇다면 그 남자가 어떻게 들어왔을까요?"

"그리고 어떻게 나갔지요?" 나는 웃었다. "그 남자에게 물어볼 기회가 없었어요! 그리고 오늘 저녁에는 보시다시피 그가 들어올 수 없었죠."

"그 사람이 들여다보기만 했다고요?"

"제발 그렇게만 했으면 좋겠어요!" 부인은 이제 내 손을 놓았고 몸을 약간 돌렸다. 나는 잠시 기다리다가 불쑥 말을 꺼냈다. "교회에 다녀오세요. 나는 지켜봐야겠어요."

부인은 나를 다시 찬찬히 바라보았다. "아이들 때문에 두려우신가요?"

우리는 서로를 한참 쳐다보았다. "당신은 그렇지 않으세요?" 부인은 대답하지 않고 창가로 가까이 가서는 잠시 얼굴을 유리창에 대고 있었다. "그 남자가 어떻게 볼 수 있는지 아시겠지요." 나는 그동안 계속해서 말했다.

부인은 움직이지 않았다. "그 사람이 여기 얼마나 오래 있었지요?"

"내가 나올 때까지 있었어요. 나는 그 사람과 맞닥뜨리려고 나온 거예요."

그로스 부인은 마침내 몸을 돌렸고 부인의 얼굴에는 더욱 많은 표정이 담겨 있었다. "나라면 나올 수 없었을 거예요."

"나도 마찬가지였어요." 나는 다시 웃었다. "하지만 나왔어요. 나에게는 의무가 있으니까요."

"저에게도 마찬가지로 의무가 있어요." 부인은 이렇게 답하고는 잠시 후에 덧붙였다. "그 사람이 어떻게 생겼나요?"

"당신에게 그 이야기를 하고 싶었어요. 그런데 그 사람은 어느 누구와도 비슷하지 않았어요."

"어느 누구와도?" 부인은 내 말을 따라했다.

"그는 모자를 쓰지 않았어요." 이 말에 더욱 놀라는 부인의 얼굴을 보며, 나는 부인이 이미 어떤 그림의 일부를 떠올리고 있다는 것을 눈치 채고는 조금씩 재빨리 설명을 덧붙였다. "머리칼은 붉은색이었어요. 짙은 붉은색에 짧은 곱슬머리였지요. 얼굴이 길고 창백했는데, 이목구비가 뚜렷하고 잘생긴 편이었어요. 머리칼처럼 붉은 턱수염은 짧고 다소 기묘하게 났고, 조금 더 짙은 색의 눈썹은 활모양으로 굽었고 잘 움직일 것처럼 보였어요. 날카로운 눈은 끔찍이도 이상하게 보였는데, 지금 생각해보니 분명 눈이 약간 작았고 시선은 고정되어 있었지요. 입은 컸고 입술이 얇았고, 조금 자란 턱수염을 제외하면 꽤 말끔하게 면도를 한 상태였죠. 배우처럼 보이는 사람이었어요."

"배우 같다고요!" 적어도 이 순간, 그로스 부인보다 배우답지 않은 사람을 찾기란 불가능할 것이었다.

"나는 배우를 본 적은 없어요. 하지만 배우들이 그럴 거라고 생각해요. 그 사람은 키가 크고 활동적이고 몸이 꼿꼿했어요." 나는 계속 말했다. "하지만, 결코, 아니 결코, 신사는 아니었어요."

내가 말을 계속하는 동안 내 동료의 얼굴은 창백해졌다. 부인의 둥근 눈은 갑자기 커졌고 온순한 입술은 숨을 헐떡였다. "신사요?" 부인은 혼란스럽고 망연자실한 상태로 숨을 몰아쉬었다. "그가 신사라고요?"

"그렇다면 그 사람을 아세요?"

부인이 스스로를 억제하려고 애쓰는 것이 역력했다. "그런데 그 사람이 잘생겼나요?"

나는 부인을 도울 수 있는 방법을 알았다. "놀라울 정도로요!"

"그리고 옷은?"

"다른 사람의 옷을 입었어요. 세련되기는 하지만 그 사람 옷은 아니었어요."

부인은 숨을 헐떡이며 단언하듯이 신음 소리를 냈다. "주인님 옷이에요."

나는 그 말을 낚아채듯 말했다. "정말로 그 사람을 아시는군요."

부인은 아주 잠깐 머뭇거렸다. "퀸트!" 부인이 소리쳤다.

"퀸트?"

"피터 퀸트예요. 주인님이 여기 오셨을 때 주인님의 하인, 시종으로 따라왔었지요."

"주인님이 계셨을 때요?"

부인은 아직도 헐떡거렸지만 나를 상대로 이야기를 맞추어 나갔다. "그 사람은 절대 모자를 쓰지 않았어요. 하지만 입은 옷은 음, 조끼가 몇 벌 없어졌지요. 주인님과 그 사람이 작년에 여기 머물렀을 때요. 그러고 나서 주인님은 가셨고 퀸트는 홀로 남았어요."

나는 잠시 기다렸다가 그 말을 따라했다. "홀로?"

"우리하고 홀로 남았다는 말이에요." 그러고는 좀 더 깊은 곳에서 끌어내듯 덧붙였다. "책임을 맡고 있었어요."

"그런데 그 사람이 어떻게 되었지요?"

부인이 아주 오랫동안 머무적거리고 있었기에 나는 점점 더 어리둥절해졌다. "그 사람도 가버렸어요." 부인이 마침내 말했다.

"어디로 갔어요?"

이 말에 부인의 표정은 희한하게 변했다. "어디 있는지 하느님만이 아시겠죠! 그 사람은 죽었어요."

"죽었어요?" 나는 거의 비명을 지르다시피 했다.

부인은 실언에 책임을 지려는 듯 그 놀라운 사실을 보다 확고하고 분명하게 말했다. "그래요. 퀸트 씨는 죽었어요."

6

그렇게도 생생하게 예증된 다른 세계의 인상에 내가 쉽게 빠지는 성향이 있다는 것과, 이제 내 동료가 그러한 나의 성향을 알고 있으며 절반은 경악하고 절반은 동정심을 느끼고 있다는 사실, 이제부터 우리가 될 수 있는 대로 언제나 염두에 두고 지내야 할 그러한 사실을 앞에 두고 입장을 같이하려면 그 특정한 이야기 말고도 다른 것들이 물론 필요했다. 그날 저녁 1시간 동안 나를 무척 실의에 빠지게 했던 그 진상이 밝혀진 후에 우리는 둘 다 예배에 참석할 수 없었다. 그저 눈물과 맹세, 기도와 약속의 소소한 의식을 치렀을 뿐이다. 그 의식은 우리가 함께 교실로 들어가서 문을 닫고 그곳에서 모든 것을 털어놓은 다음, 곧이어 서로에게 설명을 요구하고 언약을 다짐하면서 절정을 이루었다. 서로가 모든 것을 털어놓은 결과, 우리의 상황은 바로 그것을 이루는 요소들의 최종적인 엄밀성으로 귀결되었다. 부인 자신은 아무것도 본 적이 없었으며 유령의 그림자도 보지 못했다. 그리고 그 집에서 가정교사인 나를 제외한 어느 누구도 그러한 곤경에 빠진 적이 없었다. 하지만 그로스 부인은 나의 온전한 정신 상태를 직접 대놓고 의심하지 않았다. 부인은 내가 제시한 진실을 그대로 받아들였으며, 결국에는 그러한 바탕에서 두려움에 질렸지만 다정함을 보여주었다. 그것은 수상스럽기 그지없는 내 온전함이라는 특권을 인정하는 표시였고, 가장 달콤한 인간적 자비심의 숨결로서 지금까지 나에게 남아 있다.

따라서 그날 밤 우리 사이에 결정된 것은 우리가 함께 상황을 떠맡을 수 있다고 생각했다는 점이었다. 그럴 의무가 없었음에도, 부인이 그 부담을 잘 이겨내리라는 것을 나는 확신조차 할 수 없었다. 이후에도 알고 있었던 것처럼 그 당시에도 나는 내 학생들을 보호하기 위해서라면 무엇이든 맞닥뜨릴 수 있었다. 그러나 정직한 내 동료가 그처럼 의심스러운 계약을 지켜가기 위해서 어떠한 각오가 되어 있는지를 전적으로 확신하는 데에는 약간 시간이 걸렸다. 나는 아주 기묘한 동료였고, 내가 얻은 동료만큼이나 기묘한 존재였다. 그러나 우리가 경험한 것들을 되돌아볼 때, 우리는 한 가지 생각에서 틀림없이 공동의 토대를 충분히 발견했고, 운이 좋은 덕택에 그 생각은 우리를 흔들리지 않게 했다. 말하자면, 내 두려움의 내실에서 밖으로 뛰쳐나올 수 있도록 만든 것은 바로 그 생각, 그 두 번째의 진전이었다. 나는 적어도 마당에서 바람을 쐴 수 있었고, 그곳에서 그로스 부인과 만날 수 있었다. 그날 밤 우리가 헤어지기 전에 희한하게도 나에게 힘이 되살아났던 것을 지금 생생하게 기억할 수 있다. 우리는 내가 본 것의 특징을 조목조목 되풀이하여 이야기했다.

"선생님은 그가 누군가를 찾고 있었다고 말했지요. 선생님이 아닌 누군가를?"

"그는 어린 마일스를 찾고 있었어요." 무서울 정도의 명석함이 나를 이제 사로잡고 있었다. "그가 찾던 것은 바로 그 애예요."

"하지만 어떻게 아세요?"

"나는 알아요, 알아요, 안다고요!" 나는 점점 고양되었다. "그리고 당신도 아시잖아요!"

부인은 이것을 부정하지 않았다. 하지만 내가 느끼기로는 그처럼 말할 필요조차 없는 것 같았다. 부인은 어떻든 잠시 후에 말을 이어갔다. "그 사람이 아이를 보면 어떻게 히지요?"

"어린 마일스요? 그가 원히는 것이 바로 그거에요."

부인은 다시 무척이나 겁을 먹은 듯이 보였다. "그 아이가요?"

"천만에요! 그 남자 말이에요. 그는 아이들에게 나타나고 싶은 거예요." 그 남자가 아이들에게 나타나고 싶어 할지도 모른다는 것은 두려운 생각이었지만 어떻든 나는 그것을 저지할 수 있었다. 게다가 우리가 그곳에서 머뭇거리고 있는 동안에 나는 실제로 그것을 입증할 수 있었다. 나는 내가 이미 본 것을 다시 볼 수 있으리라고 확실히 믿었다. 그러나 그러한 경험을 겪는 유일한 사람으로서 나 자신을 용감하게 제공하여, 그것을 모두 받아들이고 이끌어내고 극복함으로써, 스스로 속죄양으로 봉사하고 내 친구들의 평온을 지켜야 한다고 내 내면의 무엇인가가 말했다. 그렇게 함으로써 특히 아이들 주위에 보호막을 두르고 안전하게 구해주어야 한다. 나는 그날 밤 그로스 부인에게 마지막으로 한 말을 기억한다.

"아이들이 한 번도 말하지 않았다는 것이 갑자기 생각나네요."

내가 생각에 잠겨 말을 멈추고 있는 동안 부인은 나를 뚫어지게 바라보았다. "그 사람이 여기 있었던 것과 아이들이 그와 함께 보낸 시간에 대해서요?"

"아이들이 그와 함께 보낸 시간과 그 사람의 이름, 그의 존재, 그의 과거, 그 어떤 것이든지요."

"아, 아가씨는 기억하지 못할 거예요. 들은 적도 없고 알지도 못했어요."

"그 사람이 어떻게 죽었는지요?" 나는 골똘히 생각했다. "어쩌면 그렇겠지요. 하지만 마일스는 기억할 거예요. 마일스는 알겠죠."

"아, 도련님에게 물어보지 마세요!" 그로스 부인이 갑자기 소리쳤다.

부인이 나를 보았듯이 나도 부인을 뚫어지게 쳐다보았다. "걱정하지 마세요." 나는 계속 생각했다. "그게 약간 이상하다는 거죠."

"도련님이 그에 대해서 말을 하지 않았다는 것이요?"

"단 한 번도 사소한 암시조차 하지 않았어요. 그런데 당신은 그들이 '친한 친구' 사이였다고 말했잖아요."

"그건 도련님이 아니었어요!" 그로스 부인은 힘주어 단언했다. "그건 퀸트가 혼자 그렇게 생각한 거지요. 내 말은, 도련님과 함께 놀면서 도련님의 버릇을 망가뜨렸다는 거예요." 부인은 잠시 멈추었다가 덧붙였다. "퀸트는 너무 자유분방했어요."

이 말을 듣자 그의 얼굴—그처럼 특이한 얼굴!—이 떠오르며 갑자기 구역질나는 혐오감이 느껴졌다. "내 아이에게 너무 자유분방했다고요?"

"누구에게나 자유분방했어요!"

그 순간 나는 이 표현의 의미를 깊이 분석하지 않고 그저 이 말의 일부가 집안의 여러 구성원들, 아직 우리의 작은 집단을 이루는 대여섯 명이 하녀들과 하인들에게 적용될 거리고만 생각했다. 그러나 어느 누가 기억하더라도 이 관대하고 오랜 전통이 있는 집안에 불길한 전설이나 정신 나간 천덕꾸러기가 딸려 있던 적이 없었다는 다행스런 사실로 말미암아 우리의 불안감은 상당히 수그러들었다. 이 집안은 평판이 나빴던 적도, 오명을 쓴 적도 없었던 것이다. 겉으로 보기에 그로스 부인은 분명 나에게 매달려서 아무 말 없이 떨고만 있었다. 나는 모든 것들 가운데 마지막으로 부인까지도 시험해보았다. 자정이 되어 물러나려고 부인이 교실 문에 손을 얹었을 때 나는 말했다. "그렇다면 당신 말은, 이건 무척 중요한 사실인데, 그가 분명 나쁜 사람이라고 인정되었다는 것이지요?"

"아, 인정된 것은 아니에요. 나는 알고 있었지만 주인님은 그렇지 않았어요."

"그런데 당신은 주인님에게 아무런 말도 하지 않았고요."

"주인님은 소문 퍼뜨리는 것을 좋아하지 않으셨어요. 불평 듣는 것을 아주 싫어하셨지요. 그런 종류의 일에 대해서는 몹시 성을 내셨거든요. 그리고 그분이 보기에 괜찮은 사람들이면—"

"더 이상 신경 쓰고 싶어 하지 않았다는 말이지요?" 이것은 내가 받은 그의 인상과 잘 맞아떨어졌다. 그는 골치 아픈 것을 좋아하는 신사가 아니었고 자기와 상종하는 사람들에 대해서 도 어쩌면 그다지 까다롭지 않았다. 하지만 나는 내 상대에게 더욱 압력을 넣었다. "약속하건대 나라면 말했을 거예요!"

부인은 내 말 속에 담긴 차별의 의미를 느꼈다. "제가 잘못한 거예요. 하지만 사실은 두려웠어요."

"무엇이 두려웠지요?"

"그 사람이 할 수 있는 일이요. 퀸트는 아주 영리했어요. 아주 교활했지요."

나는 이 말을 훨씬 진지하게 받아들였지만 겉으로는 드러내지 않았다. "그 밖의 다른 것은 두렵지 않았나요? 그의 영향력은 어땠나요?"

"그의 영향력이라고요?" 부인은 고통스러운 얼굴로 내 말을 반복하고는 내가 머뭇거리는 동안 기다렸다.

"순진하고 어린 귀중한 아이들에게 미친 영향력 말이에요. 아이들은 당신이 책임지고 있었잖아요."

"아뇨, 아이들은 내 책임이 아니었어요!" 부인은 괴로운 듯 솔직하게 대답했다. "주인님은 그 사람을 믿었고, 그의 몸이 건강하지 않아서 시골 공기가 그에게 아주 좋을 거라고 생각했기 때문에 그를 여기 두셨어요. 그러니 그는 말만 하면 무엇이든 마음대로 할 수 있었지요. 그래요." 여기서 부인은 그 사실을 인정했다. "심지어 그들에 대해서도 그랬어요."

"그들이라니? 아이들이요?" 나는 신음이 나오는 것을 억눌러야 했다. "그런데 당신은 그걸 참을 수 있었단 말이지요!"

"아뇨, 참을 수 없었어요. 지금도 참을 수 없어요." 그리고 그 불쌍한 여자는 울음을 터뜨렸다.

이미 말했듯이 다음 날부터는 엄격한 자기 억제가 이어졌다. 하지만 일주일간 우리는 얼마나 빈번히, 얼마나 열성적으로 다시 그 주제로 돌아갔던가! 그 일요일 저녁에 비록 많은 이야기를 나누기는 했지만, 나는 부인과 헤어지고 나서 얼마 동안―내가 눈을 붙일 수 있었을지는 상상에 맡기겠다―아직도 부인이 나에게 말하지 않은 어떤 것의 환영에 사로잡혀 있었다. 나 자신은 숨긴 것이 없었지만, 그로스 부인은 어떤 말을 숨겼던 것이다. 아침이 되자 나는 그것이 솔직함이 부족해서가 아니라 도처에 두려움이 깔려 있기 때문이라고 더욱 확신하게 되었다. 돌이켜 생각해보면, 그날 아침 해가 높이 솟았을 때쯤에, 불안한 마음에서 나는 우리가 당면한 사실에 그 이후 일어날 보다 무서운 사건들로 인해 받게 될 의미까지 부여했다. 무엇보다도 그 사실들을 통해서 알 수 있었던 것은 바로 그 살아 있던 사람—죽은 자는 잠시 제쳐두고!—의 불길한 모습과 그가 블라이에서 머물러 있었던 여러 달이었다. 그 여러 달을 모두 합쳐보니 상당한 시간이 되었다. 이 사악한 시간이 끝난 것은 바로 어느 겨울 아침, 동이 틀 무렵 마을에서 오는 길 위에 완전히 죽은 채로 누워 있는 피터 퀸트를 아침 일찍 일 나가는 어떤 노동자가 발견했을 때였다. 적어도 겉으로 볼 때 그 재앙은 그의 머리에 있는 상처 때문이었다고 설명되었다. 그것은 어둠 속에서 술집을 나온 후 길을 전혀 잘못 들어 얼음이 덮인 가파른 비탈에서 치명적으로 미끄러지면서 생길 만한 상처였고, 최종적으로 조사해본 결과 그렇게 생긴 것이었다. 그는 그 비탈의 바닥에 누워 있었다. 비탈에 얼음이 덮여 있었다는 점, 밤중에 술이 취해 길을 잘못 들었다는 점은 많은 부분을 설명해주었다. 실제적으로도 수많은 조사와 무성한 소문을 확인한 끝에 마침내 모든 것은 해명되었다. 하지만 그의 삶에는 어떤 문제들—기이한 사건들과 위험들, 은밀한 난잡함, 의심의 여지를 넘어선 악행들—이 있었고, 그것들이 더 많은 부분을 해명해주었을 것이다.

내 이야기를 어떻게 표현해야 내 마음 상태를 믿을 만하게 전달할 수 있을지 거의 알지 못하겠다. 하지만 당시 나는 그 정황에서 내게 요구되는 각별한 영웅심을 발휘하며 정말로 기쁨을 누릴 수 있었다. 이제 내가 맡은 일이 훌륭하고도 어려운 임무이며, 많은 여성들이 실패했을 임무에 내가 성공할 수 있다는 것을—오, 바로 그 사람에게!—보여준다면 대단한 일이 될 거라고 생각했다. 고백하건대 과거를 되돌아보면서 나는 스스로를 다소 자랑스럽게 여긴다! 내 임무를 그렇게도 강렬하고 소박하게 받아들였다는 것을 말이다. 내가 그곳에 존재하는 이유는 부모 없이 이 세상에 외롭게 남겨진 가장 사랑스러운 아이들을 보호하고 수호하기 위해서였다. 그 아이들의 무력함이 일으키는 호소력이 갑자기 너무나 명백해졌으며, 헌신적인 마음에 깊고 지속적인 아픔을 주었다. 사실 우리는 다 같이 외부와 단절되어 있었다. 우리는 다 같이 위험에 빠져 있었다. 아이들에게는 나밖에 없었고, 나는 글쎄, 나도 아이들밖에 없었다. 간단히 말해서 그것은 대단한 기회였다. 이 기회는 내게 풍부하고 구체적 이미지로 떠올랐다. 나는 휘장이었고, 아이들 앞을 가리고 서 있어야 했다. 내가 많은 것을 보면 볼수록, 아이들은 더 적게 볼 것이다. 나는 숨을 죽이고 긴장하여 아이들을 관찰하기 시작했다. 그처럼 억눌린 흥분 상태가 너무 오래 지속되었더라면 광기와 같은 것으로 변했을 것이다. 지금 돌이켜보건대 나를 구해준 것은, 그것이 전혀 다른 것으로 바뀌었다는 사실이었다. 그것은 긴장 상태로 지속된 것이 아니라, 끔찍한 증거로 대치되었다. 그렇다, 그것은 증거였고, 내가 진정으로 그것을 포착한 그 순간부터 그러했다.

그 순간은 내가 우연히 플로라와 단 둘이 밖에서 시간을 보낸 어느 오후로부터 시작되었다. 집 안에 남아 있던 마일스는

창 옆에 있는 푹신한 의자의 붉은 쿠션에 앉아 있었다. 그 아이
는 어떤 책을 마저 읽고 싶어 했다. 때로 지나치게 안절부절못
하는 것이 유일한 단점인 그 어린아이가 그처럼 칭찬받을 만한
목적을 밝히자 나는 즐거운 마음으로 격려했었다. 반대로 그의
누이는 신속하게 밖으로 나왔고 나는 그 아이와 30분간 천천히
걸으면서 그늘을 찾았다. 태양이 아직 하늘 높이 떠 있었고, 그
날은 이례적으로 더웠다. 함께 걷는 동안 나는 그 아이가 자기
의 오빠처럼 용케도 나에게서 떨어지지 않는 듯하면서도 나를
혼자 있게 하고, 또 내 주위를 감돌고 있지 않은 듯이 보이면서
도 나를 따라온다는 것을 새삼 의식하고 있었다. 이것이 그 두
아이의 매력적인 점이었다. 아이들은 귀찮게 졸라대는 일도 전
혀 없었지만 활기가 없는 적도 없었다. 사실 내가 아이들을 돌
봐주는 일이라고는 아이들이 나 없이도 자기들끼리 즐겁게 노
는 것을 지켜보는 것에 불과했다. 아이들은 적극적으로 그런
놀이를 준비하는 듯했고, 나는 그런 놀이에 적극적으로 감탄
하는 사람으로 참여했다. 나는 아이들이 만들어낸 세계 안에
서 걸었고, 그들은 조금도 내 세계에 의존하는 일이 없었다. 그
래서 내 시간은 아이들을 위해서 그 순간의 놀이에 필요한 어
떤 두드러진 사람이나 물건 노릇을 해주는 것으로 충당되었고,
그것은 내가 무척 키가 큰 덕택에 즐겁게 잘 해낼 수 있는 쉬운
일이었다. 지금 이야기하는 그 순간에 내가 무슨 노릇을 하고
있었는지는 기억이 나지 않는다. 다만 내가 무척 중요하고 대
단히 조용한 역할을 하고 있었으며, 플로라는 무척이나 열심히

놀고 있었다는 것을 기억할 뿐이다. 우리는 호숫가에 있었고, 최근에 지리를 공부하기 시작했으므로 그 호수를 아조프 해라고 불렀다.

이러한 상황에서 갑자기 나는 아조프 해 건너편에서 우리에게 흥미를 느끼고 있는 구경꾼이 있다는 사실을 의식하게 되었다. 이러한 사실을 차차 깨닫게 된 경위는 더없이 기이한 것이었지만, 그보다 더 기이한 것은 내가 깨달은 사실이 재빨리 응집되어 그 낯선 사람으로 귀결되었다는 점이다. 나는 일거리를 가지고 호수가 내려다보이는 낡은 돌 의자에 앉아 있었다. 그때 나는 앉을 수 있는 어떤 물건 노릇을 하고 있었기에 그 자세에서 직접 보지 않았음에도 멀리 떨어진 곳에 어떤 제삼자가 있음을 분명히 의식하게 되었다. 오래된 나무들과 울창한 관목 숲이 널리 쾌적한 그늘을 이루었지만, 뜨겁고 고요한 오후의 화창한 햇살이 도처에 퍼져 있었다. 어디에도 불명료한 구석은 없었다. 눈을 들어 바라보면, 호수 건너 맞은편 내 시선이 곧바로 닿는 곳에서 무엇을 보게 될지에 대해, 최소한 순간순간 서서히 형성되어 가던 확신에 있어서는 전혀 불명료한 점이 없었다. 이 위기의 순간에 내 눈은 내가 몰두하고 있었던 바느질거리에 쏠려 있었다. 그리고 내가 어떤 행동을 취할지 결정을 내릴 수 있도록 마음을 진정시킬 때까지 시선을 옮기지 않으려고 안간힘을 쓰던 것을 지금도 다시 느낄 수 있다. 눈앞에 이질적인 존재가 있었으므로, 그 인물이 그곳에 나타날 수 있는 권리에 대해 나는 그 즉시 강렬한 의문을 품었다. 예컨대 그 근방에

사는 사람들이나 마을에서 온 심부름꾼, 우체부 혹은 소매상의 배달부가 나타나는 것은 무엇보다도 자연스러운 일이라고 스스로에게 일깨우며 그러한 가능성들을 모조리 헤아려보았던 것을 기억한다. 그렇게 생각해봐도 내가 실제로 느낀 확신에는 거의 영향을 미치지 못했으며, 여전히 그 방문객의 생김새와 태도에 대해서 조금도 설명이 되지 못한다는 것을 바라보지 않고서도 알 수 있었다. 그러한 생김새와 태도가 절대로 마을 사람들이 아니라는 점은 무엇보다도 당연했다.

그 환영의 확실한 정체에 대해서는 내 용기의 작은 시계가 적절한 시간을 알려주는 대로 확인할 생각이었다. 그새 이미 날카로워질 대로 날카로워진 노력을 기울여 나는 곧바로, 약 10야드 떨어진 곳에 있었던 어린 플로라에게로 눈을 돌렸다. 그 순간 그 아이도 역시 보았을까 하는 놀라운 의문과 두려움에 질려 잠시 내 심장은 움직이지 않았다. 그 순진한 아이의 외침 소리나, 흥미나 불안감을 드러내는 갑작스런 신호가 들려오기를 기다리는 동안 나는 숨을 죽였다. 그러나 아무 소리도 들리지 않았다. 그러더니 먼저—나의 어떤 말보다도 바로 이 사실에 더욱 무시무시한 점이 있다—순식간에 그 아이에게서 들리던 소리가 모두 사라졌다. 그뿐만 아니라 다음에는 그 짧은 시간에, 아이가 놀면서 등을 물가로 돌리는 상황이 벌어졌다. 우리 둘이 여전히 다른 사람의 시선을 받고 있음을 확신하면서 내가 마침내 플로라를 보았을 때 아이의 자세는 이러했다. 이 두 가지를 의식하고 나는 결단을 내렸다. 플로라는 납작한 나뭇조각을 주웠는데 그것에 작은 구멍이 있었으므로 돛대로 보일 만한 다른 나뭇조각을 끼워서 그것을 배로 만들려는 생각을 하고 있음이 분명했다. 내가 플로라를 바라보았을 때 아이는 이 두 번째 조각을 제자리에 끼워 넣으려고 눈에 띄게 열중하고 있었다. 아이가 무엇을 하고 있는지 알게 되자 기운이 났고, 몇 초가 흐른 후 다른 일에도 대처할 수 있다고 느꼈다. 그래서 나는 다시 눈을 들었고, 내가 보아야만 했던 것과 직면했다.

7

이 일 후에 나는 될 수 있는 대로 서둘러 그로스 부인을 찾았다. 그간의 시간을 내가 어떻게 버텨냈는지는 명료하게 설명할수 없다. 하지만 내가 부인의 품에 안기다시피 하면서 이렇게내지른 소리는 지금도 생생하게 들을 수 있다. "그들이 알아요.너무 끔찍한 일이에요. 그들이 알아요, 안다고요!"

"대체 무엇을—?" 나를 안고 있는 부인에게서 믿지 못하겠다는 느낌을 받았다.

"우리가 아는 것 모두요. 그 외에 무엇을 더 아는지는 하늘만이 알겠지요." 그러고 나서 부인의 품에서 벗어났을 때 나는 부인에게 분명하게 설명했다. 어쩌면 이제야 비로소 나 스스로에게도 조리 있게 설명한 것이다. "두 시간 전에, 정원에서." 나는분명하게 말을 이을 수 없을 정도였다. "플로라가 보았어요!"

그 말을 들은 그로스 부인은 배를 한 대 얻어맞은 듯한 표정이었다. "아가씨가 그렇게 말했나요?" 부인은 숨을 몰아쉬었다.

"한마디도 하지 않았어요. 그게 무시무시한 점이에요. 그것을 자기 혼자 간직한 거예요. 여덟 살 먹은 아이가, 그 어린아이가!" 그 엄청난 사실은 여전히 말로 표현하기 어려웠다.

물론 그로스 부인은 입만 더 크게 벌릴 수 있을 뿐이었다. "그렇다면 어떻게 아세요?"

"내가 거기 있었어요. 내 눈으로 보았지요. 그 애가 전적으로 의식하고 있는 것을 보았어요."

"그 남자를 의식했다는 말인가요?"

"아뇨, 그 여자를 말이에요." 나는 이 말을 하는 내 얼굴이 무시무시하게 보이리라고 생각했다. 내 표정이 그로스 부인의 얼굴에 차차 반영되는 것이 보였기 때문이다. "이번에는 다른 사람이었어요. 하지만 이번에도 의심의 여지없이 무시무시하고 사악한 인물이었어요. 검은 옷을 입고 있는 창백하고 끔찍한 여자였는데 호수 건너편에서 이상한 얼굴과 태도로 서 있었지요. 나는 플로라와 함께 거기서 조용히 1시간쯤 있었어요. 그 중간에 그 여자가 나타난 거예요."

"어떻게 왔어요? 어디에서요?"

"그들이 오는 곳에서 왔겠지요! 그 여자는 그저 홀연히 나타나 거기 서 있었어요. 하지만 그리 가깝지는 않았어요."

"더 가까이 오지는 않았나요?"

"아, 그 충격과 감정으로 말하자면, 그 여자는 당신처럼 가까이 있는 거나 마찬가지였어요!"

그로스 부인은 기묘한 충동에 한 걸음 뒤로 물러섰다. "선생님이 한 번도 보지 못한 여자였나요?"

"그래요. 하지만 플로라는 본 사람이었어요. 당신도 보았겠지요." 그리고는 내가 생각하는 바를 드러내기 위해서 덧붙였다. "내 전임자였어요. 죽었다는 사람이요."

"제슬 양이요?"

"제슬 양이요. 내 말을 믿지 못하겠어요?" 나는 추궁했다.

부인은 걱정스러운 표정으로 좌우를 돌아보았다. "어떻게 그런지 확신할 수 있나요?"

이 말을 듣자 나는 신경과민 상태에서 조급하게 대답했다. "그렇다면 플로라에게 물어보세요. 그 애는 알 테니까요." 그러나 이 말을 하자마자 다시 이렇게 말했다. "아니, 제발, 묻지 마세요! 그 애는 모른다고 대답할 거예요. 거짓말을 할 거라고요!"

그로스 부인은 어리둥절한 상태이기는 했지만 본능적으로 반문했다. "그렇다면 선생님은 어떻게 확신할 수 있으세요?"

"명확하니까요. 플로라는 내가 알기를 원하지 않아요."

"그렇다면 그건 선생님을 번거롭게 하지 않으려는 것이겠지요."

"아니, 아니에요. 깊고 깊은 비밀이 있어요. 그 문제를 생각하면 할수록, 더 많은 것을 보게 돼요. 더 많이 보면 볼수록 더욱더 두려워져요. 대체 나에게는 보이지 않는 것이 있는지, 도대체 두렵지 않은 것이 있는지 알 수 없을 지경이에요."

그로스 부인은 내 말에 보조를 맞추려고 했다. "그 여자를

96

다시 볼까봐 두렵다는 말인가요?"

"아, 아뇨. 그건 아무것도 아니에요. 이제는 말이지요!" 그러고 나서 나는 설명을 덧붙였다. "그 여자를 보지 못할까봐 두려운 거지요."

그러나 그로스 부인은 그저 모호한 표정이었다. "무슨 말인지 모르겠어요."

"아니, 플로라가 그런 관계를 계속할지도 모른다는 거지요. 분명히 그 애가 그렇게 할 거라는 거예요. 내가 알지 못하는 사이에 말이죠."

이런 가능성이 떠오르자 그로스 부인은 잠시 풀이 죽었다. 하지만 이내 우리가 한 치라도 물러선다면 무엇에 굴복하게 되는지를 확실히 절감한 듯이 다시 마음을 가다듬었다. "저런, 저런! 정신을 똑바로 차려야겠어요. 그런데 결국, 플로라가 그걸 개의치 않는다면!" 부인은 소름 끼치는 농담마저 덧붙였다. "어쩌면 아가씨가 그걸 좋아하는지도 모르겠군요."

"그런 것들을 좋아한다고요? 그 조그만 꼬마가?"

"그건 바로 플로라 아가씨에게 타고난 순진함이 있다는 증거가 아닐까요?" 그로스 부인은 용감하게 질문을 던졌다.

잠시 부인의 말은 거의 그럴듯하게 들렸다. "아, 우리는 그런 가능성에 매달려야 해요. 그런 의견을 고수해야지요! 만약 플로라의 태도가 당신의 의견을 입증하는 것이 아니라면, 그것이 무엇을 입증하는지는 아무도 모르니까요. 그 여자는 더할 나위 없이 끔찍한 인물이었으니까."

이 말에 그로스 부인은 잠시 땅을 바라보다가 마침내 시선을 올리고 말했다. "선생님이 어떻게 아셨는지 말해주세요."

"그렇다면 당신은 그것이 그 여자였다고 인정하는 건가요?" 나는 큰 소리로 외쳤다.

"어떻게 아셨는지 말해주세요." 나의 친구는 그저 되풀이했다.

"어떻게 아느냐고요? 그 여자를 보았으니까 알죠! 그 여자가 바라보는 태도를 보고 알죠!"

"당신을 바라보았다고요? 아주 사악한 눈으로?"

"맙소사, 아니에요. 그랬더라면 나는 견딜 수 있었을 거예요. 그 여자는 나에게 눈길 한 번 주지 않았어요. 그저 플로라를 뚫어지게 바라보았죠."

그로스 부인은 사태를 파악하려고 애썼다. "아가씨를 뚫어지게 보았다고요?"

"그래요. 아주 끔찍한 눈으로!"

그로스 부인은 마치 내 눈이 정말 그 눈을 닮기라도 한 듯 나를 바라보았다. "혐오감을 드러내는 눈빛이란 말이지요?"

"그랬더라면 낫겠는데, 그게 아니었어요. 그보다 훨씬 더 나쁜 눈빛이었어요."

"혐오보다도 더 나쁘다고요?" 이 말을 하면서 부인은 정말 어찌할 바를 모르는 듯이 보였다.

"설명할 수 없지만, 어떤 결의를 담은 눈빛이었어요. 어떤 맹렬한 의도가 담겨 있었다고요."

내 말에 부인은 창백하게 질렸다. "의도라고요?"

"플로라를 장악하겠다는 거죠." 내 눈을 바라보고 있었던 그로스 부인은 몸을 부르르 떨더니 창 쪽으로 걸어갔다. 부인이 거기 서서 밖을 바라보는 동안 나는 내 말을 끝냈다. "그걸 플로라도 알고 있는 거예요."

잠시 후에 부인은 몸을 돌렸다. "그 사람이 검은 옷을 입고 있었다고 하셨죠?"

"상복을 입고 있었어요. 다소 초라하고 거의 누더기였죠. 하지만, 그래요, 특출하게 아름다웠어요." 이제 나는 내 비밀을 들어주는 상대방을 조금씩 어느 지경에까지 몰아붙였는지 깨달았다. 부인이 내 말을 곰곰 생각하는 기색이 역력했던 것이다. "아, 아름다웠지요, 대단히 아름다웠어요." 나는 덧붙여 말했다. "놀라울 정도로 아름다웠지요. 하지만 파렴치했어요."

부인은 천천히 내게로 돌아왔다. "제슬 양은 정말로 파렴치했어요." 부인은 다시 한 번 양손으로 내 손을 삽고, 이러한 사실을 밝힘으로써 내가 느낄, 점점 더 커지는 두려움으로부터 나를 지켜주려는 듯 손에 힘을 주었다. "그들은 둘 다 파렴치했어요." 마침내 부인이 말했다.

이렇게 해서 잠시 우리는 다시 한 번 같은 시각에서 사태를 바라보게 되었다. 이제 그 사태를 아주 객관적으로 파악하게 되면서 일말의 실제적인 도움을 얻게 된 것이다. "지금까지 당신이 말을 하지 않았던 이유는 당신이 무척 예의바른 사람이기 때문이라는 것을 잘 알아요. 하지만 이제는 분명히 내게 모든 것을 알려주어야 해요." 부인은 이 말에 동의하는 듯 보였지만 여전히 침묵을 지키고 있었기에 그 모습을 보고 나는 계속 말을 이어갔다. "지금 알아야겠어요. 그녀가 어떻게 죽었나요? 자, 그 사람들 사이에는 무슨 일인가 있었지요?"

"온갖 일이 있었지요."

"그렇게 차이가 나는데도 불구하고요?"

"아, 신분이나 처지는 달랐어요." 그로스 부인은 유감스럽다는 듯이 털어놓았다. "그녀는 상류층의 여성이었지요."

나는 그 말을 곰곰이 생각해보고 다시 상황을 파악했다. "아, 그녀는 상류층의 여성이었군요."

"그런데 그 남자는 비참할 정도로 낮은 신분이었어요." 그로스 부인이 말했다.

그로스 부인과의 관계를 고려할 때 물론 나는 사회 계층에 있어서 하인의 위상을 너무 지나치게 깎아내려서는 안 된다고 생각했다. 하지만 내 전임자의 품위가 추락했다는 그로스 부인 자신의 평가를 수용하지 않을 이유는 없었다. 그 문제에 대처할 수 있는 한 가지 방법이 있었기에 나는 그것을 택했다. 영리하고 잘생겼으며 염치없고 뻔뻔스럽고 제멋대로이고 타락한 사람의 모습을 증거로 하여, 지금은 죽은 우리 고용주의 시종을 완전히 파악하기 위해 이렇게 말했던 것이다. "그 남자는 비열한 사람이었어요."

그로스 부인은 마치 그것이 어쩌면 약간 미묘한 의미의 차이를 가려내야 하는 일인 것처럼 생각에 잠겼다. "저는 그와 같은 사람을 본 적이 없어요. 그는 내키는 대로 행동했어요."

"그녀에게요?"

"그들 모두에게요."

마치 지금 그로스 부인의 눈앞에 제슬 양이 다시 나타난 것 같았다. 어떻든 나는 연못가에서 그녀를 보았듯이 그로스 부인의 눈에 떠오른 그녀의 모습을 분명히 잠깐 본 듯했다. 그래서 나는 단호하게 말을 꺼냈다. "그건 틀림없이 그녀 자신도 원했던 일이었겠지요!"

그로스 부인의 표정은 사실이 그러했다고 인정했지만 한편으로 이렇게 말했다. "불쌍한 여자! 제슬 양은 그에 대한 대가를 치렀어요!"

"그렇다면 그녀가 무엇 때문에 죽었는지 아시나요?" 나는 물었다.

"아뇨. 전 아무것도 몰라요. 알고 싶지 않았어요. 알지 못하는 편이 차라리 좋았고요. 제슬 양이 이 일에서 벗어났다는 것에 대해서 하늘에 감사했지요!"

"하지만 그렇다 해도, 당신 나름대로 짐작했겠지요."

"제슬 양이 이곳을 떠난 진짜 이유에 대해서요? 아, 그래요, 그 점에 대해서는 알고 있어요. 제슬 양은 여기 머무를 수 없었어요. 여기서 그랬다고 생각해보세요. 가정교사의 처지에 말이죠! 그 이후에 저는 생각해보았어요. 여전히 생각하고 있죠. 제가 생각한 것은 무척 끔찍해요."

"내 생각만큼 그렇게 끔찍하지는 않을 거예요." 내가 대답했다. 그 말을 하며 나는 틀림없이 비참하게 패배한 표정을 보여주었을 것이다. 나는 실제로 그것을 너무나 분명하게 의식하고 있었다. 그 말에 부인은 또다시 나에 대한 동정심을 보여주었고, 부인의 다정함이 다시 새롭게 느껴지자 내 저항력은 무너져 내렸다. 일전에 내가 부인을 그렇게 만들었던 것처럼 나도 울음을 터뜨렸다. 부인이 어머니처럼 푸근한 가슴에 나를 안아주자 하소연이 쏟아져 나왔다. "나는 그 일을 하지 못하고 있어요!" 절망에 빠져 흐느끼며 나는 말했다. "아이들을 구하지도, 보호하지도 못하고 있다고요. 내가 상상했던 것보다 훨씬 더 나빠요. 애들은 이미 빼앗긴 거야!"

8

내가 그로스 부인에게 한 말에는 충분히 진실의 여지가 있었
다. 부인에게 제기한 문제에는 결의가 부족해서 깊이 캐묻지
못한 구석과 가능성들이 있었다. 그래서 우리가 불가사의한 사
건의 와중에서 다시 한 번 만났을 때 우리는 지나친 환상에 대
해서는 저항할 의무가 있다고 동감했다. 나른 섯은 제대로 유
지할 수 없더라도 우리는 정신을 똑바로 차려야 했다. 놀라운
경험을 하는 가운데 전혀 의심의 여지가 없는 것에 직면하여,
그렇게 하는 것이 사실 무척 어려운 일이라 하더라도 말이다.
그날 밤 늦게 온 집안이 잠들었을 때 우리는 내 방에서 다시 이
야기를 나누었다. 부인은 내가 보았던 것이 정확히 내가 본 그
대로라는 점에 의심의 여지가 없다는 의견에 동의했다. 그 사
실이 틀림없다는 것을 부인에게 확실히 인식시키기 위해, 나는
다음 사항을 물어보기만 하면 됐다. 즉 만약 내가 '그 이야기를

만들어냈다면' 나에게 나타난 그 사람들 각각의 세부적인 특징까지 어떻게 상세히 묘사할 수 있었을까 하는 문제였다. 그들의 모습을 묘사하자 부인은 즉시 알아차리고 그들의 이름을 거론했던 것이다. 물론 부인은 이 문제를 모두 덮어버리고 싶어 했다. 그렇다고 해서 부인을 탓할 일은 아니었다! 나는 얼른, 이 문제에 있어서 내 관심이 이제 이 문제에서 벗어날 수 있는 방법을 찾는 탐색의 형태로 급격히 선회하게 되었다고 하며 부인을 안심시켰다. 그런 일이 다시 일어나면—그 일이 재발하리라는 것을 우리는 당연지사로 여겼다—내가 그 위험에 익숙해질 확률이 높아진다는 근거에서 나는 부인의 의견에 맞섰고, 위험에 노출되는 것은 이제 내가 겪는 불편함 가운데 가장 하찮은 일이 되었다고 분명히 단언했다. 참을 수 없는 것은 새로 생긴 의심이었다. 하지만 이 복잡한 문제에 대해서도 그날 밤이 깊어지자 조금이나마 편안한 마음이 들었다.

처음 내 감정이 분출했을 때, 그로스 부인과 헤어지고 나서 나는 당연히 내 학생들에게로 돌아갔고, 내 실망과 경악을 치유하는 적절한 방법은 아이들의 매력에 빠지는 것이라고 생각했다. 아이들의 매력을 느끼는 것이야말로 이미 내가 적극적으로 발휘할 수 있는 감각이었고, 그것은 아직 한 번도 나를 실망시킨 적이 없었다. 다시 말하면 나는 그저 플로라와의 특별한 관계에 새롭게 몰입했다. 나는 그 아이가 의식적으로 자기의 작은 손으로 곧장 내 고통을 어루만질 수 있음을 알아차렸다. 그것은 거의 호사스러운 기쁨이었다! 아이는 사랑스러운 표정으로 골똘히 나를 쳐다보면서 직접 대놓고 나에게 '울었다'고 나무랐다. 나는 얼룩진 흔적을 닦아냈다고 생각했지만 그 순간은 어떻든 끝없이 깊은 관대함을 느끼며, 그 흔적이 완전히 사라지지 않았음을 진심으로 기뻐할 수 있었다. 아이의 깊고 푸른 눈동자를 들여다보면서 그 눈의 사랑스러움이 미숙하고 교활한 속임수라고 단언하는 것은 냉소주의의 죄를 범하는 것이었다. 따라서 그보다는 당연히 판단을 포기하고 가능하면 심적 동요를 떨쳐버리는 편을 택하기로 했다. 그저 원한다고 해서 포기할 수는 없었지만, 자정이 넘은 시간에 그로스 부인에게 나는 이렇게 되풀이해서 말했다. 아이들의 목소리가 공중에 울려 퍼지고, 아이들이 가슴에 안겨오고 향기로운 얼굴이 뺨에 닿기만 하면 아이들의 무력함과 아름다움을 빼고는 모든 것이 산산조각 나버렸다고. 어떻든 이 일을 확실히 매듭짓기 위해서, 오후의 호숫가에서 나로 하여금 기적적으로 침착한 태도를 취하도록 만들었던 그 간교함의 흔적들을 모두 다 일일이 돌이켜 보아야 했던 것은 유감스러운 일이었다. 그 순간의 확실성 그 자체를 다시 검토하고, 어떻게 해서 그때 내가 알아챈 그 믿을 수 없는 교감이 두 사람 사이에 친숙한 일이라는 계시를 그 순간 느끼게 되었는지를 반추해야 하는 것도 유감스러웠다. 또한 내가 실제로 그로스 부인을 직접 보고 있듯이 그 어린 소녀가 망령을 보았고, 그렇게 보았으면서도 자기가 보지 않았다고 내가 생각하기를 바랐으며, 동시에 아무런 내색도 하지 않으면서 내가 정말 보았는지를 알아내려고 했다는 사실을, 내가 얼떨떨한 상태이지만 의심의 여지없이 받아들였던 이유를 다시 한 번 떨리는 목소리로 말해야 했던 것도 유감이었다. 플로라가 내 관심을 다른 것으로 돌리기 위해서 이상하고도 사소한 행동들, 즉 눈에 띄도록 움직임이 커졌다든지 더욱 놀이에 열중하고 노래를 하며 허튼 소리를 종알거리고 뛰어놀자고 했던 것을 다시 한 번 묘사해야 했던 것도 유감스러운 일이었다.

하지만 내가 이 사건을 검토하는 데 몰두하지 않음으로써 결국 그것이 중요하지 않은 일이라고 치부했더라면, 지금까지도 나에게 위안을 주는 두세 가지 희미한 요소들을 놓쳤을 것이다. 예컨대 나는 최소한 내 속마음을 드러내지 않았다고—그것이야말로 대단히 다행스러운 일이었는데—내 친구에게 단호히 주장할 수 없었을 것이다. 또한 절박한 필요에 의해서나 필사적인 마음으로—그것을 무엇이라 불러야 할지 모르겠지만—내 동료를 상당히 궁지에 몰아넣음으로써 정보를 끌어내서 더욱 많은 도움을 얻어야겠다는 생각이 들지도 않았을 것이다. 추궁을 받으며 부인은 조금씩 많은 사실을 이야기해주었다. 하지만 그 이면의 풀리지 않은 의혹은 아직도 때때로 박쥐 날개처럼 내 이마를 스쳤다. 그리고 이 순간 온 집안이 잠들어 있다는 사실과, 우리가 처해 있는 고도의 위험과 동시에 우리가 정신을 집중하여 밤을 새우고 있다는 사실이 도움이 되는 듯했으므로 나는 마지막으로 장막을 홱 잡아당겨서 그 속에 숨은 것을 알아내는 게 중요하다고 느꼈던 것을 기억한다. "나는 이렇게 끔찍한 일이 있다고는 믿지 않아요." 내가 이렇게 말했던 것을 기억한다. "정말로, 내가 믿지 않는다는 점을 분명히 못 박아 두기로 해요. 하지만 만약 내가 믿는다면, 지금 물어봐야 할 것이 있어요. 조금도 남김없이, 아니 한 조각도 빼놓지 않고 당신에게서 알아낼 필요가 있어요. 마일스가 돌아오기 전에 그 애의 학교에서 온 편지 때문에 우리가 고민하고 있을 때 내가 추궁하자 당신은 그 애가 정말 단 한 번도 '나쁜' 짓을 하지 않았다고는 말 못한다고 했었는데 그때 당신은 속으로 무슨 생각을 하고 있었나요? 지난 몇 주일 동안 내가 직접 그 애와 함께 지내고 아주 면밀하게 관찰해왔지만 그 애는 말 그대로 '단 한 번도' 나쁜 짓을 한 적이 없어요. 그 애는 놀라울 정도로 변함없이 유쾌하고 사랑스럽고 선량한 아이예요. 그러니까 실제로 어떤 예외적인 경우가 일어난 것을 본 적이 없었다면 당신은 그 아이에 대해서 분명히 그렇게 주장할 수 있었을 거예요. 당신이 본 예외적인 경우가 무엇이었지요? 그리고 당신이 개인적으로 그 아이를 관찰해온 가운데 어떤 사건을 언급한 건가요?"

그것은 몹시 엄숙한 질문이었지만 우리의 말투는 결코 경박하지 않았다. 어찌 되었든 잿빛 새벽이 다가와 각자의 방으로 돌아가기 전에 나는 답을 얻었고, 내 동료가 마음에 담고 있던 것은 내 예상과 아주 딱 들어맞았음이 드러났다. 다름 아니라 바로 몇 달 동안 퀸트와 소년이 지속적으로 함께 지냈다는 사실이었다. 부인이 용기를 내어 그렇게 친밀한 관계가 도리에 맞지 않음을 비판하고 그 부조화에 대해 언급했으며, 심지어 제슬 양에게 그 문제에 대해 솔직히 터놓기까지 했다는 것은 실로 무척 적절한 증거였다. 이에 제슬 양은 더없이 기이한 태도로 부인에게 자기 할 일이나 하라고 말했고, 이 선량한 여성은 그 말을 듣자 곧장 어린 마일스에게 다가가 말을 했다. 즉 마일스에게 상류층의 도련님들이 자신의 신분을 잊어버리지 않는 것을 보고 싶다고 말했다는 것이다. 나는 부인을 다그쳐 이 사실을 알아냈다.

물론 나는, 다시 부인을 다그쳐 그에 관한 더 자세한 얘기를 들었다. "퀸트가 그저 비천한 시종일 뿐이라고 마일스에게 말했나요?"

"그렇다고 말할 수 있지요! 그런데 나쁜 것은, 일단 한 가지를 말하자면 도련님의 대답이었어요."

"그럼 다른 것은 무엇이죠?" 나는 기다렸다. "그 애가 당신의 말을 퀸트에게 옮겼나요?"

"아니, 그게 아니에요. 도련님은 고자질 따위는 절대 하지 않으려고 했어요!" 부인은 아직도 나에게 강한 인상을 심어줄 수 있었다. "어떻든 나는 도련님이 그렇게 하지 않았다고 확신했어요. 하지만 도련님이 부인한 게 있어요."

"그게 무엇이죠?"

"제슬 양은 그저 어린 아가씨의 가정교사이고, 퀸트가 도련님의 가정교사이며 그것도 대단한 가정교사인 양 그들 둘이서 어울렸던 것들을 부인했어요. 도련님이 퀸트하고 밖으로 나가서 몇 시간이고 그와 함께 보냈다는 사실을 말이죠."

"그렇다면 마일스가 그것을 얼버무려 넘겼군요. 그렇게 하

지 않았다고 말했나요?" 부인이 분명히 긍정했으므로 나는 즉
시 덧붙일 수 있었다. "알겠어요. 그 애가 거짓말을 했군요."

"오!" 그로스 부인은 중얼거렸다. 그것은 중요하지 않다는
암시였다. 실제로 부인은 그런 의미를 강조하는 말을 덧붙였
다. "글쎄, 어떻든 제슬 양은 개의치 않았어요. 제슬 양은 도련
님의 행동을 가로막지 않았지요."

나는 생각했다. "마일스가 자신의 입장을 정당화하려고 당
신에게 그것을 이유로 들던가요?"

이 말에 부인은 다시 의기소침해졌다. "아뇨, 그런 말은 한
번도 하지 않았어요."

"퀸트와 관련해서 제슬 양을 한 번도 언급하지 않았나요?"

부인은 내가 어느 쪽으로 몰아가고 있는지를 알아차리고 눈
에 띄게 얼굴을 붉혔다. "도련님은 아무것도 드러내지 않았어
요. 그냥 부인했어요." 부인은 반복했다.

"도련님은 부인했어요."

맙소사! 내가 지금 부인을 얼마나 몰아세우고 있는지! "그래
서 당신은 그 비참한 두 인간들 사이에서 어떤 일이 있는지 그
애가 알고 있다는 것을 눈치 챘군요?

"나는 몰라요, 난 몰라요!" 그 불쌍한 여자는 신음했다.

"친애하는 부인, 당신은 알고 있어요." 나는 대답했다. "다
만 당신은 나처럼 무척이나 과감한 마음을 갖고 있지 않은 거
지요. 그래서 소심하고 겸손하고 섬세한 마음에서, 과거에 내
도움을 받지 않고 혼자서 아무 말 없이 허둥거려야 했을 때 무

엇보다도 당신을 괴롭혔던 인상들까지도 지금 당신을 억누르고 있는 거예요. 하지만 나는 그것을 알아야겠어요! 당신이 보기에, 마일스의 태도에는 뭔가 그 애가 그들의 관계를 은폐하고 숨긴다는 인상을 주는 부분이 있었어요."

"하지만 도련님은 막을 수 없었어요."

"당신이 진실을 아는 것을 말이지요? 물론이죠! 하지만, 세상에!" 나는 깊이 생각에 잠겼다. "그것은 그들이 마일스를 그지경으로 만들어놓는 데 성공했다는 것을 보여주는 거지요!"

"지금도 도련님에게 훌륭하지 않은 점은 없어요!" 그로스 부인이 애처롭게 항변했다.

"학교에서 온 편지를 당신에게 언급했을 때 당신이 기묘한 표정을 지었던 것이 전혀 놀랍지 않군요." 나는 계속 말했다.

"내 얼굴이 선생님의 표정처럼 기괴하게 보였을지 모르겠어요!" 부인은 꾸밈없이 대꾸했다. "그런데 그때 그 편지가 암시하는 것처럼 도련님이 그렇게 나빴다면, 어떻게 지금은 천사 같은 걸까요?"

"맞아요, 정말 천사 같지요. 그런데 그 아이가 학교에서 악마 같았다면! 어떻게, 어떻게 되어서 그런 걸까요?" 나는 고통스럽게 말했다. "그 질문을 다시 한 번 해주세요. 하지만 며칠간 나는 답할 수 없을 거예요. 그저, 다시 한 번 그 질문을 해주세요!" 내가 격렬한 울음을 터뜨리자 내 동료는 나를 골똘히 바라보았다. "당분간 내가 선택해서는 안 되는 방향들이 있어요." 그러고 나서 나는 이따금씩 못된 짓을 할 수 있는 마일스의 대단한 재능을 보여준 첫 번째 실례, 방금 전에 부인이 언급한 예로 다시 돌아갔다. "당신이 이야기한 그때 퀸트가 비천한 머슴일 뿐이라고 마일스에게 충고했을 때, 그 애가 당신도 마찬가지라는 대답을 했을 거라는 짐작이 절로 드는군요." 또다시 부인이 적절하게 인정했기에 나는 계속 말했다. "그런데 당신은 아이의 그 말을 용서했고요?"

"선생님이라면 그렇게 하지 않으셨겠어요?"

"아, 그랬겠지요." 정적이 감도는 가운데 이 부분에서 우리는 함께 기묘한 소리를 내며 웃었다. 그러고 나서 나는 계속 말했다. "어떻든 마일스가 그 남자와 있는 동안에—"

"플로라 아가씨는 그 여자와 함께 있었어요. 그렇게 하는 것이 그들 모두에게 적합했던 거지요."

그것은 나에게도 적합하다고 느껴졌다. 다만 너무나 완벽하게 적합했다. 이 말은 그것이 내 마음속에 품지 않으려고 경계하고 있었던 특히나 끔찍한 견해에 딱 들어맞았다는 뜻이다. 하지만 지금까지 나는 이 견해를 표명하지 않고 잘 억제해왔으므로 지금 여기에서도 더 이상 그 부분에 대해 설명하지 않을 것이며, 다만 그로스 부인에게 마지막으로 한 말을 언급하는 데 그치겠다. "마일스가 거짓말을 하고 건방지게 굴었던 것은 그 애에게서 작은 인간의 본능이 터져 나온 경우라 볼 수 있겠지요. 하지만 내가 당신에게서 얻어내리라 예상했던 것보다 훨씬 더 매력적이지 못한 실례군요." 나는 생각에 잠겼다. "하지만 그런 실례로도 충분해요. 이전보다 더욱 철저히 경계해야겠다는 생각이 들었으니까요."

다음 순간 동료의 얼굴에서 부인이 얼마나 무조건적으로 마일스를 용서했는지를 보고 나는 얼굴이 붉어졌다. 부인의 이야기를 들으면서 내가 친절한 마음으로 그 아이를 용서해야겠다고 생각했던 것보다 훨씬 더 전폭적인 용서였다. 부인이 교실 문을 나서며 나와 헤어질 때 이런 사실이 표면적으로 드러났다. "분명 선생님은 도련님을 야단치시지 않겠지요."

"그 애가 나에게 숨기면서 어떤 관계를 지속한다고요? 증거가 더 확보될 때까지는 아무도 비난하지 않을 거예요." 그러고 나서 부인이 다른 복도를 지나 자기 방으로 돌아가려고 문을 닫기 전에 나는 이 말을 하며 대화를 끝냈다. "나는 그저 기다릴 거예요."

9

나는 기다리고 또 기다렸다. 하루하루가 지나면서 섬뜩하게 질
렸던 마음이 조금씩 누그러들었다. 사실 새로운 사건이 일어
나지 않은 채 내 학생들을 늘 보면서 며칠을 지내자, 무시무시
한 상상과 불쾌한 기억들조차 걸레질을 하여 닦아낸 듯이 말
끔하게 사라진 것 같았다. 앞에서도 이야기했듯이, 나는 아이
들의 특별한 매력에 푹 빠지지 않을 수 없었고, 그 애들의 매력
에서 내 공포와 근심을 덜어낼 수 있었다. 물론 내가 새로 알게
된 사실들을 억누르려는 노력은 표현할 수 없을 정도로 생소한
일이었다. 하지만 그 노력이 빈번하게 성공을 거두지 않았더라
면, 틀림없이 그것은 더욱더 큰 긴장을 만들어냈을 것이다. 내
가 아이들에 대해 괴상한 생각을 하고 있다는 것을 그 아이들
이 짐작할 수 있지 않을까 하는 의구심이 들곤 했다. 그리고 이
러한 일들로 말미암아 아이들이 더욱 흥미로운 존재가 되었다

는 사실 그 자체는 아이들에게 비밀을 감추는 데 직접적으로 도움이 되지 않았다. 자신들이 엄청나게 흥미를 불러일으키는 존재라는 사실을 아이들이 알게 될까봐 나는 두려움에 몸을 떨었다. 내가 생각에 잠겨 종종 그러했듯이, 어떤 일이 벌어지더라도 최악의 상태를 가정하면, 그들의 순진무구함을 훼손하는 것은—그 애들은 허물이 없고 그런 운명에 처해 있었으므로— 더더욱 위험을 무릅써서라도 막아야 할 이유가 될 뿐이었다. 억누를 수 없는 충동으로 아이들을 붙잡아 내 가슴에 꼭 끌어안는 순간들이 있었다. 그렇게 하고 나면 나는 스스로에게 묻곤 했다. '아이들이 이걸 어떻게 생각할까? 너무 많은 것을 내보이지 않았을까?' 나는 얼마나 내 속을 드러내도 좋을지 고민하며 우울하고 복잡하게 얽힌 생각에 쉽게 빠져들었다. 하지만 내가 여전히 평화로운 시간을 누릴 수 있었던 진정한 이유는, 내 학생들의 적나라한 매력이 여전히 기분을 현혹시켰기 때문이다. 비록 작위적인 것일지도 모른다는 가능성이 그림자처럼 퍼져 있었지만 말이다. 내가 이따금 아이들에게 이전보다 예리한 애정을 약간 돌발적으로 드러냄으로써 의심을 샀을지도 모른다는 생각이 들었던 것과 마찬가지로, 아이들이 겉으로 드러날 정도로 점점 더 자주 애정을 과시하는 데에는 어떤 의심스러운 점이 있지 않을까 생각했던 것을 기억한다.

당시 아이들은 신기하게도 지나칠 정도로 나를 좋아했다. 그것은 결국 내가 언제나 몸을 구부려 안아주는 아이들에게 있어서 자연스러운 반응 이상은 아니라고 생각할 수 있었다. 아이들이 내게 아낌없이 퍼붓는 존경으로 인해서 사실 나의 불안정한 상태는 상당히 누그러들었고, 내가 보아도 나의 태도는 아이들이 어떤 목적을 가지고 그렇게 행동한다는 사실을 포착하려는 듯이 보이지 않을 정도였다. 아이들은 자신들을 보호해주는 가련한 가정교사를 위해서 그 어느 때보다도 많은 것을 해주고 싶어 했다. 말하자면, 아이들은 수업에 더욱 열심이었고 그것이 당연히 가정교사를 가장 기쁘게 해주었지만, 그 외에도 여러 가지 방식으로 나의 기분을 풀어주고 즐겁게 해주며 놀라게 했다는 것이다. 아이들은 나에게 짧은 글을 읽어주고 이야기를 들려주며 제스처 게임을 하고, 동물과 역사적 인물로 변장하여 갑자기 달려들고, 무엇보다도 유명한 작품들의 구절을 몰래 외워서 끝없이 낭송함으로써 나를 놀래주었다. 다양한 활동으로 채워진 수업 시간에 내가 왜 그렇게 내밀한 비평을 가하고 사사로운 수정을 가했는지—지금 설명하려고 하더라도—도저히 이해할 수 없다. 처음부터 아이들은 모든 것을 쉽게 배우는 능력을 드러냈고, 새롭게 출발하면서 그 전반적인 능력은 놀라울 정도로 비약했다. 사소한 과제를 주면 마치 그것을 사랑하듯이 받아들였으며, 전혀 강요를 받지 않아도 천부적인 재능을 살짝 발휘하여 기억력의 작은 기적을 만들어냈다. 아이들은 갑자기 호랑이로, 로마인들로 나타날 뿐 아니라 셰익스피어의 인물과 천문학자, 항해자로 나타나기도 했다. 이런 경우는 아주 특출한 것이어서 현재에도 내가 달리 설명할 수 없는 그 사실과 아마도 커다란 관련이 있을 것이다. 내가 거론하는 것은 마일스를 다른 학교에 보내는 문제에 있어서 내가 이상할 정도로 무관심했다는 사실이다. 내가 기억하기로 나는 당분간 그 문제를 제기하지 않는 것으로 만족했다. 그러한 만족감은 틀림없이, 그 애가 항상 드러내는 놀라운 영리함을 지각하면서 느꼈던 것이었다. 마일스는 아주 총명했기 때문에 저열한 가정교사나 어떤 목사의 딸이 망가뜨릴 수 없는 아이였다. 방금 말한 그 깊은 상념들을 엮은 가닥들 가운데 가장 화려하지는 않더라도 가장 기이한 가닥은, 감히 그 생각을 말로 표현했더라면 얻게 되었을 인상, 즉 아이의 작은 지적 활동에서 그 아이가 엄청난 자극으로 작용하는 어떤 영향력을 받고 있다는 인상이었다.

이러한 소년은 학교 다니는 것을 미뤄도 된다고 쉽게 생각할 수 있겠지만, 그 소년이 학교에서 '퇴출'되었다는 것이 불가해한 수수께끼라는 점은 그 못지않게 두드러진 일이었다. 이제 아이들과 함께 지내면서—거의 언제나 아이들에게서 떨어져 있지 않으려고 주의했다—나는 별다른 낌새를 챌 수 없었다는 사실을 덧붙이기로 하자. 우리는 음악과 사랑과 성취와 사적인 연극의 분위기에 취해서 살았다. 아이들은 둘 다 더없이 예리한 음악적 감각을 가지고 있었지만, 특히 큰 아이가 가락을 포착하고 반복하는 데 있어 놀라운 재주가 있었다. 교실의 피아노에서는 온갖 기괴한 환상곡들이 울려 퍼졌다. 그것에 싫증나면 구석에서 서로 수군거리다가 둘 중 한 명이 신이 나서 밖으로 나갔다가 전혀 새로운 모습으로 '등장'하곤 했다. 나에게도 남자 형제들이 있었기 때문에, 어린 소녀가 노예처럼 어린 소년을 숭배할 수 있다는 것은 새로운 사실이 아니었다. 무엇보다도 놀라운 사실은 나이도 어리고 연약한 성(性)과 저급한 지능을 가진 사람에게 그렇게나 자상하고 사려 깊은 마음으로 대할 수 있는 어린 소년이 이 세상에 존재한다는 것이었다. 희한하게도 아이들은 한마음이었다. 그 애들이 말다툼을 하거나 불평을 늘어놓는 일이 없었다고 말하는 것은 그들의 다정한 관계에 대해서 조야한 찬사를 늘어놓는 것이나 마찬가지였다. 사실이따금 내가 거친 행동을 하면 나는 아이들 사이에서 눈에 띄지 않는 교감의 흔적을 포착하곤 했다. 그러한 교감에 의해서 아이들 가운데 한 명은 나의 상대가 되어주고 다른 아이는 슬쩍 다른 곳으로 물러났던 것이다. 모든 책략에는 숫된 면이 있다고 생각한다. 하지만 내 학생들이 어떤 술책을 써서 나를 달래려고 했더라도 거기에는 분명 상스러운 구석이 거의 없었다. 어느 정도 고요한 시간이 흐른 후 그 '싱스'러움은 진혀 다른 부분에서 터져 나왔다.

내가 보아도 이야기가 주춤거리며 빨리 진행되지 못하고 있지만 그 이야기로 뛰어들어야겠다. 블라이에서 겪었던 끔찍한 사건을 기록해가면서 나는 아주 자유분방한 믿음—그것에 대해서는 거의 관심이 없다—에 도전할 뿐 아니라, (이것은 전혀 다른 문제인데) 나 자신이 겪었던 것을 되풀이하고 다시 한번 그 속에서 나 자신을 끝까지 밀고나가게 된다. 갑자기 어떤 시간이 들이닥쳤고, 돌이켜보건대 그 시간 이후 할 수 있는 것은 오로지 고통을 겪는 일뿐이었다. 그러나 적어도 나는 고통의 핵심에 도달했고, 그것에서 가장 빨리 벗어날 수 있는 길은 의심할 바 없이 앞으로 나아가는 것이었다. 어느 날 저녁 뭔가 그것을 향해 나아가고 있다는 예감이나 그것을 준비한 바도 없었는데, 나는 처음 이곳에 왔던 날 밤에 내 몸 위로 내뿜어졌던 서늘한 인상을 느꼈다. 이미 언급했듯이 그 당시에는 훨씬 가벼운 느낌이었던 그것은, 이후 여기에 머물면서 그다지 동요를 겪지 않았더라면 아마도 기억 속에서 대수롭지 않게 남았을 인상이었다. 잠자리에 들 시간이었지만 나는 촛불을 두 개 켜 놓고 앉아서 책을 읽고 있었다. 블라이의 어느 방은 낡은 책들로 가득 차 있었다. 주로 지난 세기의 소설들이었는데, 그것들 가운데 몇 가지는 분명 평판이 떨어지기는 했지만 그렇다고 해서 아무렇게나 모아 놓은 책들은 아니었다. 그 책들은 이 격리된 집까지 흘러 들어와서 내 젊음의 내밀한 호기심에 호소하고 있었다. 내가 잡고 있던 책은 필딩의 《아멜리아》였다. 졸음기라고는 전혀 없이 말똥말똥한 상태였던 것을 기억한다. 게다가 무척 늦은 시간이라는 막연한 생각이 들었지만 시계를 보기가 특히 싫었던 것도 기억난다. 끝으로, 당시의 유행에 따라 플로라의 작은 침대 머리맡에 주름이 접힌 채 드리워진 하얀 커튼이, 한참 전에 내가 확인했던 대로 어린애의 완벽한 수면을 감싸주고 있었다고 생각한다. 간단히 말하자면 나는, 비록 내가 읽고 있던 작가에게 깊은 관심을 느끼고 있었지만, 한 페이지를 넘기자 그 매력은 산산이 흩어졌고, 곧장 책에서 눈을 들어 방문을 뚫어지게 바라보았던 것이다. 한순간 이곳에 왔던 첫날 밤에 느꼈던, 무언가 형언할 수 없는 것이 집 안에서 움직이고 있다는 희미한 느낌이 떠올랐다. 나는 나는 귀를 기울였고, 열린 창문으로 들어온 부드러운 바람결이 반쯤 올린 블라인드를 흔드는 것을 바라보았다. 책을 내려놓고 일어서서 나는 촛불을 하나 들고 곧장 방을 나섰다. 누군가 나를 칭찬해줄 사람이 있다면 그에게는 내 진중한 태도가 틀림없이 훌륭하게 보였을 것이다. 촛불 빛이 그다지 위력을 발휘하지 못하는 복도에 서서 나는 소리 없이 문을 닫아걸었다.

　무엇으로 인해서 결심이 굳어졌는지 또한 무엇이 나를 인도했는지 지금은 말할 수 없지만, 나는 촛불을 높이 들고 긴 복도를 따라 똑바로 걸어가서 큰 곡선으로 굽이진 계단을 내려다보고 있는 높은 창문과 마주하였다. 이 순간 갑자기 세 가지 사실을 의식하게 되었다. 그것들은 실제로는 동시에 일어났지만 연속되는 섬광과도 같았다. 촛불이 마지막으로 한 번 높게 타오르더니 꺼져버렸다. 하지만 커튼이 젖혀진 창문으로 이른 새벽의 어둠이 물러가면서 촛불이 필요 없다는 것을 알았다. 다음 순간 촛불이 없는 상태에서도 누군가 계단 위에 있다는 것을 직감했다. 지금 연속적으로 이야기하고 있지만 퀸트와 세 번째로 대면하게 되자 순식간에 나는 완전히 경직되었다. 그 유령은 층계참에 올라가 창문에 가장 가까운 곳에 있었고, 나를 보자마자 그곳에 갑자기 우뚝 멈추어 서더니 예전에 탑과 정원에서 그랬던 것처럼 뚫어지게 나를 바라보았다. 내가 그를 잘 알고 있는 것처럼 그도 나를 알고 있었다. 차갑고 희미한 여명 속에서, 높다란 창문과 저 아래 광택을 발하는 참나무 계단에 희미한 빛이 감도는 가운데, 우리는 똑같이 강렬한 시선으로 서로를 바라보았다. 이제 그는 온전히 살아 있었고, 혐오스러우며 위험한 존재였다. 그러나 가장 놀라운 일은 그것이 아니었다. 가장 놀라운 일이라는 이 표현은 전적으로 다른 상황을 묘사하기 위해 남겨두겠다. 그 상황이란 의심의 여지없이 나에게서 두려움이 사라졌으며 내 내면의 모든 것이 그와 맞서 겨뤘다는 것이다.

그 특별한 순간이 지난 이후 나는 무척 많은 고뇌를 겪었지만 다행히도 공포심은 없었다. 내가 그렇다는 것을 그는 알고 있었고, 한순간에 나 자신도 이러한 사실을 당당하게 의식하게 되었다. 맹렬하게 솟구치는 자신감을 느끼며 나는 1분만 그 자리에 버티고 서 있다면 적어도 당분간은 그와 다시 상대할 필요가 없게 될 거라고 느꼈다. 따라서 그 1분 동안 그것은 현실 세계의 대면처럼 인간적이며 섬뜩했다. 그것이 바로 인간이었기 때문에, 새벽 시간 모두들 잠든 집에서 혼자 맞닥뜨린 어떤 적이나 모험가, 또는 어떤 범죄자와 같은 인간이었기 때문에 섬뜩했다. 그 엄청나게 무시무시한 장면에 단 한 가지 초자연적인 분위기를 부여한 것은 그렇게 가까운 거리에서 서로를 오랫동안 응시하면서도 쥐 죽은 듯이 침묵을 지켰다는 사실이다. 그런 장소, 그런 시간에 내가 살인자와 마주쳤더라면 최소한 어떤 말이라도 오갔을 것이다. 현실 세계에서라면 우리들 사이에 어떤 일이 실제로 일어났을 것이며, 만약 아무 일도 일어나지 않았다면 적어도 둘 중 한 명은 움직였을 것이다. 그 순간은 무척 길었다. 조금만 더 지속되었더라면 심지어 나도 살아 있는 것인지 스스로를 의심하게 될 정도였다. 그 다음에 일어난 일에 대해서는, 침묵 그 자체가—사실 어떤 면에서는 그것이 내 강인함을 입증하는 것이었다—대기로 변했고 그 속으로 그 존재가 사라지는 것을 보았다고밖에 말할 수 없다. 한때 그 유령의 원래 모습이었던 그 비천한 인간은, 명령을 받고 돌아서듯이 허공에서 몸을 돌렸고, 어떤 곱사등이보다도 더욱 추하고 고약한 등을 내게 보이며 곧바로 계단을 내려가서 굽이진 계단이 보이지 않는 어둠 속으로 사라져버렸다.

10

나는 잠시 계단의 꼭대기에 머물러 있었지만, 그 방문객이 사라졌을 때 이윽고 그가 정말로 가버렸다는 것을 알게 되었다. 그래서 내 방으로 돌아왔는데, 내가 켜놓고 간 촛불 빛으로 그곳에서 제일 먼저 볼 수 있었던 것은 플로라의 작은 침대가 비어 있다는 사실이었다. 이것을 보자 나는 5분 전만 하더라도 억누를 수 있었던 공포에 휩싸여서 숨이 막혔다. 나는 그 애가 누워 있었던 곳으로 급히 다가갔다. 작은 비단 덮개와 홑이불이 뒤엉켜 있었고 그 위에 하얀 커튼이 기만적으로 드리워져 있었다. 그때 내 발자국 소리에 응답하는 소리가 들려와서 나는 이루 말할 수 없는 안도감을 느꼈다. 창문의 블라인드가 흔들리더니, 그 반대편에서 어린애가 고개를 숙이고 있다가 장밋빛 얼굴을 드러냈다. 아이는 잠옷도 거의 걸치지 않은 채 아주 대담하게 발간 맨발에 금빛이 도는 고수머리를 드러내며 서 있었다. 아이의 표정은 무척 심각하게 보였다. 아이가 나를 나무라며 말을 걸었을 때처럼 다 획득한 유리한 입장을 빼앗겼다는 느낌이 강렬하게 들었던 적은 없었다. 조금 전만 하더라도 그러한 입장을 차지했다고 생각하면서 엄청난 전율을 느꼈던 것이다. "장난꾸러기 선생님, 도대체 어디 갔다 오셨어요?" 평소와 다른 그 아이의 행동에 대한 해명을 요구하기는커녕 나 자신이 책망을 받고 변명을 늘어놓아야 할 처지에 놓인 것이었다. 플로라 자신은 그 문제에 대해서 더없이 사랑스럽게 열성적으로 간단하게 설명했다. 침대에 누워서 자고 있다가 내가 방에 없다는 사실을 갑자기 알게 되었고, 내가 어떻게 되었는지 알아보려고 벌떡 일어났다는 것이다. 아이가 나타났을 때 나는 기쁜 나머지 의자에 털썩 주저앉았고 그때 아주 약간 어지러움을 느꼈다. 플로라는 재잘거리면서 곧바로 내게 와서 내 무릎 위로 몸을 굽히고는 아직 잠기운으로 상기된 그 놀랍고 작은 얼굴에 촛불 빛을 가득 받으며 안아달라고 몸을 맡겼다. 나는 그 애에게서 갑자기 빛나는 어떤 아름다움에 굴복하듯이 의식적으로 한순간 눈을 감았던 것을 기억한다.

"창밖에서 나를 찾고 있었니? 내가 뜰에서 걷고 있는 줄 알았다고?" 내가 말했다.

"누군가 있다고 생각했어요." 미소를 지으며 이렇게 말하는 플로라의 얼굴에는 하얗게 질린 기색이 없었다.

아, 지금도 그 애의 얼굴이 보이는 듯하다! "그런데 누가 있었니?"

"아니요!" 그 애는 어린애답게 앞뒤가 맞지 않는 논리를 한껏 구사하면서 그 부정의 단어를 귀엽게 질질 끌며 화가 난다는 듯이 대답했다.

그 순간 불안정한 감정 상태에서 나는 그 아이가 거짓말하고 있다고 전적으로 확신했다. 내가 다시 한 번 눈을 감은 것은, 이 문제를 처리할 수 있는 서너 가지 방법이 눈부시게 떠올랐기 때문이었다. 잠시 이 방법들 가운데 한 가지가 아주 강렬하게 나를 유혹했기에, 그것에 저항하기 위해서 발작적으로 내 어린 소녀를 꽉 잡았다. 놀랍게도 플로라는 소리치거나 놀라는 기색도 없이 순순히 받아들였다. 바로 이 자리에서 아이에게 다 털어놓고 끝장을 내는 것이 어떨까? 불빛을 받고 있는 그 애의 작고 예쁜 얼굴에다 꾸밈없이 토로하는 것이? '자, 자, 너는 알고 있지. 네가 그것을 믿고 있다는 걸. 그리고 내가 믿고 있는 게 아닌가 하고 너 자신도 이미 의심을 품고 있다는 걸. 그러니 나에게 솔직히 고백하는 편이 낫지 않을까? 그러면 우리는 적어도 그것과 더불어 살면서 기이한 우리의 운명에서 우리가 어디에 있는지, 그리고 그것이 무엇을 의미하는지를 어쩌면 배우게 될 거야.' 유감스럽게도 이 간청은 솟아오른 순간 사라져버렸다. 내가 그 순간 그것에 압도될 수 있었더라면, 당신이 앞으로 알게 되겠지만, 그 어떤 일을 하느라 수고를 하지 않아도 되었을 것이다. 그렇게 간청하는 대신에 나는 다시 벌떡 일어나서 아이의 침대를 바라보며 어쩔 도리 없이 중도를 택했다. "침대 주위에 커튼은 왜 둘러놓았니? 네가 거기 있다고 생각하도록 만들고 싶었어?"

플로라는 초롱초롱한 눈을 빛내며 잠시 생각하더니 순진하게 작은 미소를 지으며 말했다. "선생님을 놀라게 하고 싶지 않아서요."

"하지만 네 생각처럼 내가 밖으로 나갔다면?"

플로라는 절대로 당황하지 않았다. 그 아이는 내 질문이 적절하지 않거나 자신과 상관없다는 듯 눈을 돌려 촛불을 바라보았다. 마치 마르셋 부인*이 누구이며 9곱하기 9가 몇이냐는 질문을 받은 것처럼 말이다. "아, 하지만 선생님은 돌아올 거였고 돌아오셨잖아요." 아이의 대답은 아주 적절했다. 잠시 후에 아이가 잠자리에 들었을 때 나는, 내가 돌아온 것이 적절한 행동이었고, 그 점을 내가 인식하고 있다는 것을 증명이라도 하듯 한참 동안 그 애 옆에 가까이 앉아 손을 잡고 있어야만 했다.

그때부터 내가 밤마다 어떻게 지냈는지 당신은 상상할 수 있을 것이다. 계속해서 나는 시각을 알 수 없는 늦은 시간까지 일어나 앉아 있곤 했다. 플로라가 틀림없이 자고 있는 때를 골라서 몰래 밖으로 빠져나가서는 소리 없이 복도를 돌아보았고, 심지어 지난번에 퀸트를 만났던 곳까지 가보았다. 하지만 거기에서 그를 다시 보지 못했다. 다시는 집 안에서 그를 보지 못했다는 말을 당장 덧붙이는 편이 좋겠다. 하지만, 계단 위에서 뜻하지 않았던 다른 사건을 놓칠 뻔했던 적이 있었다. 한번은 계

---

*19세기 영국의 저술가다. 아이들을 대상으로 화학, 종교, 경제 등에 대해 학교 교재를 썼다.

단 꼭대기에서 아래를 내려다보다가 어떤 여자가 등을 내 쪽으로 돌린 채 아래쪽 층계에 앉아 있는 것을 보았다. 그녀는 등을 절반쯤 구부리고 있었고 고통에 잠긴 자세로 머리를 손으로 감싸고 있었다. 하지만 채 한순간도 되지 않아 그녀는 나를 돌아보지도 않고 사라져버렸다. 그럼에도 불구하고 그녀가 얼마나 무시무시한 얼굴을 보여줄 것인지를 나는 정확히 알고 있었다. 만약 내가 위쪽이 아니라 아래쪽에 있었다면 계단을 올라가면서 최근에 퀸트에게 보여주었던 것과 같은 용기를 낼 수 있었을지 의심스럽다. 자, 그러고도 내 담력을 시험해야 할 기회는 그 후로도 계속되었다. 내가 그 남자와 마지막으로 만난 지 열하루째 되던 날 밤에—날짜를 모두 세어두었다—나는 그 만남에 버금가는 놀라운 일을 겪게 되었다. 그것은 전혀 예상치 못한 특별한 것이었기에 가장 날카로운 충격이었다. 바로 그날은 내가 계속해서 밤을 지새우며 경계하는 데 지쳐서, 긴장이 느슨해진 것은 아니지만, 예전에 잠들던 시간에 몸을 눕혀도 되겠다고 처음으로 느꼈던 밤이었다. 나는 금방 잠이 들었고, 나중에 확인한 바이지만 대략 1시까지 잤다. 그러나 잠에서 깼을 때 나는 마치 누군가 나를 손으로 흔들어 깨운 것처럼 완전히 깨어나 곧장 일어나 앉았다. 내가 켜두었던 촛불 하나가 지금은 꺼져 있는 것을 보자, 플로라가 그것을 꺼버렸을 거라는 확신이 그 즉시 들었다. 나는 벌떡 일어나 깜깜한 어둠 속에서 곧장 플로라의 침대로 가보았다. 아이는 침대에 없었다. 창문을 바라보니 상황을 더욱 짐작할 수 있었고 성냥을 켜보니 전모가 다 드러났다.

그 아이는 또다시 일어난 것이다. 이번에는 촛불을 불어 끄고는 무엇을 살펴보려는지 아니면 어떤 것에 반응한 것인지, 또다시 블라인드 뒤로 비집고 들어가서 깜깜한 바깥을 내다보고 있었다. 지난번에는 그 애가 보지 못했다는 것을 확인했지만, 이번에는 내가 불을 다시 붙이고 서둘러 슬리퍼를 신고 덧옷을 입었음에도 그 애가 움직이지 않았다는 사실로 보아 본 것이 분명했다. 눈에 띄지 않도록 아이는 창틀에 안전하게 앉아서—여닫이 창문이 바깥쪽으로 열려 있었다—무엇엔가 정신이 팔려 있었다. 커다란 달이 고요히 비치며 아이가 무언가를 바라보는 데 도움을 주고 있었다. 이 사실은 내가 재빨리 결정을 내리는 데에도 중요한 것이었다. 플로라는 우리가 호수에서 만났던 그 유령과 대면하여, 그때에는 나눌 수 없었던 대화를 지금 그것과 나누고 있었다. 내 입장에서 조심스럽게 해야 할 일은 그 애의 관심을 흩뜨리지 않고 복도를 지나서 같은 방향에 있는 다른 창문으로 가는 것이었다. 나는 아이가 듣지 못하도록 살금살금 문으로 다가갔다. 방에서 나와 문을 닫고는 바깥에서 그 애가 어떤 소리를 내는지 들어보았다. 복도에 서서 나는 아이 오빠의 방문을 바라보았다. 그것은 열 걸음밖에 떨어져 있지 않았는데, 뭐라 말할 수 없지만 전에 유혹이라고 불렀던 그 기이한 충동을 다시 불러일으켰다. 곧장 그 문으로 들어가서 창문으로 돌진한다면 어떻게 될까? 어리둥절한 소년에게 위험을 무릅쓰고 내 동기를 드러내 보임으로써, 앞으로 남은 그 수상쩍은 일에 내 용기의 긴 고삐를 걸어놓는다면 어떻게 될까?

이런 생각에 빠져서 나는 복도를 가로질러 그 문지방 앞에 서서 다시 기다렸다. 비정상적일 정도로 정신을 집중하여 귀를 기울였고, 어떤 무시무시한 일이 벌어지고 있을지 떠올려 보았다. 마일스의 침대 또한 비어 있고 그 아이 역시 자지 않고 일어나 은밀히 지켜보고 있을지 궁금했다. 깊은 정적이 감도는 가운데 1분이 흘렀고 그 시간이 지나자 내 충동은 약해졌다. 마일스의 방에서는 아무 소리도 들리지 않았다. 그 아이는 혐의가 없을지도 모른다. 그것은 무시무시한 위험을 무릅쓰는 일이었다. 나는 몸을 돌렸다. 마당에 무엇인가를 보려고 기웃거리는 인물이 있었고, 그 방문객은 플로라에게 몰두하고 있었다. 그것은 소년에게 관심을 둔 방문객이 아니었다. 나는 다시 망설였지만 다른 이유에서 몇 초 동안만 그러했을 뿐이다. 그러고 나서 나는 선택했다. 블라이에는 비어 있는 방들이 여럿 있었다. 문제는 적당한 방을 고르는 것이었다. 그 방이란 내가 오래된 탑이라고 부른, 그 저택에 이어진 모퉁이에 있는 것으로, 정원보다는 높지만 아래층에 있는 방이었다. 위풍당당한 침실로 꾸며진 큰 정사각형 모양의 방이었는데, 그로스 부인이 나무랄 데 없이 관리해왔지만 지나치게 크기 때문에 여러 해 동안 아무도 그 방을 침실로 사용하지 않고 있었다. 가끔 그 방을 보고 경탄했던 나는 방의 구조를 익히 알고 있었다. 사용되지 않는 방이었으므로 처음에는 으스스하고 음침한 분위기에 잠시 망설이다가 나는 그 방을 가로질러 가서 최대한 조용히 덧문의 빗장을 벗겼다. 그러고는 소리 없이 커튼을 열고 내 얼굴을 유리창에 대고는 밖을 바라보았다. 안의 어둠보다 밖의 어둠이 훨씬 옅었기 때문에 내가 방향을 제대로 잡았다는 것을 한눈에 알 수 있었다. 그 후에 다른 것들도 더 눈에 들어왔다. 달빛이 어둠을 아주 멀리까지 꿰뚫고 들어가서 잔디밭에 서 있는 어떤 사람을 드러내주었다. 그 사람은 멀리 떨어져 있어서 작게 보였지만 움직이지 않고 서서 매료된 듯이 내가 모습을 드러낸 곳을 올려다보고 있었다. 사실, 똑바로 나를 보았다기보다는 분명 나보다 위에 있는 무엇인가를 바라보고 있었다. 내 위에 다른 사람이 있었던 것이다. 탑 위에 누군가 있다는 것이 분명했다. 그러나 잔디밭에 있는 인물은 내가 예상했던, 서둘러 와서 자신만만하게 대면하려고 했던 사람이 아니었다. 잔디밭에 있는 인물은—그게 누군지 알아냈을 때 나는 속이 뒤집어지는 것 같았다—바로 가엾은 마일스였다.

11

다음 날 늦은 시간에 되어서야 나는 그로스 부인에게 말을 걸었다. 아이들이 늘 내 앞을 떠나지 않도록 철저히 감시하느라 둘이서만 만나기가 어려웠던 것이다. 그리고 아이들이나 하인들을 자극하여 어떤 은밀한 소동이 벌어지고 있다거나 수상쩍은 일을 논의한다는 의심을 사지 않는 것이 중요하다고 우리들이 공감하고 있었기 때문에 더욱 그러했다. 특히 이 점에 있어서 나는 부인의 평온한 얼굴에서 큰 안도감을 느낄 수 있었다. 생기 넘치는 부인의 얼굴에는 내 무시무시한 비밀을 남들에게 누설할 만한 구석이 전혀 없었다. 나는 부인이 나를 절대적으로 믿고 있다고 확신했다. 부인이 나를 믿지 않았더라면 내가 어떻게 되었을지 모르겠다. 나 혼자서는 그 일을 감당할 수 없었을 것이기 때문이다. 하지만 부인은 상상력의 결핍이라는 축복을 보여주는 웅장한 기념비였다. 그래서 부인이 우리가 맡은 아이들에게서 오직 아름다움과 붙임성, 행복과 영리함만을 볼 수 있다면, 내 고민의 원인에 대해서는 직접적으로 알지 못할 것이었다. 아이들이 눈에 띌 정도로 마르고 몸이 상했더라면, 틀림없이 부인은 그 원인을 추적하다가 아이들과 똑같이 초췌해졌을 것이다. 하지만 나는, 부인이 크고 흰 팔을 들어 팔짱을 끼고 평소와 다름없는 평온한 표정으로 아이들을 바라볼 때, 아이들이 타락한다 하더라도 여전히 그들의 모습을 아름답고 착하게 여기며 신의 자비에 감사하리라는 것을 느낄 수 있었다. 환상의 비약은 부인의 마음속에서 약하게 타오르는 잿불로 바뀌고 말았다. 그리고 눈에 띄는 사건이 일어나지 않고 시간이 흐르면 우리의 어린애들이 결국에는 스스로 일을 해결할 수 있을 거라고 점점 확신하면서, 부인이 내 딱한 처지에 최대한의 우려를 표명할 것임을 나는 이미 깨닫기 시작했다. 내 쪽에서 보면 그것은 사태를 유리하게 단순화하는 것이었다. 나는 내 얼굴에서 세상 사람들이 어떤 이야기도 알아낼 수 없을 서라고 맹세할 수 있었다. 하지만 그런 형편에 부인의 얼굴 표정까지 신경을 써야 했다면 엄청난 부담을 더해주었을 것이다.

지금 이야기하고 있던 그 시간에 부인은 내 요청을 받고 테라스로 나왔다. 계절이 지나면서 그곳에는 오후의 태양이 기분 좋게 비치고 있었다. 그곳에 앉은 우리들 앞에 약간 떨어진 곳에서, 하지만 원한다면 부를 수 있는 거리에서 아이들이 무척 온순한 태도로 이리저리 걷고 있었다. 아이들은 천천히 우리 앞의 잔디밭을 오갔고 소년은 이야기책을 소리 내어 읽으며 플로라가 딴전 피우지 않고 그 이야기의 줄거리를 따라오도록 누이의 어깨에 팔을 두르고 있었다. 그로스 부인은 아주 평온한 표정으로 아이들을 바라보았으나, 둘러쳐진 휘장 이면의 광경을 알아내려고 부인이 양심적으로 몸을 돌렸을 때는 오랫동안 닫혀 있던 지능에 발동이 걸리는 소리가 들리는 듯했다. 부인은 무시무시한 내 이야기를 들어주는 사람이 되었지만, 부인이 내 고통을 참아주는 것의 바탕에는 묘하게도 내 교양과 임무 등 나의 우월성에 대한 인정이 깔려 있었다. 부인은 내가 밝힌 사실들을 무엇이든 받아들였다. 내가 마녀의 약물을 만들어서 자신 있게 그것을 건넸다고 해도 부인은 커다란 빈 냄비를 내밀었을 것이다. 그날 밤의 사건들을 이야기하면서 마일스가 한 말을 나열했을 때 부인의 태도는 이런 식으로 확고했다. 그날 밤 그 터무니없는 시간에, 우연히도 지금 마일스가 서 있는 바로 그 장소에서 그 애를 본 후 나는 아래로 내려가 아이를 데리고 들어왔다. 당시 나는 온 집안을 놀라게 하지 않으려고 신경을 집중하면서, 야단스럽게 소리쳐 부르지 않고 그 방법을 택했던 것이다. 아이를 집 안으로 데려다 놓았을 때 그 애가 결정적이고 명료한 내 도전적 질문에 정말로 놀라운 기지를 발휘하여 대답했다는 느낌을, 내 의견에 공감하는 부인에게도 제대로 전달할 수 없을 것 같다고 나는 분명히 밝혀두었다. 달빛이 비치는 테라스에 내가 모습을 드러내자마자 마일스는 최대한 곧장 내게로 다가왔다. 나는 아무 말 없이 아이의 손을 잡아 그를 데리고 어두운 공간을 가로질렀고, 퀸트가 굶주린 듯이 아이를 찾아 떠돌던 계단을 올라가서 내가 몸을 떨며 귀를 기울이던 복도를 지나, 마침내 아무도 없는 아이의 빈 방에 이르렀다.

그동안 우리 사이에는 아무런 말도 오가지 않았다. 나는 아이가 그 작은 머릿속으로 그럴듯하고 지나치게 괴이하지 않은 대답을 궁리하느라 더듬고 있는지 궁금했다. 아, 얼마나 궁금했던지! 분명 마일스는 꾸며내느라 혼이 났을 것이다. 이번에 나는 그 아이가 정말로 당황한 것을 보면서 기묘하게도 승리의 전율을 느꼈다. 그것은 그 이해하기 어려운 아이에게 날카로운 덫이었다. 아이는 더 이상 순진한 척할 수 없을 것이다. 그러니 대체 어떻게 빠져나올 수 있을까? 사실 내 마음속에서는 이 질문의 격정적인 고동과 더불어, 대체 '나는' 어떻게 빠져나올 수 있을지에 대한 무언의 호소가 고동치고 있었다. 심지어 지금도, 내 무시무시한 기록을 이야기하는 데 부여된 모든 위험에 나는 전에 없이 마침내 전적으로 직면하게 된 것이다. 마일스의 작은 방문을 우리가 밀고 들어갔을 때 침대에는 잠을 잔 흔적이 전혀 없었다. 활짝 열린 창문의 커튼 사이로 선명한 달빛이 비쳐서 성냥을 켤 필요가 없었다. 바로 그때 그 아이가, 사람들이 흔히들 말하듯 나를 '손아귀에 넣고 있다'는 사실을 틀림없이 알고 있을 거라는 생각이 갑자기 들면서, 나는 무릎을 꿇고 쓰러지듯 털썩 아이의 침대 옆에 주저앉았다. 내가 미신과 공포의 힘을 빌려 아이들을 교육하는 자들의 그 오래된 범죄 전통을 그대로 고수하는 한, 그 아이는 자신이 지니고 있는 영리함을 마음껏 발휘하여 자기 마음대로 할 수 있었다. 아이는 실제로 나를 '손아귀에 넣고' 있었다. 그것도 쪼개진 나뭇가지 사이에 나를 끼워 꼼짝달싹할 수 없이 만들었다. 만약 희미하게나마 떨리는 목소리로 그 이야기를 꺼냄으로써 내가 우리 사이의 완벽한 교류에 그렇게 음산한 요소를 먼저 도입하게 된다면 나를 용서할 사람이 누가 있으며, 내가 교수형을 받지 않아도 된다고 동의할 사람이 누가 있겠는가? 아니, 아니다. 어둠 속에서 우리가 잠깐 예리하게 충돌하는 동안 그 아이가 나에게 찬탄을 불러일으킬 정도였다는 것을 그로스 부인에게 묘사하려고 해봤자 소용이 없고, 마찬가지로 여기서 그 이야기를 하려 해도 그 못지않게 무익한 일이 될 것이다. 물론 나는 지극히 친절하고 자비로운 태도를 취했다. 침대에 기대어 이제 비난 공세를 퍼부으려고 아이를 붙잡고 있었을 때처럼 그의 작은 어깨에 그토록 다정하게 손을 올려놓은 적은 한 번도 없었다. 나는 적어도 겉으로는 이렇게 말하는 것 외에 별 도리가 없었다.

"이제 네가 말해줘야겠다. 모든 진실을 말이야. 왜 밖으로 나갔지? 거기서 무엇을 하고 있었니?"

나는 아직도 아이의 경이로운 미소와 선연한 흰자위, 그리고 어둠 속에서 빛나던 작은 이를 볼 수 있다. "제가 이유를 말하면, 선생님은 이해하실까요?" 이 말을 듣자 심장이 덜컥 내려앉았다. 아이가 정말로 나에게 이유를 말하려는 것일까? 나는 다그쳐 묻는 말을 입에 올릴 수 없었고, 짐짓 점잔 빼듯이 모호하게 고개를 계속 끄덕이는 것으로만 답을 했다. 아이는 더없이 상냥했고 내가 고개를 끄덕이는 동안 전보다도 더욱 요정 왕자와 같은 모습으로 거기 서 있었다. 사실 아이의 밝은 태도로 인해서 나는 안정을 얻을 수 있었다. 아이가 정말로 내게 말할 거라면 그게 그렇게도 대단한 것이었을까? "글쎄요." 그 애가 드디어 말했다. "바로 선생님이 이렇게 하도록 하기 위해서였어요."

"이렇게 하다니?"

"한번 기분전환 삼아 저를 나쁜 애로 생각하시라고요."

아이가 그 말을 꺼냈을 때의 상냥함과 명랑함을 나는 결코 잊지 못할 것이다. 게다가 그 말에 덧붙여 몸을 숙이고 나에게 입을 맞춘 것도. 그것으로 사실상 모든 것이 끝나버렸다. 나는 아이의 입맞춤에 응하면서 잠시 팔로 아이를 감싸 안고 있는 동안 울지 않으려고 엄청난 노력을 기울여야 했다. 아이는 내가 한 치도 더 앞으로 나갈 수 없는 변명거리를 제시한 것이었다. 그 변명을 받아들인다고 인정하는 태도로 나는 곧 방을 둘러보며 겨우 이렇게 말할 수 있었다.

"그렇다면 전혀 잘 준비를 하지 않은 거니?"

아이의 얼굴은 어둠 속에서 다분히 빛을 발했다. "조금도 자지 않았어요. 앉아서 책을 읽었지요."

"그럼 언제 아래로 내려갔지?"

"한밤중에요. 제가 나쁜 아이일 때는 정말 나쁘거든요!"

"그래, 그래. 재미있구나. 하지만 내가 알게 될 거라고 어떻게 확신할 수 있었지?"

"아, 플로라하고 미리 약속해두었어요." 아이의 대답은 거침

없이 울려 퍼졌다.

"플로라가 일어나서 밖을 내다보기로 되어 있었거든요."

"그 애가 그렇게 했지." 덫에 걸린 사람은 바로 나였다!

"그래서 플로라가 선생님의 잠을 방해했던 거예요. 그 애가 무얼 쳐다보고 있는지 알려고 선생님도 바라보시고, 마침내 보셨잖아요."

"그동안 너는 밤공기로 독감에 걸릴 텐데도 말이지?" 나는 시인했다.

아이는 이 놀라운 성취로 인해 말 그대로 꽃이라도 핀 듯 화사하게 내 말에 동의했다. "다른 방법이라면 어떻게 제가 아주 나쁜 애가 될 수 있겠어요?" 아이는 이렇게 물었다. 이 말에 우리는 다시 한 번 서로를 꼭 안았다. 이렇게 하여 그 사건과 우리의 대담은, 아이가 장난을 쳤음에도 불구하고 그 애가 이끌어낼 수 있었던 온갖 좋은 이유들을 내가 인정하는 것으로 끝이 났다.

12

아침이 되어 다시 생각해보니 내가 받은 그 각별한 인상은 그로스 부인에게 썩 잘 전달될 수 있는 것이 아니었다. 비록 우리가 헤어지기 전에 그 애가 했던 또 다른 말을 언급함으로써 그것을 강조했다 하더라도 말이다. "문제를 정말로 해결할 수 있는 말은 다음 내여섯 단어 속에 모두 들어 있어요. '세가 무엇을 할 수 있을지 생각해보세요!' 그 아이는 자기가 얼마나 착한지를 내게 보여주려고 이렇게 내뱉었어요. 자기가 무엇을 '할 수 있을지' 속속들이 알고 있는 거지요. 그 애가 학교에서 애들에게 맛보여준 것은 바로 그거예요." 내가 부인에게 말했다.

"저런, 선생님 말이 달라졌네요!" 내 동료가 말했다.

"내 말이 달라진 게 아니라, 나는 그저 이해해서 알아내는 거예요. 분명 그 네 명은 계속 만나고 있어요. 어젯밤이나 다른 날 밤에 당신이 어느 아이하고라도 같이 있었다면, 당신도 분명히 알게 되었을 거예요. 더 오래 지켜보고 기다릴수록 나는 더욱더 확실히 느끼게 되었어요. 그것을 증명하는 사실이 따로 없다 하더라도, 두 애가 계획적으로 입을 다물고 있는 점이 그걸 입증한다고요. 단 한 번도, 말실수로라도, 그 애들은 옛 친구들 중 누구도 언급한 적이 없어요. 마일스가 학교에서 쫓겨난 것을 언급하지 않는 것과 마찬가지지요. 아, 그래요, 우리는 여기 앉아서 아이들을 지켜보고, 아이들은 저기에서 마음껏 우리에게 과시하고 있어요. 하지만 아이들이 동화 속에 파묻혀 있는 척할 때에도 그 애들은 죽은 자들의 돌아온 환영에 깊이 빠져 있는 거예요. 마일스는 플로라에게 책을 읽어주고 있는 게 아니에요. 아이들은 그들에 대한 이야기를 하고 있는 거지요. 끔찍한 일에 대해 말하고 있는 거라고요! 내가 미친 사람처럼 말하고 있다는 걸 나도 알아요. 내가 미치지 않았다는 것이 놀라운 일이지요. 오히려 내 의식은 보다 명료해져서 또 다른 것들도 파악할 수 있게 되었어요." 나는 이렇게 선언했다.

내 명료한 의식이란 틀림없이 무시무시하게 보였을 것이다. 하지만 그 의식의 희생양인 매력적인 아이들은 서로 다정하게 붙어 이리저리 오가면서 내 친구에게 무언가 의지할 만한 것을 주었다. 부인이 내 열렬한 호소에도 전혀 동요되지 않고 계속해서 두 눈으로 아이들을 응시하고 있을 때 얼마나 절실하게 그 생각에 매달리고 있는지를 나는 느꼈다. "어떤 것들을 파악하게 되셨어요?"

"왜, 나를 즐겁게 해주고 매혹시키고, 하지만 이제 돌아보니 아주 묘하게도 그 바탕에 있어서는 나를 어리둥절하게 만들고 고통스럽게 했던 것이지요. 이 세상 사람 같지 않게 아름다운 모습이라든가, 자연스럽지 않을 정도로 너무 착하다는 점 말이에요. 그건 하나의 수법이에요." 나는 계속해서 말했다. "계략이고 사기지요!"

"그 귀여운 아이들이 그렇다고요?"

"아직 그저 사랑스러운 아기들인데도? 그래요. 미친 생각인 것 같지만!" 그 말을 끄집어내고 나니 그 사건을 거슬러 올라가서 샅샅이 추적하여 다시 이어붙이기가 쉬워졌다. "애들이 착했던 것이 아니에요. 그저 마음이 딴 데 가 있는 거죠. 아이들과 함께 살기 수월했던 것은 그 애들이 자기들 나름의 생활을 이끌어가고 있었기 때문이에요. 그 애들은 내 것이 아니에요. 우리들의 것도 아니고요. 그 남자와 그 여자의 소유물이에요."

"퀸트와 그 여자의?"

"퀸트와 그 여자의 소유예요. 그들은 아이들에게 다가가고 싶은 거예요."

이 말을 듣자 불쌍한 그로스 부인은 어찌나 면밀히 아이들을 살펴보았던지! "하지만 왜 그렇단 말이죠?"

"그 끔찍한 시절에 그들이 아이들에게 불어넣어준 온갖 사악한 짓들이 좋아서 그렇겠지요. 아이들에게 계속해서 사악한 짓을 시키고 악마의 짓거리를 계속하려고 그자들이 돌아온 거예요."

"에구머니나!" 그로스 부인은 숨죽여 말했다. 그 감탄사는 소박했지만, 그 사악한 시절에—지금보다도 더 나쁜 시절이 있었으니까!—틀림없이 일어났을 일들을 부인이 진정으로 받아들이고 있음을 드러내주었다. 그 두 악당들이 확실히 타락의 구렁텅이에 빠져 있었을 거라고 내가 짐작했던 바를 부인이 체험한 대로 순순히 인정했을 때 그것은 무엇보다도 내 짐작이 정확함을 확인시켜주었다. 기억을 분명히 떠올리며 부인은 잠시 후 말을 내뱉었다. "그들은 파렴치한 자들이었어요! 하지만 그들이 지금 무슨 일을 할 수 있겠어요?" 부인이 덧붙여 말했다.

"할 수 있겠느냐고요?" 내가 그 말을 너무 크게 따라하는 바람에 마일스와 플로라가 조금 떨어진 곳에서 지나가다가 잠깐 걸음을 멈추고 우리를 바라보았다. "지금도 충분히 하고 있지 않아요?" 나는 나지막한 목소리로 물었고, 아이들은 미소를 짓고 고개를 끄덕이며 손을 들어 우리에게 키스를 보내고는 순진한 척하는 일로 다시 돌아갔다. 그것 때문에 우리의 대화는 잠시 지체되었다. 그러고 나서 나는 대답했다. "그자들이 아이들을 파멸시킬 수 있어요!" 이 말에 내 동료는 얼굴을 돌려 나를 보았지만 아무 말 없이 질문을 던졌고 따라서 나는 좀 더 명료하게 대답해야 했다. "그자들은 아직 어떻게 해야 할지 모르고 있어요. 하지만 몹시 노력하고 있지요. 사실 그들은 건너편에서만, 말하자면 저 멀리서만 나타났어요. 낯선 곳과 높은 곳, 탑의 꼭대기와 지붕, 창문 밖, 맞은편 연못가에서 모습을 드러냈지요. 하지만 양쪽 다 그 거리를 좁히고 장애를 넘어서려는 교활한 음모를 꾸미고 있어요. 그들의 유혹이 성공하는 것은 단지 시간문제일 뿐이에요. 위험을 계속 암시하기만 하면 되니까요."

"아이들이 오도록?"

"그리고 그 과정에서 파멸하도록 말이지요!" 그로스 부인은 천천히 일어났고 나는 신중하게 덧붙였다. "물론 우리가 막을 수 없다면 말이에요!"

부인은 앉아 있는 내 앞에 서서 여러 가지를 궁리하고 있음이 역력했다. "아이들의 백부님이 그것을 막아야 해요. 그분이 아이들을 데리고 가셔야 해요."

"누가 주인님에게 그 일을 하도록 만들 수 있겠어요?"

부인은 먼 곳을 바라보고 있다가 이제 나에게 멍청한 얼굴을 들이댔다. "선생님이 하셔야죠."

"주인님의 집이 악에 물들었고 어린 조카와 조카딸이 미쳤다고 편지를 쓰라고요?"

"하지만 아이들이 정말로 정상이 아니라면요?"

"그리고 나 사신도 미쳤냐던? 그런 뜻인가요? 주인님께 아무런 걱정도 끼치지 않을 것을 최고 임무로 맡은 가정교사가 그런 소식을 보낸다면 아주 멋진 일이겠군요."

그로스 부인은 다시 아이들을 쳐다보다가 생각했다. "그래요, 주인님은 걱정하는 것을 싫어하시지요. 그게 큰 이유였어요."

"그 악마들이 주인님을 그렇게 오랫동안 속인 이유라는 말이지요? 틀림없이 그랬겠지요. 그분의 무관심은 끔찍할 정도였겠지만. 어떻든 나는 악마가 아니니까 그분을 속여서는 안 돼요."

내 동료는 잠시 후 다시 앉아서 최종적인 대답으로 내 팔을 잡았다. "어떻든 주인님을 선생님께 오시도록 해보세요."

나는 멍하니 바라보았다. "나에게요?" 나는 부인이 어떤 일을 할지 갑자기 두려워졌다. "'그분'을?"

"주인님이 여기 꼭 계셔야 해요. 도와주셔야 한다고요."

나는 급히 일어섰다. 틀림없이 지금까지 본 적 없는 기묘한 얼굴을 부인에게 보여주었을 것이다. "주인님께 방문해달라고 내가 요청하는 것을 상상이나 할 수 있으세요?" 아니지, 내 얼굴을 바라보면 분명 그런 일을 상상할 수 없을 것이다. 하지만 그로스 부인조차—여자는 다른 여자의 심중을 읽어낼 수 있으므로—내가 보아도 명백하게 드러나는 것을 볼 수 있었다. 홀로 남겨진 처지에 대한 체념을 더 이상 견디지 못하고 그가 무시한 나의 매력에 그가 관심을 갖도록 하려고 내가 꾸며놓은 그 멋진 계략을, 그가 조롱하고 재미있어 하며 경멸하리라는 것을 말이다. 내가 그를 위해 봉사하고 계약 조건을 준수하면서 얼마나 큰 자부심을 느끼고 있는지 부인은 몰랐다. 사실 아무도 모르고 있었다. 하지만 그럼에도 부인은 내 경고의 의미를 간파했다. "만약 부인이 정신이 나가 나 대신 주인님께 호소한다면—"

부인은 정말로 겁에 질렸다. "그렇다면, 선생님?"

"나는 즉시 그분과 당신을 떠날 거예요."

13

아이들과 어울리는 것은 괜찮았다. 하지만 아이들에게 말을 거는 것이 감당할 수 없을 정도로 전보다 힘들어졌고, 은밀한 부분에 있어서는 전처럼 극복할 수 없는 어려움을 만들어냈다. 이런 상태가 한 달간 지속되었고 새로이 악화되면서 무엇보다도 내 학생들에게서 약간 아이러닉한 의식이 점점 더 날카로워지는 특이한 분위기가 감돌았다. 그 당시에도 지금과 마찬가지로 확신하고 있었지만, 그것은 그저 내 지독한 상상력의 탓은 아니었다. 더듬어 올라가 살펴보면, 아이들은 내가 느끼는 곤경을 의식하고 있었고, 이러한 묘한 관계가 어떤 의미로는 우리가 몸담고 있는 분위기를 오랫동안 이뤄오고 있었다. 아이들이 나를 놀렸다든가 천박한 짓을 했다는 의미는 아니다. 그 애들이 처한 위험은 그런 것이 아니었으니까. 그게 아니라, 이름을 붙일 수도, 만질 수도 없는 어떤 요소가 우리들 사이에 다른 무엇보다도 더 크게 자리 잡았고, 암묵적인 합의가 없었더라면 그렇게나 그것을 잘 피할 수 없었을 거라는 뜻이다. 때때로 그것은, 우리가 끊임없이 어떤 주제를 접하게 되었을 때, 그것이 막다른 골목이라는 것을 알고, 그 앞에서 멈춰 서서 몸을 돌려 문을 닫는데, 그 소리에 놀라 서로를 바라보는 것 같았다. 우리가 분별없이 열었던 문소리는 늘 그렇듯 의도했던 것보다 더 크게 들리기 때문이다. 모든 길은 로마로 통한다. 그래서 우리가 어떤 분야를 공부하든, 또는 어떤 주제를 이야기하든 거의 언제나 금지된 영역을 스치는 듯이 여겨지는 때도 있었다. 금지된 영역이란 대체로 죽은 자들이 돌아올 수 있는가, 그리고 특히 어린아이들이 상실한 그 친구들에 관해서 아이들의 기억에 남아 있는 것이 무엇인가라는 문제였다. 어떤 날에는 아이들 중 한 명이 눈에 띄지 않게 살짝 상대방을 찌르며 말했다고 맹세할 수 있을 정도였다. "선생님이 이번에는 그렇게 할 거라고 생각하셔. 하지만 절대 하시지 않을 걸!" '그렇게 한다'는 것은 예컨대 내 교육을 받을 수 있도록 애들을 훈련시켜 놓은 그 여성을 어떤 식으로건 단 한 번은 큰맘 먹고 직접 언급하는 일이었다. 아이들은 내 삶에 일어난 여러 가지 사건들에 대해 유쾌한 호기심을 가지고 끊임없이 궁금해했고, 나는 되풀이해서 아이들에게 내 이야기를 들려주었다. 아이들은 지금껏 나에게 일어난 모든 사건을 알게 되었다. 즉 내 사소한 모험담이나 형제자매들에게 일어난 일들, 고향의 고양이와 개, 그뿐 아니라 내 아버지의 별난 성격과 우리 집의 가구 배열, 우리 동네

노부인들의 이야기들도 자세한 경위와 함께 알게 되었던 것이다. 한 사건에 다른 사건들을 붙여나가다 보면 이야깃거리들이 충분했다. 빨리빨리 이야기를 하고 언제 앞의 이야기로 돌아가야 할지 본능적으로 알고 있기만 하다면 말이다. 아이들은, 그들 나름의 교묘한 재주로 이야기를 꾸며내는 내 능력과 기억의 줄을 잡아당겼다. 후에 그 일을 돌이켜보았을 때 내가 몰래 감시당했다는 의심을 품게 된 것도 다름 아닌 바로 이 점 때문이었다. 어떻든 내 생애, 내 과거, 내 친구들에 대해서 이야기할 때만 우리는 조금이라도 편안함을 느낄 수 있었다. 아이들은 이러한 상태에서 때로 갑자기, 아주 엉뚱하게 과거의 내 기억을 상냥하게 들추어내곤 했다. 예컨대, 아무런 관련도 찾을 수 없는데 구디 고슬링*의 재치 있는 말을 반복해서 들려주거나, 목사관의 영리한 조랑말에 대해 이미 말한 적 있는 이야기들을 다시 자세하게 확인하며 들려주었던 것이다.

이러한 위기와 부문적으로 전혀 다른 위기에서 나의 처시가 이제 방향을 잡아가면서, 곤경이라고 부를 만한 상황은 가장 두드러지게 드러났다. 유령과 또다시 맞닥뜨리지 않고 하루하루가 지나갔다는 사실은 내 불안정한 감정을 안정시키는 데 도움이 되었을 터였고 아마도 그렇게 보였을 것이다. 두 번째 밤에 위 층계참에서 계단 발치에 있던 여자의 모습과 가볍게 스친 이후로 나는 집 안에서건 밖에서건 보지 않는 편이 더 나을

---

*영국 전승 동요집의 전설적 저자인 마더 구스(Mother Goose)를 가리키는 듯하다.

것들과 전혀 마주치지 않았다. 퀸트와 마주치리라 예상했던 모퉁이도 여러 곳이었고, 순전히 불길하게 보인다는 점에서 제슬 양이 나타나기에 적절할 듯한 상황도 여러 번 있었다. 여름이 천천히 바뀌더니 지나가고, 블라이에 가을이 내려앉아 빛의 절반을 꺼버렸다. 잿빛 하늘이 드리우고, 꽃들이 시들고, 헐벗은 공간에 죽은 나뭇잎들이 흩날리는 그곳은 공연이 끝난 후 구겨진 연극 프로그램 전단이 뒤덮고 있는 극장처럼 보였다. 바로 대기의 상태라든가 소리와 정적이 이어지는 상황, 유령이 나타나기에 아주 적합한 순간이라는 말로 표현할 수 없는 인상들이 —그것을 포착하는 데 오래 걸리기는 했지만—그 유월의 저녁 집밖에서 내가 처음으로 퀸트를 보았고 또 다른 순간 창문을 통해서 그를 본 후에, 덤불이 우거진 곳에서 헛되이 그를 찾았던 때의 분위기와 같다는 느낌을 주었다. 나는 징후들과 전조들을 알아차렸고, 그 순간과 그 장소를 포착했다. 그러나 전조들만 있고 거기에 뒤따르는 것은 없이 비어 있는 상태였기에 평온할 수 있었다. 감수성이 무뎌지기는커녕 더없이 특이한 방식으로 더욱 깊어진 젊은 여성을 평온한 상태라고 부를 수 있을지 모르지만 말이다. 호숫가에서 플로라와 겪었던 그 끔찍한 일에 대해 그로스 부인에게 이야기했을 때, 그 순간부터 내 힘을 유지하지 못하고 잃어버린다면 더욱 고통스러울 거라고 말했었고, 그렇게 함으로써 부인을 어리둥절하게 만들었었다. 당시 내 말은 마음속에 선명하게 각인된 진실을 표현한 것으로, 아이들이 실제로 그들을 보았든 그렇지 않든 간에 사실 그것은 아직 명확히 입증되지 않았으므로 나 자신을 방위수단으로 삼아 완전히 노출시키는 편을 더욱 원한다는 뜻이었다. 나는 최악의 상태를 알고야 말겠다는 각오가 되어 있었다. 당시 내가 흘끗 본 위험한 가능성은 아이들의 눈이 활짝 열려 있는 반면에 내 눈은 닫혀 있을지도 모른다는 것이었다. 글쎄, 사실 내 눈은 닫혀 있었고, 현재로서는 그렇게 보였다. 이 지고의 행복에 대해서 신에게 감사하지 않으면 오히려 불경스럽게 보일 것이다. 하지만 신에게 감사하기에는 슬프게도 어려움이 있었다. 만약 내가 학생들의 비밀에 대한 적절한 확신을 가지지 않아도 되었더라면 온 마음을 바쳐서 신에게 감사했을 것이다.

나를 사로잡은 이 강박관념의 기이한 변천 과정을 지금에 와서 어떻게 되살릴 수 있을까? 우리가 함께 있는 동안 내 면전에서, 하지만 그것을 인지할 수 있는 내 직접적인 감각은 닫힌 상태에서 아이들은, 내가 맹세컨대, 자신들이 잘 알고 있는 방문객들을 환영하며 맞고 있었다. 그럴 때, 직접적으로 들이대는 상처가 회피의 상처보다 더 클 가능성을 생각하며 나 스스로를 억제하지 않았더라면, 내 기쁨은 이렇게 터져 나왔을 것이다. "그자들이 여기 있어. 그자들이 왔다고, 어리고 가여운 것들아." 그리고 또 이렇게 소리쳤을 것이다. "너희들도 이제는 그걸 부인할 수 없겠지." 꼬마들은 더욱 친밀하고 애정 어린 태도로 그들을 부인했고, 투명하게 들여다보이는 그 애정과 친밀함의 깊은 심연에서 시냇물에 떠다니는 물고기의 번뜩임처럼 우월감을 느끼며 언뜻언뜻 나를 조롱했다. 사실 그 충격은,

내가 인식하고 있었던 것 이상으로 어느 날 밤 더욱 깊이 내 속을 파고들었다. 그날 밤 나는 별빛 아래에서 퀸트나 제슬 양을 찾으려고 밖을 내다보다가, 조금 전에 편안하게 잘 수 있도록 잠자리를 봐주었던 마일스를 보게 되었다. 아이는 사랑스러운 시선으로 내 위의 흉벽에 있는 퀸트의 무시무시한 유령을 올려다보았고, 거기서 그 시선을 곧장 내게로 향했다. 유령은 그 시선을 희롱했다. 겁먹는 문제에 관해서 말한다면, 이번에 내가 발견한 것은 다른 어떤 것보다 공포스러웠다. 겁에 질려 신경이 날카로운 상태에서 나는 결론에 도달했다. 그 결론이 나를 너무나 괴롭혔기에 때로 나는 이따금 방에 틀어박혀 어떻게 문제의 본질을 정리할지 중얼거리면서 생각에 잠겼다. 그것은 야릇한 안도감을 주기도 하고 동시에 절망감을 더해주기도 했다. 방에서 서성거리고 침대에 몸을 내던지면서 나는 여러 각도에서 문제에 접근했지만, 그 끔찍한 이름들을 언급하는 순간에는 언제나 좌절해야 했다. 그 이름들이 내 입술에서 제대로 발음되지도 못한 채 사라지자, 나는 그것이 수치스러운 짓을 표상하도록 만들어야 한다고 생각했다. 그걸 공공연히 터놓고 말함으로써 본능과 예절을 어기고, 어떤 학교에서도 그렇게 하지 않을 짓을 범하게 되겠지만 말이다. "그자들은 침묵을 지킬 줄 아는 예의라도 지니고 있는데, 신뢰를 받고 있는 너는 입으로 떠들어대는 비열한 존재란 말이지!" 이렇게 중얼거리다보면 얼굴이 붉어지는 게 느껴져 양손으로 얼굴을 감쌌다. 이런 내밀한 순간이 지나고 나면 전보다 더 말이 많아졌다. 나는 수다스럽게 지껄여대다가 마침내 놀랍고도 뚜렷한 정적의 순간을 맞았다. 그 순간을 달리 뭐라고 부를 수가 없는데, 그 기이하고 아찔한 정적으로의 고양이랄까 유영이랄까. (나는 적절한 말을 찾으려고 애쓰고 있다!) 모든 삶이 정지된 듯한 그 정적은 순간 우리가 무엇엔가 열중하여 일으키고 있었던 크고 작은 소음이나 신이 나서 떠드는 소리, 신속한 암송과 서투르게 연주하는 피아노의 커다란 소음과는 무관한 것이었다. 바로 그때, 그 다른 자들, 아웃사이더들이 그곳에 있었다. 비록 그들은 천사가 아니었지만 프랑스어 표현처럼, '날개를 스치듯' 지나갔다. 그들이 머무는 동안 내게 보여주어도 된다고 생각한 것보다 더 사악한 소식이나 더욱 생생한 이미지를 어린 희생자들에게 전달할지도 모른다는 두려움으로 나는 몸을 떨었다.

가장 떨쳐버리기 어려웠던 것은 내가 무엇을 보았든 마일스와 플로라는 그 이상의 것, 과거 그들의 끔찍한 교제에서 비롯된 무시무시하고 추측할 수 없는 것들을 보았으리라는 섬뜩한 생각이었다. 그런 것들이 얼마간 표면에 오싹함을 남겼고, 우리는 우리가 느꼈던 그 오싹함을 요란스럽게 부정했다. 우리 셋은 그런 경우를 자주 반복하면서 상당한 훈련을 쌓았기 때문에, 매번 동일한 제스처로 거의 자동적으로 사건을 마무리 지을 수 있었다. 아이들은 어떤 경우에나 전혀 엉뚱한 때에 습관적으로 나에게 키스를 했고, 우리를 여러 차례의 위험에서 무사히 빠져나올 수 있도록 해준 그 소중한 질문을 놀랍게도 어느 한쪽도 결코 빠뜨리지 않았다. "그분이 언제 올 거라고 생각하세요? 우리가 그분에게 편지를 써야 한다고 생각하지 않으세요?" 어색함을 몰아내는 데 있어서 이런 질문처럼 효과적인 것이 없다는 사실을 우리는 경험적으로 알게 되었다. '그분'은 물론 할리가에 사는 아이들의 백부였다. 우리는 그분이 언제라도 이곳에 도착해서 우리들과 함께 어울릴 거라고 수도 없이 생각하며 보냈다. 그분은 그러한 추측을 품을 수 있는 희망을 전혀 주지 않았지만, 우리가 기대할 만한 그런 추측이라도 없었더라면 우리는 겉으로 볼 때 더없이 훌륭한 태도를 서로에게 보여주지 않았을 것이다. 그는 아이들에게 전혀 편지를 쓰지 않았고, 그것은 이기적인 소행으로 보일 수도 있었다. 하지만 그것은 그가 나를 신임하고 있다는 걸 나타내는 칭찬의 한 부분이었다. 한 남성이 한 여성에게 최고의 경의를 표하는 방법은 바로, 자신의 즐거움이라는 한 가지 신성한 법칙을 더욱 신나게 향유하는 것으로 귀결되는 경향이 있기 때문이다. 그리고 편지를 쓰는 것은 그저 재미있는 작문 연습일 뿐이라고 아이들을 이해시켰을 때는 그에게 어려움을 호소하지 않기로 했던 약속의 정신을 이행한 것이라 여겼다. 너무 아름다워서 부칠 수 없었던 그 편지들은 내가 간직해두었다. 지금까지도 나는 그것들을 모두 가지고 있다. 아이들은 사실 그가 언제라도 우리들에게 올 거라고 기대했고, 이는 내가 시달림을 받게 되는 신랄한 결과만 더했을 뿐이었다. 아이들은 그가 오는 것이 나에게 그 무엇보다도 난처하기 짝이 없는 일이라는 것을 알고 있는 듯했다. 게다가 돌이켜볼 때, 내 긴장감과 그 애들의 승리에도 불구하고 이 모든 일에 있어서 내가 아이들에게 한 번도 화를 내지 않았다는 단순한 사실만큼 특이한 일은 없는 듯하다. 지금 생각해보면 아이들은 정말로 틀림없이 사랑스러운 존재였으므로 나는 그때 아이들을 미워하지 않았던 것이다! 하지만 만약 안도감이 더 오래 지연되었더라면, 분노가 폭발하여 마침내 본심을 드러냈을까? 안도감을 느낄 순간이 도래했으므로 그것은 거의 문제가 되지 않는다. 그것을 안도감이라고 부르고 있기는 하지만 그것은 그저 팽팽히 당긴 줄이 끊어지면서 생기는 안도감, 또는 질식당하고 있는 상태에서 폭풍우가 몰아치면서 느끼게 되는 안도감이었다. 적어도 그것은 변화였고, 그 변화는 별안간 닥쳐왔다.

14

어느 일요일 아침 교회로 가는 길이었다. 내 옆에는 어린 마일 스가, 그리고 우리 앞으로 잘 보이는 곳에는 그로스 부인이 마 일스의 누이와 걷고 있었다. 상쾌하고 청명했으며 얼마간 이어 진 비슷한 날씨들이 처음 시작된 날이었다. 전날 밤에 살짝 내 린 서리와 화창하고 예리한 가을 공기로 교회의 종소리가 명랑 하게 들렸다. 우연히 이어지는 생각들의 기묘한 연상으로 인 해서 나는 그 순간 내 어린아이들의 유순함에 특히 고마운 마 음이 들었다. 아이들은 언제나 자기들과 함께 있으려는 내 굽 힐 수 없는 고집에 대해서 왜 한 번도 화를 내지 않았을까? 이 런저런 생각들을 하면서 나는 소년을 거의 내 손아귀에 넣었 다고 믿었다. 또 우리 일행이 내 앞에 배열한 방식을 보며, 내 가 어떤 반역의 위험에 대비하고 있는 듯이 보일 거라고 확신 했다. 나는 잠재된 기습과 탈출에 감시의 눈초리를 보내는 간수와 같았다. 하지만 이 모든 것, 다시 말해서 아이들의 탄복할 만한 순종은 가장 심연에 깔린 사실들을 그저 특별히 배열하여 드러낸 것에 지나지 않았다. 돈을 아낌없이 잘 쓰고, 멋진 조끼를 중요시하며, 사내아이의 당당한 태도를 알고 있는 그 백부의 재단사가 만들어준 일요일 정장으로 잘 차려입은 마일스에게는 독립을 누릴 수 있는 자격과, 그의 성과 신분이 부여한 권리가 확실히 각인되어 있었다. 그래서 갑자기 그 아이가 자유를 얻으려고 탈출한다면 나는 아무 말도 할 수 없었을 것이다. 그런 혁명이 명백히 일어날 경우 어떻게 대처할 것인가를 나는 기이하게도 우연히 생각하고 있었다. 그 아이의 말로 인해서 내 끔찍한 연극의 마지막 막이 오르고 비극의 마지막 장면이 닥쳐왔음을 이제는 알고 있기에 나는 그것을 혁명이라고 부른다. 아이는 매력적으로 말을 걸었다. "있죠, 선생님, 대체 언제 제가 학교로 돌아가게 될까요?"

여기 옮겨놓고 보면 그 말은 그다지 대수롭지 않게 들린다. 특히 아이의 목소리는 다정하고 일상적인 높은 음조였고, 모든 상대방에게, 특히 자기에게 늘 붙어 다니는 가정교사에게 마치 장미꽃이라도 던져주듯이 물음을 던졌던 것이다. 그 말투에는 언제나 사람을 '멈칫하게' 만드는 것이 있었다. 어쨌든 나는 너무나 놀라서 마치 공원의 나무 한 그루가 쓰러져서 길을 막고 있기라도 하듯 갑자기 걸음을 멈추었다. 그 순간 우리 사이에는 뭔가 새로운 일이 일어났다. 내가 그것을 알아차렸다는 것을 아이는 잘 알고 있었지만, 그 애는 평소와 조금도 다름없이 솔직하고 귀엽게 보이면서도 내가 그것을 알아차리도록 만들 수 있었다. 아이를 보고 내가 처음에 대답할 말을 찾지 못했을 때부터 이미 그 아이가 자신이 유리한 입장에 있다는 것을 알고 있음을 느낄 수 있었다. 내가 대답할 말을 찾는 데 한참 시간이 걸리자 아이는 잠시 후에 암시적이지만 모호한 미소를 계속 지으며 천천히 말했다. "아시잖아요, 사랑하는 선생님. 남자아이가 언제나 숙녀와 함께 지내는 것은—!" 아이는 나를 부를 때 '사랑하는 선생님'이라는 말을 언제나 입에 달고 있었다. 애정이 담긴 그 친숙한 호칭보다 내가 아이들에게 불어넣고 싶어 했던 섬세한 다정함을 더 잘 표현할 수 있는 말은 없었을 것이다. 그 말은 존경심이 담긴 편안한 호칭이었다.

그러나, 아, 그 순간 나는 얼마나 할 말을 찾느라 고심했던지! 시간을 벌기 위해서 내가 웃음을 지으려고 했던 것을 기억한다. 나를 쳐다보는 아이의 아름다운 얼굴에서 내가 얼마나 추하고 괴이하게 보였는지 드러나는 듯했다. "그리고 언제나 같은 숙녀하고 있다는 말이지?" 내가 대답했다.

아이는 주춤하지도, 눈을 깜빡이지도 않았다. 사실 우리는 모든 사실을 드러내놓은 것이나 다름없었다. "아, 물론 그 여성은 명랑하고 '완벽한' 숙녀예요. 하지만 결국 저는 남자애라고요. 아시겠어요? 말하자면 저는 커가고 있다고요."

나는 이 부분에서 아주 친절하게 잠시 말을 끌었다. "그래, 너는 커가고 있지." 아, 하지만 얼마나 무력한 기분이었던지!

마일스가 어떻게 내 기분을 알고 그걸로 장난칠 수 있었을까 하는 그 가슴 아픈 기억을 나는 오늘날까지도 간직하고 있다. "그리고 제가 아주 착한 애가 아니었다고는 말할 수 없으시잖아요."

나는 마일스의 어깨에 손을 얹었다. 계속 걸어갈 수 있다면 훨씬 나았겠지만 그렇게 할 수 없었다. "그래, 그렇게는 말할 수 없지, 마일스."

"그 하룻밤만 제외하고 말이에요!"

"그 하룻밤?" 나는 그 아이처럼 솔직하게 보일 수 없었다.

"음, 아래로 내려가서 밖으로 나갔던 때 말이에요."

"아, 그래. 그런데 네가 왜 그런 일을 했는지 생각이 나지 않는구나."

"잊어버리셨어요?" 마일스는 어린애들이 어리광을 부리면서 비난하듯이 과장하며 말했다. "그건 제가 그런 일을 할 수 있다는 걸 선생님에게 보여주려는 것이었어요."

"아, 그래, 네가 할 수 있었지."

"그리고 다시 할 수 있어요."

어쩌면 정신을 똑바로 차리게 될 수 있을 것도 같았다. "물론 그렇겠지. 하지만 너는 그렇게 하지 않을 거야."

"물론, 그런 일은 다시 하지 않을 거예요. 그건 아무것도 아니었어요."

"그건 아무것도 아니었어." 내가 말했다. "하지만 가야겠다."

아이는 다시 나와 함께 걷기 시작했고 손을 내 팔에 끼었다. "그러면 제가 대체 언제 돌아가게 되지요?"

나는 그 말을 이리저리 생각해보면서 진지한 태도를 취했다. "너는 학교에서 아주 행복하게 지냈니?"

아이는 잠시 생각했다. "저는 어디에서든 행복해요."

"그렇다면, 네가 여기서도 그처럼 행복하다면—!" 나는 떨리는 목소리로 말했다.

"하지만 그게 전부는 아니잖아요! 물론 선생님은 아시는 것이 많고."

"하지만 너도 거의 그만큼은 알고 있다는 뜻이니?" 마일스가 말을 멈춘 사이에 나는 큰맘 먹고 물었다.

"제가 알고 싶은 것의 절반도 몰라요." 마일스는 정직하게 털어놓았다. "하지만 그건 별로 큰 문제가 아니에요."

"그럼 문제가 뭐지?"

"저는 세상을 더 많이 보고 싶어요."

"그래, 알겠다." 우리는 교회가 보이는 곳에 이르렀다. 블라이 식구들 몇 명을 포함해서 교회로 가고 있는 여러 사람들, 교회 주위에 모여서 우리가 들어가는 것을 지켜보는 사람들이 보였다. 나는 발걸음을 빨리했다. 우리들 사이의 문제가 훨씬 더 커지기 전에 얼른 교회로 들어가고 싶었다. 한 시간이 넘도록 아이가 입을 다물고 있기를 간절히 바랐고, 신도석의 비교적 어두컴컴한 분위기를 갈망했다. 그리고 방석 위에 무릎을 꿇고서 정신적인 도움을 받을 수 있기를 원했다. 나는, 아이가 나를 무너뜨리려고 하는 어떤 혼란스런 상태와 정말로 경주를 하고 있는 듯했다. 하지만 우리가 교회 안뜰에 들어서기도 전에 마일스는 이렇게 말했고, 나는 아이가 그 경주에서 이겼다고 느꼈다.

"저는 저와 비슷한 사람들을 원해요!"

이 말을 듣고 나는 말 그대로 앞으로 튀어나갔다. "너와 같은 사람들은 많지 않아, 마일스!" 나는 웃었다. "어쩌면 귀여운 플로라 말고는!"

"선생님은 정말 저를 여자애하고 비교하시는 건가요?"

이 말에 나는 아주 의기소침해졌다. "그렇다면 너는 우리의 귀여운 플로라를 사랑하지 않니?"

"제가 플로라와 선생님을 사랑하지 않는다면, 제가 그렇지 않다면—!" 마일스는 점프를 하기 위해서 뒤로 물러나듯이 말을 되풀이했지만 생각을 마무리 짓지 않고 내버려두었다. 대문에 들어선 이후 아이가 팔을 눌러서 어쩔 수 없이 우리는 또다시 걸음을 멈출 수밖에 없었다. 그로스 부인과 플로라는 교회로 들어간 다음이었고 다른 신자들도 잇달아 들어간 뒤라서 빽빽하게 늘어선 오래된 교회 묘비들 사이에 우리 둘만 잠시 남아 있었다. 우리는 교회 문으로 이어지는 길 위에 놓인 직사각형 탁자 모양의 나지막한 묘비 옆에 멈추어 섰다.

"그래, 네가 그렇지 않다면?"

내가 대답을 기다리는 동안 아이는 잠시 묘비들을 둘러보았다. "선생님은 아시잖아요!" 그러나 아이는 꼼짝도 하지 않다가 이내 어떤 말을 꺼내서 마치 휴식을 취하려는 것처럼 나를 석판 위에 털썩 주저앉게 만들었다. "선생님이 무엇을 생각하시는지 우리 백부님께서 알고 계신가요?"

나는 한참이라고 여겨질 만큼 오래도록 가만히 있었다. "내가 무엇을 생각하는지 네가 어떻게 알고 있지?"

"아, 물론 저는 모르지요. 생각해보니 선생님은 한 번도 제게 말씀하지 않으셨어요. 하지만 제 말은 백부님께서 알고 계신가 하는 거예요."

"무엇을 알고 계시냐는 말이니, 마일스?"

"음, 제 장래의 진로에 대해서요."

이 질문에 대해서 내 주인을 조금이나마 희생시키지 않고선 대답할 수 없음을 나는 재빨리 간파했다. 하지만 블라이에 사는 우리 모두는 상당한 희생을 당하고 있었으므로 그것은 사소한 희생이라는 생각이 들었다. "네 백부님께서는 그다지 신경을 쓰시지 않는 것 같아."

이 말에 마일스는 선 채로 나를 바라보았다. "그렇다면 백부님께서 그렇게 하시도록 만들 수 있다고 생각하지 않으세요?"

"어떤 방법으로?"

"백부님을 내려오시게 해서요."

"하지만 누가 그분을 내려오시게 하지?"

"제가 할 거예요." 소년은 너무도 밝고 강하게 대답하더니, 그런 표정이 담긴 시선으로 나를 다시 바라보고는 혼자서 교회 안으로 들어갔다.

15

내가 마일스를 따라 들어가지 않은 그 순간부터 사실은 모든 일이 결정되고 말았다. 그것은 가련하게도 내 심적 동요에 굴복한 것이었지만, 그렇다는 것을 의식하고 있었다 하더라도 어찌된 일인지 나를 되돌려놓을 수 있는 힘이 내게는 전혀 없었다. 나는 그저 묘비 위에 앉아서 내 어린 친구가 말한 내용에 그 의미를 속속들이 덧붙여 해석해보았다. 그 전체적 의미를 파악했을 때쯤 나는 예배에 참석하지 못한 것에 대해서도, 내 학생들과 다른 교인들 앞에 그처럼 늦장부리고 나타나기가 부끄러웠다는 핑계거리를 마련해두었다. 무엇보다도 나는 마일스가 내게서 뭔가를 알아냈으며, 바로 내가 이처럼 몰골이 말이 아니게도 맥없이 주저앉았다는 사실로 인해서 그것을 확인했을 거라고 혼자서 중얼거렸다. 그 아이가 알아낸 것은, 내가 무척 두려워하는 것이 있으며 아마도 내 두려움을 이용하면 자유를 더 많이 얻어서 자기 마음대로 할 수 있으리라는 것이었다. 내가 두려워하는 것은 아이가 학교에서 퇴학당한 이유라는, 그 견디기 어려운 문제를 처리해야 하는 일이었다. 사실 그것은 바로 그 이면에 쌓인 무시무시한 사건들과 관련된 문제였다. 엄밀히 말해서, 지금 내가 성사시켜야 할 해결책은 그 아이의 백부가 여기로 와서 나와 함께 이런 문제들을 처리하는 것이었다. 하지만 나는 그 추악하고 고통스러운 상황을 거의 직면할 수 없었으므로, 그저 질질 끌면서 하루하루를 간신히 살아갔다. 나로서는 대단히 당황스러운 일이었지만, 소년은 무척 정당한 입장이었고 나에게 이렇게 말할 수 있는 처지였다. "내 보호자와 함께 선생님은, 이처럼 학업이 중단된 이상한 사태를 해결하거나, 아니면 남자애에게 극히 부자연스러운 생활을 선생님과 함께 지속하리라고 기대하지 마셔야 해요." 내가 관계를 맺고 있는 그 특정한 소년에게서 극히 자연스럽지 않았던 점은, 이처럼 갑자기 자기 나름의 의식과 계획이 있음을 드러냈다는 것이었다.

바로 이 점에 압도되어 나는 교회에 들어가지 못한 것이었다. 나는 주저하고 망설이면서 교회 주위를 서성거렸다. 마일스와의 관계에 있어서 이미 회복할 수 없이 나 자신이 실추됐다는 생각이 들었다. 그러므로 임시로 사태를 수습할 수도 없었고, 신자석에 비집고 들어가 소년의 옆에 앉는 것에도 무척이나 극심한 노력이 필요했다. 아이는 전보다 더 자신 있게 자기 팔을 내 팔에 끼고는 나로 하여금 한 시간 동안 거기 앉아서 그 애가 한 말을 혼자 말없이 반추하도록 만들 것이다. 마일스가 온 이후 처음으로 나는 그 애에게서 달아나고 싶었다. 동쪽의 높다란 창문 아래에 멈추어 서서 예배를 드리는 소리에 귀를 기울이며 나는, 조금이라도 자극을 받으면 완전히 압도되어버릴 듯한 충동에 사로잡혔다. 그저 달아나버린다면 나는 쉽게 내 곤경을 끝낼 수 있었다. 여기 기회가 주어졌다. 나를 막을 사람은 아무도 없었다. 나는 모든 일을 포기하고, 등을 돌려 물러날 수 있으리라. 몇 가지를 준비하기 위해서 집으로 서둘러 돌아가기만 하면 되었고, 하인들이 대부분 예배에 참석하고 있으므로 사실상 집은 비어 있다시피 했다. 내가 필사적으로 달아난다 해도 사실 아무도 나를 비난할 수 없을 것이다. 점심때까지만 자리를 피한다면 달아단다는 것이 무슨 의미가 있겠는가? 두 시간이 지나면 점심시간이 될 것이고, 그때가 되면 내 어린 학생들은 내가 그들의 행렬에 끼지 않은 것에 대해 순진하게 놀란 척할 것이 분명했다.

"대체 무슨 일이에요, 나쁜 선생님? 도대체 왜 우리를 교회 문 앞에 버리고 가서 그렇게 걱정하도록 만드셨어요? 게다가 딴 생각을 하도록 하고요?" 나는 그런 질문을 맞닥뜨릴 수 없었고 그런 질문을 하는 아이들의 거짓에 찬 작고 예쁜 눈을 대면할 수 없었다. 하지만 내가 맞닥뜨려야 할 것이 바로 그것이었기에 앞으로 벌어질 일들을 선명하게 떠올리면서 나는 마침내 움직이기 시작했다.

그 순간만 놓고 보자면, 나는 달아난 것이었다. 곧장 교회

뜰을 나와서 골똘히 생각에 잠긴 채 발걸음을 돌려 공원을 지났다. 집에 도착했을 무렵 내 마음속에는 달아나리라는 생각이 확고하게 굳어졌다. 현관으로 이어지는 길과 집 안에 일요일의 고요한 정적이 깔려 있고 아무도 보이지 않자 나는 절호의 기회라는 생각이 들어 약간 흥분했다. 이런 식으로 서둘러 떠난다면, 한마디 말도 없이 요란을 떨지 않고 떠나야 한다. 하지만 급히 서두르는 것이 남의 눈에 띌 것이고 이동 수단을 결정하는 것도 커다란 문제였다. 여러 가지 어려움과 장애를 떠올리자 골치가 아파서 나는 홀의 계단 바닥에 주저앉았다. 계단 바닥에 털썩 앉자, 바로 그곳이 한 달도 더 지난 어느 캄캄한 밤에 사악한 것들로 지금처럼 풀이 죽은 내가, 끔찍하기 짝이 없는 여자 유령을 보았던 곳이라는 생각이 갑자기 떠오르며 혐오감이 들었다. 이 생각에 나는 몸을 바로 세울 수 있었다. 나는 혼란스런 마음으로 나머지 계단을 올라가서 내가 가져가야 할 물건들이 있는 교실로 향했다. 그러나 문을 연 순간, 닫혀 있던 내 눈이 번쩍 뜨였다. 내 눈에 비친 것에 직면하여 나는 휘청거리며 곧바로 저항하는 자세로 되돌아갔다.

청명한 정오의 햇살을 받으며 어떤 사람이 내 탁자에 앉아 있는 것이 보였다. 전에 경험한 바가 없었더라면 그 사람을 처음 본 순간 나는, 집 안에 남아서 방을 정리하거나 남들이 보지 않는 드문 기회를 이용하여 교실 탁자에 앉아 내 펜과 잉크, 종이를 써서 애인에게 편지를 쓰려고 엄청난 노력을 기울이고 있는 어떤 하녀로 착각했을 것이다. 그녀는 팔을 탁자에 기대고 있었지만, 지친 기색으로 손으로 머리를 떠받치고 있는 자세는 분명 힘들어 보였다. 그러나 이 점을 깨달은 순간, 내가 들어왔는데도 이상하게 그녀의 자세에 전혀 변함이 없다는 사실을 의식하게 되었다. 그러고 나서, 자세를 바꿔서 자기 자신을 드러내는 순간 그녀의 정체가 갑자기 섬광처럼 타올랐다. 그녀는 일어섰지만 내가 낸 소리를 들은 것처럼 보이지는 않았다. 내 사악한 전임자는 말로 표현할 수 없이 장중하고 우울하게 무관심하고 초연한 모습으로 내게서 열 걸음쯤 떨어진 곳에 서 있었다. 치욕적이고 비극적인 존재로서 그녀는 내 앞에 온전히 모습을 드러냈다. 그러나 내가 뚫어지게 응시하면서 훗날의 기억을 위해 그 모습을 뇌리에 담는 동안 그 끔찍한 이미지는 소멸해버렸다. 까만 옷을 입고 초췌한 아름다움을 발하며 말할 수 없는 고뇌를 담은 표정으로 암흑처럼 음울하게 그녀는 오랫동안 나를 바라보았고, 내가 그녀의 책상에 앉을 권리가 있는 것만큼이나 그녀도 내 책상에 앉을 권리가 있다고 말하는 듯이 보였다. 이런 순간이 지나는 동안 나는 그곳에 침입한 사람이 바로 나라는 오싹한 느낌이 들었다. 이런 감정에 대한 거친 항의 표시로 그녀를 향하여 나도 모르게 소리를 질렀다. "이 끔찍하고 비천한 여자야!" 고함은 열린 문을 통해 긴 복도와 텅 빈 집 안에 울려 퍼졌다. 그 여자는 내 말을 들은 듯이 나를 바라보았지만, 나는 정신을 가다듬고 냉정하게 기분을 다스려야 했다. 다음 순간 방에는 아무것도 없었다. 방 안을 비추는 햇살과 계속 여기 남아야겠다는 생각 외에는.

16

아이들이 돌아오면 틀림없이 법석을 떨면서 항의할 거라고 예상하고 있었기 때문에 내가 예배에 참석하지 않은 것에 대해 아이들이 아무 말도 하지 않자 나는 그 이유를 생각하느라 다시금 어리둥절해졌다. 아이들은 내게 명랑하게 비난을 퍼붓거나 끌어안지도 않았고, 내가 그들의 기대에 어긋나게 행동한 것에 대해 어떤 암시도 보이지 않았다. 그로스 부인 역시 아무 말도 하지 않았기에 잠시 나는 부인의 묘한 표정을 살펴보았다. 아이들이 어떤 식으로든 부인을 포섭해서 침묵하도록 만들었을 거라는 의혹을 확인하기 위해서였다. 하지만 단둘이 있게 된다면 나는 그 침묵을 깨뜨릴 것이다. 그 기회는 차를 마실 시간이 되기 전에 찾아왔다. 나는 가정부의 방에서 부인과 5분간 함께 있을 수 있었다. 어스름한 빛이 감돌고 새로 구운 빵 냄새가 풍기는 가운데 깨끗하게 빗질되고 반짝반짝 광택이 나는 방에서 부인은, 고통이 감도는 평온한 표정으로 난롯불 앞에 앉아 있었다. 지금도 그런 부인의 모습이 눈앞에 떠오르는데, 그것이야말로 부인을 가장 잘 드러내는 모습이었다. 어둑어둑하고 광택이 감도는 방에서 곧은 의자에 앉아 불꽃을 바라보는, 커다랗고 깨끗한 '수납장'의 이미지, 닫히고 잠긴 다음에는 꼼짝달싹하지 않는 서랍들의 이미지 말이다.

"아, 그래요. 아이들이 제게 아무 말도 하지 말라고 부탁했어요. 아이들과 함께 있을 때 아이들을 즐겁게 해주려고 물론 약속했지요. 그런데 선생님께 무슨 일이 있었나요?"

"나는 그저 산책 삼아 교회에 같이 갔던 거예요." 내가 말했다. "그러고 나서 친구를 만나려고 돌아왔지요."

부인은 놀라운 표정을 지었다. "친구라고요? 선생님이?"

"아, 그래요. 친구가 두 명 있어요!" 나는 웃었다. "그런데 아이들이 이유를 말하던가요?"

"선생님이 우리를 두고 간 것을 이야기하지 말라는 이유에 대해서요? 네, 선생님이 그렇게 하는 것을 더 좋아하실 거라고 하더군요. 그 편이 좋으세요?"

내 표정을 보고 부인은 슬픈 빛을 띠었다. "아뇨, 훨씬 더 나빠요!" 그러나 잠시 후 덧붙여 말했다. "내가 왜 그것을 더 좋아할지 아이들이 말하던가요?"

"아뇨, 마일스 도련님이 그저 이렇게 말했어요. '우리는 선생님이 좋아하시는 것만 해야 돼!'"

"정말로 그 애가 그렇게 해주면 좋겠군요! 플로라는 뭐라고 말했나요?"

"플로라 아가씨는 아주 상냥했어요. '아, 물론, 물론이야!' 이렇게 말했지요. 나도 똑같이 말했고요."

나는 잠시 생각했다. "당신도 아주 상냥했겠지요. 당신과 아이들이 나눈 말을 모두 떠올릴 수 있어요. 하지만 그럼에도 마일스와 나는 이제 다 터놓았어요."

"다 터놓았다고요?" 그로스 부인은 나를 멍하니 쳐다보았다. "무엇을 말이지요, 선생님?"

"모든 것을요. 상관없어요. 나는 마음을 정했어요. 나는 집에 돌아와서 제슬 양과 대화를 했지요." 나는 계속 말했다.

이때쯤 나는 그런 말을 입 밖에 내기 전에 그로스 부인을 손아귀에 넣고 마음대로 다루는 버릇이 들어 있었다. 그래서 내가 보낸 신호에 부인이 용감하게 눈을 끔벅거리는 동안 나는 부인을 비교적 확고하게 장악할 수 있었다. "대화라고요! 그 유령이 말을 했다는 뜻인가요?"

"거의 그런 셈이죠. 내가 돌아왔을 때 교실에 그 망령이 있더군요."

"망령이 뭐라고 말하던가요?" 그 선량한 여자가 깜짝 놀라서 솔직하게 던진 질문은 지금도 생생하게 들리는 듯하다.

"고통을 당하고 있다고—!"

제슬 양에 대한 나의 묘사를 마무리하면서 부인는, 이 말에 실제로 입을 딱 벌렸다. "그러니까, 지옥에 떨어진 영혼이 받는 고통이란 말인가요?" 부인은 말을 더듬었다.

"지옥에 떨어진 자, 저주받은 자의 고통이죠. 바로 그 때문에 애들에게 나눠주려고—" 나 스스로도 이 끔찍하고 두려운 생각에 말을 잊지 못했다.

하지만 상상력이 부족한 내 친구는 내 말을 계속 이어갔다. "애들에게 나눠준다고요—?"

"그 여자는 플로라를 원해요." 그 사실을 그로스 부인에게 알려주었을 때 만약 내가 결심이 확고하게 서 있지 않았더라면 부인은 분명 나를 저버렸을 것이다. 나는 부인을 계속 장악하며 그 점에 있어서 내 결심이 확고하다는 것을 보여주었다. "하지만 이미 당신에게 말했듯이 그건 문제가 되지 않아요."

"선생님이 결심을 했기 때문에요? 하지만 무엇을 결심하신 거지요?"

"모든 것을요."

"'모든 것'이란 무슨 말인가요?"

"아이들의 백부님을 불러오는 거예요."

"오, 선생님, 제발 그렇게 하세요." 내 친구는 터놓듯이 말했다.

"아, 그렇게 할 거예요, 하고말고요! 그게 유일한 방법인 걸요. 당신에게 말했듯이, 마일스와 이야기할 때 '드러난' 사실은, 그렇게 하기를 내가 두려워한다고 마일스가 생각한다면, 그리고 그 점이 자기에게 유리하다고 생각한다면, 그 애의 착각이었다는 것을 알게 될 거라는 거죠. 그래요. 아이의 백부님이 여기 오시면 즉시 나는 (그리고 필요하면 그 아이도 있는 자리에서) 보고할 거예요. 만약 학교에 다시 보내는 문제에 있어서 내가 아무 일도 하지 않았다는 비난을 받는다면—"

"그렇다면, 선생님?" 내 동료는 나를 추궁했다.

"굉장한 이유가 있다는 걸 알게 되겠지요."

이제는 너무 많은 이유들이 있었으므로 내 불쌍한 동료가 분명히 이해하지 못했다 해도 그건 용서해줄 만한 일이었다. "하지만, 어떤 이유죠—?"

"마일스가 다니던 학교에서 보낸 편지 말이에요."

"그걸 주인님에게 보여드리겠다고요?"

"그때 그렇게 했어야 했어요."

"오, 안 돼요!" 그로스 부인은 단호하게 말했다.

"나는 학교에서 쫓겨난 아이 문제를 해결하는 일은 떠맡을 수 없다고 그분에게 밝히겠어요." 나는 냉정하게 말을 이었다.

"무엇 때문에 그렇게 되었는지 우리가 전혀 모르잖아요!" 그로스 부인이 큰 소리로 말했다.

"못된 짓을 해서 그렇겠지요. 달리 무슨 이유가 있겠어요? 그렇게 똑똑하고 아름답고 완벽한 아이인데. 그 애가 우둔한가요? 지저분한가요? 허약하기라도 한가요? 성격이 나쁜가요? 아주 훌륭한 아이지요. 그러니 그런 이유일 수밖에 없어요. 그것이 사건의 전모를 드러나게 할 거라고요. 결국, 그건 아이들 백부님의 잘못이에요. 그런 사람들을 여기에 남겨 두었으니."

"주인님은 사실 그 사람들을 전혀 알지 못하셨어요. 잘못이 있다면 그건 제 잘못이지요." 부인의 얼굴이 하얗게 질렸다.

168

"당신이 고통을 받는 일은 없을 거예요." 내가 대답했다.

"아이들도 고통을 받아서는 안 돼요." 부인이 힘주어 대답했다.

나는 잠시 가만히 있었다. 우리는 서로를 바라보았다. "그렇다면 그분에게 뭐라고 말할까요?"

"선생님은 아무 말도 하실 필요 없어요. 제가 이야기할게요."

나는 이 말을 곰곰이 생각해보았다. "당신이 편지를 보내겠다는 말인가요—?" 부인이 글을 쓸 줄 모른다는 것을 기억하고 나는 말머리를 돌렸다. "어떻게 연락을 하는데요?"

"제가 토지 관리인에게 말하고 그가 편지를 쓰면 되지요."

"그 사람에게 우리 이야기를 쓰도록 한다고요?"

내 질문에는 의도치 않았던 신랄함이 담겨 있었기에 잠시후 부인은 괜스레 풀이 죽었다. 부인의 눈에 다시 눈물이 고였다. "아, 선생님, 선생님이 쓰세요!"

"그러면, 오늘 밤에 쓰겠어요." 마침내 내가 대답했고, 이 말을 끝으로 우리는 헤어졌다.

17

저녁이 되어 나는 편지의 서두를 쓰기 시작했다. 날씨가 다시 바뀌어 질풍이 불어대고 있었다. 옆에 플로라가 편안히 잠들어 있는 내 방에서, 불빛 아래에 텅 빈 종이를 한 장 놓고 앉아서 몰아치는 빗줄기 소리와 바람 소리를 들었다. 이윽고 나는 촛불을 들고 밖으로 나가, 복도를 가로질러 마일스의 방문 앞에 다다랐다. 그 앞에서 나는 귀를 기울여보았다. 끝없이 나를 사로잡고 있는 생각에 빠져서 그 아이가 잠을 이루지 못하고 있음을 드러내는 어떤 소리를 들어보려고 했던 것이다. 곧 어떤 소리가 들려왔지만 내가 예상한 바는 아니었다. 그것은 낭랑하게 울려 퍼지는 아이의 목소리였다. "거기 계시죠, 선생님? 들어오세요." 어둠 속에 쾌활한 목소리였다.

촛불을 들고 들어가니 아이는 침대에 아주 편안하게 누워 있었지만 졸음기라고는 전혀 없는 상태였다. "그런데, 무엇을 하시려는 참이셨어요?" 아이는 상냥하고 친절하게 물었다. 그 질문을 듣자 그로스 부인이 여기 있었더라면, 부인이 무언가 '잘못된' 것을 찾아봐야 헛수고였을 거라는 생각이 들었다.

나는 촛불을 들고 아이 위로 몸을 굽히고 섰다. "내가 저기 있는지 어떻게 알았니?"

"물론 선생님의 발자국 소리를 들었어요. 선생님이 아무 소리도 내지 않으신 줄 아세요? 기병대 소리 같았다고요." 아이는 귀엽게 웃었다.

"그렇다면 잠자고 있지 않았구나?"

"그다지 잠이 오지 않았어요! 누워서 생각하고 있었어요."

나는 일부러 촛불을 조금 떨어진 곳에 두고는, 아이가 다정하게 손을 내밀었기에 침대 모서리에 앉았다. "무슨 생각을 하고 있었지?" 내가 물었다.

"선생님 생각이 아니라면 무슨 생각을 하겠어요?"

"오, 네가 나를 높이 봐주어서 자랑스럽기는 하지만 _그렇게_ 까지 하지 않았으면 좋겠어! 네가 잠을 자면 더 좋겠구나."

"또 우리들의 이 묘한 문제에 대해 생각하고 있었어요." 그의 어리고 단단한 손이 차갑게 느껴졌다.

"뭐가 묘한 문제이지, 마일스?"

"선생님이 저를 가르치는 방식이요. 그 밖에 다른 것들도요!"

잠시 나는 정말로 숨을 죽였다. 가물거리는 촛불 빛으로도 아이가 베개에 누워 미소를 지으며 올려다보는 것을 충분히 볼 수 있었다. "그 밖에 다른 것들이란 무슨 뜻이지?"

"다 아시잖아요, 아시잖아요!"

아이의 손을 잡고 눈을 계속 바라보면서, 나는 내 침묵이 그의 비난을 시인하는 태도로 여겨질 것이고, 이 현실 세계에서 어쩌면 그 순간 우리의 관계처럼 어처구니없는 것은 없을 거라고 느꼈다. 그러나 나는 잠시 아무 말도 할 수 없었다. "물론 너는 학교로 돌아가야겠지." 내가 말했다. "그것 때문에 네가 괴롭다면 말이야. 하지만 예전의 학교는 아니고, 더 좋은 다른 학교를 찾아야지. 네가 이 문제에 대해서 그렇게 말하지도 않았고, 한 번도 이야기한 적이 없는데 이것 때문에 네가 괴로웠다는 것을 내가 어떻게 알 수 있었겠니?" 하얗고 매끄러운 윤곽에 맑은 얼굴로 귀를 기울이는 아이의 모습은 그 순간 소아 병동에 있는 어린 환자의 간절한 얼굴처럼 호소력을 담고 있었다. 그 유사성이 실감나게 느껴지는 순간, 아이의 치료를 도와줄 간호사나 요양원의 수녀가 될 수 있다면 내가 가진 것을 모두 다 주고 싶은 심정이었다. 글쎄, 현재 상황에서도 어쩌면 내가 도움이 될지도 모를 일이었다. "네가 학교에 대해서 한마디도 하지 않았다는 걸 알고 있니? 전에 다닌 학교에 대해서 말이야. 어떤 식으로건 한 번도 언급한 적이 없었지?"

마일스는 의아하게 생각하는 눈치였지만 여전히 사랑스러운 미소를 지었다. 그러나 아이는 분명 시간을 끌면서 잠시 기다렸고 자신을 이끌어줄 사람을 원하는 눈치였다. "그랬었나요?" 아이를 도울 사람은 내가 아니었고, 내가 만났었던 '그것'

이었다.

　이 대답을 들었을 때 아이의 목소리와 표정에 어린 그 무엇 때문에 내 마음은 이제껏 겪어보지 못한 고통으로 쓰라렸다. 자기에게 씌워진 주문에 걸려 순진하면서도 일관성이 있는 역할을 해내기 위해서 그의 조그만 두뇌가 당황하여 짧은 꾀를 짜내려는 것을 보니 말할 수 없이 애처로웠던 것이다. "그래, 네가 돌아온 때부터 한 번도 말하지 않았어. 선생님들이라든가, 친구들이라든가, 학교에서 일어났던 아주 사소한 일조차 한 번도 언급한 적이 없었지. 그곳에서 어떤 일이 일어났을지 내가 어렴풋이나마 눈치 챌 수 있도록 해준 적이 없었어, 마일스. 그러니 내가 사정을 통 모른다고 너도 짐작할 수 있을 거야. 오늘 아침 네가 그런 식으로 얘기를 꺼낼 때까지, 너는 네 과거 생활에 대해 한 번도 언급하지 않았어. 내가 너를 처음 보았을 때부터 말이야. 그러니 네가 현재의 생활을 아주 잘 받아들이는 줄 알았지." 그 애가 내면의 고통—아니면 두려운 나머지 절반밖에는 말로 표현할 수 없는 그 사악한 영향력을 무엇이라 부르던 간에—을 희미하게 암시했음에도 속으로는 조숙하다고 전적으로 확신하고 있었으므로, 놀랍게도 나는 그 애에게 더 나이 든 사람을 대하듯 접근할 수 있었고, 지적으로 나와 거의 동등한 사람으로 여기고 있었다. "나는 네가 현재의 상태로 있고 싶어 한다고 생각했단다."

　이 말에 아이가 아주 조금 얼굴을 붉히는 듯이 보였다. 어떻든 마일스는 약간 피로한 회복기의 환자처럼 힘없이 고개를 가로저었다. "그렇지 않아요. 그렇지 않아요. 저는 떠나고 싶어요."

"블라이에 싫증이 났니?"

"아뇨. 저는 블라이를 좋아해요."

"그래, 그렇다면?"

"남자아이가 무엇을 바라는지 선생님은 아시잖아요!"

나는 그 애만큼 잘 아는 것은 아니라고 느꼈고 그래서 일시적으로 피난처를 찾았다. "네 백부님께 가고 싶은 거니?"

이 말에 또다시 아이는 비꼬는 듯한 귀여운 얼굴을 베개 위에서 돌렸다. "그런 말로 빠져나갈 수 없어요!"

나는 잠시 입을 다물었다. 지금 생각해보니 얼굴을 붉힌 쪽은 나였다. "애야, 나는 빠져나가고 싶어 하는 것이 아니야."

"설사 선생님이 바라더라도 그렇게 할 수 없어요. 할 수 없어요, 할 수 없다고요!" 마일스는 아름다운 얼굴로 올려다보았다. "백부님께서 내려오셔야 해요. 그리고 선생님과 백부님께서 일을 완전히 처리하셔야 해요."

"그렇게 한다면, 틀림없이 너를 멀리 보내실 거야." 나는 약간 힘주어 말했다.

"제가 바라는 것이 바로 그거라는 걸 선생님은 모르세요? 선생님은 백부님께 말씀하셔야 할 거예요. 어떻게 해서 선생님이 그것을 전부 중단시켰는지. 백부님께 아주 많은 이야기를 하셔야 할 거예요!"

마일스가 의기양양하게 말했기에 순간 나는 아이에게 좀 더 맞설 수 있었다. "그렇다면 너는 백부님께 얼마나 많은 이야기

174

를 해야 할까? 백부님이 네게 물어보실 것들이 있을 텐데!"

마일스는 이 말을 곰곰 생각해보았다. "그렇겠죠. 하지만 그게 무엇일까요?"

"네가 나에게 말하지 않은 것들이지. 너를 어떻게 해야 할지 결정하시기 위해서 말이야. 백부님께서 너를 돌려보낼 수 없을 테니—"

"저는 돌아가고 싶지 않아요!" 마일스가 갑자기 끼어들었다. "저는 새로운 무대를 원한다고요."

마일스는 감탄할 만큼 차분한 어조로 나무랄 데 없이 명랑하게 말했다. 의심할 바 없이 바로 그 어조로 인해서 나는, 아이가 석 달이 지나면 똑같이 허세를 떨면서 더욱 큰 불명예를 안고 돌아올지 모른다는 쓰라린 아픔과, 어린아이에게 자연스럽지 않은 비극의 슬픔을 느꼈다. 그렇게 된다면 내가 결코 견딜 수 없을 거라는 생각에 압도되어 나는 그만 자제력을 잃었다. 나는 아이에게 몸을 굽히고 연민에 젖어 다정하게 아이를 끌어안았다. "귀엽고 어린 마일스, 귀여운 마일스!"

나는 아이의 얼굴에 내 얼굴을 댔고, 마일스는 내 키스를 그저 눈감아주듯 너그러운 기분으로 받아들였다. "네, 마나님?"

"나에게 말하고 싶은 것이 없을까? 전혀 아무것도 없니?"

마일스는 약간 고개를 돌려 벽을 향하고는 병든 아이들이 자기 손을 살펴보듯이 손을 들어 바라보았다. "말했잖아요. 오늘 아침 선생님에게 말했어요."

아, 그 애가 얼마나 가여웠던지! "그저 내가 너를 괴롭히지 않기를 바란다고?"

내가 자기를 이해했음을 인정하듯 아이는 이제 시선을 돌려 나를 바라보고 여전히 부드럽게 말했다. "저를 그냥 내버려두세요." 마일스가 대답했다.

그 말에는 약간 특이하나마 어떤 기품이 있었다. 그로 인해서 나는 감았던 팔을 풀었지만 천천히 일어서면서 아이의 옆에 섰다. 내가 그 아이를 괴롭히기를 원치 않았다는 것은 하느님께서 아실 것이다. 하지만 이 말을 듣고 내가 아이에게서 등을 돌린다면, 그건 바로 그 아이를 저버리는 것이고, 더 진실하게 말하자면, 그 아이를 잃는 것이라고 느꼈다. "네 백부님께 보낼 편지를 쓰기 시작했단다." 나는 말했다.

"그러면 편지를 끝내세요!"

나는 잠시 기다렸다. "전에 무슨 일이 있었지?"

아이는 나를 다시 올려다보았다. "전이라뇨?"

"네가 돌아오기 전에. 그리고 네가 떠나기 전에."

잠시 아이는 말이 없었지만 계속 내 눈을 바라보았다. "무슨 일이 있었냐고요?"

나는, 이 말을 입 밖에 내놓은 소리에서 처음으로 진실을 말하겠다고 동의하는 의식의 미세한 떨림을 감지했다. 그래서 침대 옆에 무릎을 꿇고 다시 한 번 그 아이를 소유할 수 있는 기회를 붙잡으려 했다. "귀여운 마일스, 귀여운 마일스야. 내가 너를 얼마나 돕고 싶어 하는지 네가 알면 좋으련만! 내가 바라는 것은 오직 그뿐이고, 그 외에는 아무것도 없단다. 네게 고통을 주거나 나쁜 일을 하느니 차라리 내가 죽는 편이 낫겠어. 네 머리카락 한 올이라도 다치게 하느니 내가 죽는 편이 낫지. 귀여운 마일스야." 너무 지나친 말이기는 했지만 나는 털어놓고야 말았다. "내가 너를 구원할 수 있도록 도와주렴!" 그러나 이 말을 하자마자 내가 너무 지나쳤음을 깨달았다. 즉시 내 호소에 대한 응답이 나왔기 때문이다. 그것은 엄청난 돌풍과 냉기, 휘몰아치는 얼어붙은 공기, 거센 바람 속에서 방이 부서질 만큼 뒤흔들리는 형태로 나타났다. 소년은 크고 높은 소리로 비명을 질렀지만 그것은 충격적인 다른 소리에 파묻혀서 바로 옆에 있었던 나조차도 환성을 지르는 것인지 공포의 외침인지 뚜렷하게 분간되지 않았다. 다시 벌떡 일어선 나는 주변이 온통 깜깜하다는 것을 알아차렸다. 그래서 잠시 우리는 가만히 있었고 그동안 나는 주위를 돌아보았다. 내려진 커튼은 흔들리지 않았고 창문은 꼭 닫혀 있었다. "아니, 촛불이 꺼졌네!" 그제야 나는 소리를 질렀다.

"제가 불어서 껐어요, 선생님!" 마일스가 말했다.

18

다음 날 수업이 끝난 후 그로스 부인은 시간을 내어 조용히 나에게 말을 걸었다. "선생님, 편지를 쓰셨어요?"

 "네, 썼어요." 그러나 그 순간에는 편지를 봉하고 주소를 썼지만 아직 그 편지가 내 주머니에 있다는 말을 덧붙이지 않았다. 심부름꾼이 마을로 가기 전에 편지를 보낼 시간이 충분히 있을 것이다. 한편 내 학생들은 그날 아침처럼 재기발랄하고 모범적으로 행동한 적이 없었다. 마치 최근의 사소한 마찰을 무마하려고 마음먹은 것 같았다. 아이들은 빈약한 내 지식의 범주를 넘어 아찔하게 높은 곳에서 수학 묘기를 부렸고, 전보다 더욱 명랑한 기분으로 지리학과 역사에 대해서 익살을 떨었다. 특히 마일스는 자신이 얼마나 쉽게 나를 능가할 수 있는지를 보여주고 싶어 하는 기색이 역력했다. 내가 기억하기로 이 아이는 사실 어떤 말로도 옮길 수 없는 아름다움과 고통 속에서 살고 있었다. 아이가 드러낸 어떤 욕구에든 오직 그 자신만의 독특한 점이 있었다. 순진한 사람의 눈에는 솔직함과 자유로움 그 자체로 보이는 이 작은 아이가 그토록 책략이 풍부하고 특이한 꼬마 신사였던 적은 없었다. 경험이 풍부한 눈을 가진 나 역시 속아 넘어가 경탄을 하며 바라보기도 했기 때문에 나는 끝없이 경계해야 했다. 또한 그렇게 어린 신사가 어떤 짓을 저질렀기에 처벌을 받게 되었을까 하는 수수께끼를 계속 파고들기도 하고 부인하기도 하면서 딴 곳을 바라보거나 낙담하여 한숨 쉬는 것을 자제해야만 했다. 내가 알고 있는 그 불가사의한 암흑에 의해서 온갖 사악한 상상력이 아이에게 펼쳐졌다고 가정할 때면, 내 내면의 정의감은 그 상상력이 실제 행위로 꽃필 수 있었다는 증거를 찾아내려고 저리도록 진통을 겪었다.

어떻든 그 끔찍한 날 이른 점심을 먹은 후, 마일스가 나를 위해 30분간 연주를 해주어도 좋겠냐고 물었을 때처럼 그 어린 신사의 진면무가 드러난 적은 없었다. 이스라엘의 왕 사울에게 현금을 연주해준 다윗도 이처럼 섬세하게 사태를 파악하는 능력을 드러낼 수는 없었을 것이다. 아이는 진정 재치와 아량을 매혹적으로 과시했으며, 직접 이렇게 말한 것과 다름없었다. "우리가 재미있게 읽었던 이야기에 나오는 진정한 기사라면 자기의 유리한 입장을 너무 지나치게 밀고 나가지 않을 거예요. 선생님이 지금 어떻게 하시려는지 알고 있어요. 선생님을 내버려두고 따라다니지 않는다면, 선생님은 저에 대해 걱정하거나 감시하지 않을 테고, 저를 가까이에 두지도 않고 마음대로 왔다 갔다 하도록 내버려둘 작정이시겠죠. 자, 보시다시피 저는 왔어요. 하지만 가지 않을 거예요! 앞으로 그럴 시간은 많을 테니까요. 저는 선생님과 함께 있는 것이 정말로 즐거워요. 선생님께 제가 단지 원칙을 위해 싸웠다는 걸 보여드리고 싶을 뿐이에요." 내가 이런 호소에 맞섰는지 아니면 그의 손을 잡고 함께 교실로 다시 갔는지는 상상에 맡기겠다. 마일스는 낡은 피아노에 앉아서 그 어느 때보다도 훌륭하게 연주했다. 그 아이가 축구공을 차는 편이 더 낫다고 생각하는 사람들이 있다면, 그들의 의견에 전적으로 동의한다고 말할 수 있을 뿐이다. 아이의 연주에 영향을 받아 얼마나 지났는지 헤아리지도 못할 시간이 흐른 다음에, 앉은 자리에서 그만 잠이 들고 말았다는 이상한 느낌에 깜짝 놀라 일어섰기 때문이었다. 점심 식사 후였고 교실의 난롯가에 앉아 있었지만, 실제로는 전혀 잠이 든 것이 아니었다. 다만 훨씬 더 나쁜 일을 저지른 것이었다—나는 잊어버린 것이다. 그 시간 내내 플로라는 어디 있었을까? 내가 마일스에게 이렇게 묻자 아이는 잠시 연주를 계속한 다음 "글쎄요, 선생님, 제가 어떻게 알겠어요?"라고 대답할 뿐이었다. 그리고는 유쾌하게 웃음을 터뜨리더니 곧 목소리로 반주를 넣는 것처럼 앞뒤가 맞지 않고 터무니없는 노래를 길게 이어갔다.

나는 곧장 내 방으로 갔지만 플로라는 보이지 않았다. 그래서 아래층으로 내려가기 전에 다른 방을 몇 군데 들여다보았다. 어디에서도 플로라를 찾을 수 없었기에 틀림없이 그로스 부인과 함께 있을 거라고 생각하고는 마음을 가라앉히며 부인을 찾으러 갔다. 부인은 전날 밤 내가 부인을 보았던 곳에 있었지만 다급한 내 물음에 얼빠지고 겁에 질린 채 모른다고 대답했다. 부인은 식사 후에 내가 아이들을 둘 다 데리고 갔을 거라고 생각했을 따름이었고, 그 추측에 대해서는 부인의 생각이 옳았다. 특별한 이유 없이 어린 소녀가 내 시야를 벗어나도록 한 것은 이번이 처음이었기 때문이다. 물론 지금 플로라는 하녀들과 함께 있을지도 모르므로 가장 먼저 해야 할 일은 놀란 기색 없이 아이를 찾아보는 것이었다. 즉시 우리는 이 일을 나누었다. 그러나 맡은 일을 마치고 10분 후 홀에서 만났을 때 우리가 할 수 있는 이야기라고는, 그저 소란을 피우지 않고 조심스럽게 찾아보았지만 아이의 흔적도 볼 수 없었다는 말뿐이었다. 남들의 눈에 띄지 않는 곳에 서서 잠시 우리는 말없이 불안한 심정을 나누었다. 나는, 내가 처음 부인에게 주었던 불안감에 부인이 얼마나 높은 이자를 쳐서 되돌려주었는지 느낄 수 있었다

"플로라는 선생님이 찾아보지 않은 위층 방에 있을 거예요." 부인이 곧 말했다.

"아뇨, 그 애는 멀리 있을 거예요." 나는 짐작을 굳혔다. "밖으로 나갔어요."

그로스 부인은 어안이 벙벙해서 나를 쳐다보았다. "모자도 쓰지 않고요?"

당연히 나도 의미심장한 표정을 지었다. "그 여자도 언제나 모자를 쓰지 않잖아요?"

"그 여자가 아가씨와 함께 있다고요?"

"그 여자가 플로라와 함께 있어요. 그들을 찾아야 해요." 나는 큰 소리로 말했다.

나는 동료의 팔에 손을 얹었지만 부인은 사태에 대한 설명을 듣자 잠시 내 손길에 반응하지 않았다. 오히려 그 자리에서 자신의 불안감을 드러내며 말했다.

"그런데 마일스 도련님은 어디 있죠?"

"아, 퀸트하고 있어요. 교실에 있지요."

"맙소사, 선생님!" 나 스스로도 의식하고 있었지만, 내 견해와 더불어 내 어조가 이렇게 침착하고 확고한 적은 없었다.

"속임수를 쓴 거예요." 나는 계속 말했다. "애들이 자기들 계획을 성공시킨 거지요. 플로라가 밖으로 나가는 동안 나를 조용히 붙들어놓을 수 있는 가장 성스러운 방법을 마일스가 찾아낸 거예요."

"'성스러운' 방법이라고요?" 그로스 부인이 어리둥절해서 내 말을 따라했다.

"그렇다면 '극악무도한' 방법이라고 하죠!" 나는 거의 유쾌한 듯 맞장구를 쳤다. "마일스는 자기를 위해서도 방법을 마련해놓았죠. 그렇지만 가요!"

부인은 무기력하게 어두운 표정으로 위층을 바라보았다. "도련님을 두고 간다고요?"

"퀸트와 함께 있도록 말이지요? 그래요, 이제 나는 그런 것은 신경 쓰지 않아요."

이런 순간에 부인은 언제나 내 손을 잡는 것으로 마무리했고 그런 식으로 잠시 나를 만류할 수 있었다. 그러나 갑작스런 나의 체념에 잠시 숨을 몰아쉬더니 간절한 어조로 말을 내뱉었다. "선생님이 쓴 편지 때문에?"

대답 삼아 나는 재빨리 주머니를 더듬어 편지를 찾아 그것을 꺼내들었다. 그리고 그로스 부인이 잡고 있던 손을 풀고는 커다란 탁자로 걸어가서 편지를 내려놓았다. "루크가 이걸 가지고 가겠지요." 나는 돌아오면서 말했다. 나는 현관문으로 걸어가 문을 열고 금방 층계에 내려섰다.

내 동료는 아직도 머뭇거리고 있었다. 전날 밤과 이른 아침의 폭풍우가 지나갔지만 오후는 아직도 축축하고 잿빛으로 우중충했다. 부인이 아직 문간에 서 있는 동안 나는 마찻길에 내려섰다. "아무것도 쓰지 않고 가세요?"

"어린애도 아무것도 쓰지 않았는데 내가 신경 쓸 일이 뭐가 있겠어요? 옷을 치려입느라 시산을 끌 수는 없어요. 당신이 그렇게 해야겠다면 나 혼자 가겠어요. 그동안 위층을 살펴보세요."

"그들과 함께 있으라고요?" 오, 이 말을 하자마자 그 가엾은 부인은 즉시 나를 따라나섰다!

．

19

우리는 곧장 블라이에서 호수로 불리는 곳으로 갔다. 비록 그
곳은 세상 구경을 하지 못한 내가 생각하기에도 멋진 곳이 아
니었고 그저 물이 퍼져 있는 곳에 불과했지만 그렇게 불릴 만
했다. 나는 큰 강이나 호수를 본 적이 별로 없었다. 어쨌든 몇
번인가 학생들을 보호하기 위해서 어쩔 수 없이 그곳에 정박되
어 있는 바닥이 평평한 낡은 배를 타고 호수 표면에 달려들었
을 때, 블라이의 호수는 그 폭과 흔들림으로 깊은 인상을 주었
다. 보트를 타는 곳은 집에서 반마일 떨어져 있었지만 나는 플
로라가 있는 곳이 어디든, 집에서 가까운 곳은 아닐 거라고 확
신했다. 지금껏 플로라는 어떤 사소한 모험을 위해서라도 몰래
빠져나간 적이 없었다. 연못가에서 나와 함께 그 엄청난 모험
을 치른 날 이래로 나는 산책하는 동안 아이가 가장 즐겨가는
곳을 눈여겨보았다. 이런 이유로 나는 이제 그로스 부인의 발

걸음에 아주 분명한 방향을 제시할 수 있었다. 방향을 알아차리자 부인은 저항감을 드러냈는데, 그래서 나는 부인이 다시금 어리둥절하고 있음을 알았다. "물가로 가는 건가요, 선생님? 아가씨가 호수에 있다고 생각하세요?"

"그럴지도 모르지요. 하지만 어디라도 물이 그리 깊지는 않을 거예요. 전에 당신에게 말했던 그 유령을 보았던 장소에 플로라가 있을 가능성이 가장 크다고 생각해요."

"아가씨가 보지 못한 척했을 때 말이죠?"

"놀랍게도 침착한 태도로 그랬지요! 그 애가 혼자서 거기 가고 싶어 할 거라고 항상 생각해왔어요. 그런데 이제 플로라의 오빠가 그 애를 위해서 도와준 거죠."

그로스 부인은 걸음을 멈추고 그 자리에 그냥 서 있었다. "도련님과 아가씨가 정말로 그자들에 대해 이야기한다고 생각하세요?"

나는 이 말에 자신 있게 대답할 수 있었다. "애들 말을 엿들어본다면, 우리에게 소름 끼칠 만한 이야기들을 할 거예요."

"그런데 아가씨가 거기 있다면—?"

"그래서요?"

"그렇다면 제슬 양도 있을까요?"

"의심할 여지가 없어요. 당신이 직접 두 눈으로 보게 될 거예요."

"아니, 사양하겠어요." 내 동료가 큰 소리로 말하며 요지부동으로 서 있었기 때문에 어쩔 수 없이 나는 혼자서 곧장 걸어갔다. 하지만 내가 연못가에 도달했을 때 부인은 내 뒤에 바짝 따라붙어 있었다. 부인의 염려대로 내게 어떤 일이 닥치더라도 나와 함께 있음을 드러내는 편이 가장 위험이 덜하다고 생각한 모양이었다. 마침내 호수가 거의 다 보이는 곳에 도착했을 때 아이의 모습이 보이지 않자 부인은 안도의 한숨을 내쉬었다. 내가 플로라를 관찰하면서 가장 놀랐던 가까운 쪽의 둑에도 아이의 흔적은 보이지 않았다. 빈터를 제외하고 약 20야드가량 울창한 관목 숲이 물가로 이어져 내려온 반대쪽 둑에도 아이는 전혀 보이지 않았다. 타원형 모양의 연못은 양쪽 끝이 보이지 않는 그 길이에 비해서 넓이는 빈약한 편이라 보잘것없는 강으로 여겨질 정도였다. 우리는 아무것도 없는 넓은 수면을 바라보았고, 나는 내 동료의 눈길이 암시하는 바를 느꼈다. 부인이 무엇을 뜻하는지 알아차리고 나는 부정하듯이 고개를 가로저으며 대답했다.

"아니, 아니에요. 잠깐만! 플로라는 보트를 타고 갔어요."

내 동료는 아무것도 없는 정박장을 바라보더니 다시 호수를 가로질러 보았다. "그렇다면 보트가 어디 있지요?"

"보트가 보이지 않는 점이 가장 강력한 증거예요. 호수를 건너가기 위해서 플로라는 보트를 탔고, 어디에 숨겨놓은 거지요."

"그 아이가 오로지 혼자서요?"

"그 애는 혼자 있는 것이 아니에요. 그리고 이런 경우에는 아이도 아니고요. 플로라는 나이 든 노련한 여자라고요." 나는 물가를 찬찬히 살펴보았고 그동안 그로스 부인은 내가 제시한 그 괴이한 분위기 속으로 다시 순순히 빠져들었다. 그런 다음 나는 연못이 우묵하게 들어가면서 만들어진 작은 피난처 같은 곳을 가리키며 보트가 그곳에 은신하고 있을 거라고 말했다. 움푹하게 들어간 그곳은 튀어나온 둑과 물가 가까이에서 자라는 수풀에 가려 이쪽에서는 보이지 않았다.

"하지만 보트가 거기 있다면, 대체 플로라는 어디 있는 거죠?" 내 동료가 걱정스레 물었다.

"바로 그걸 알아내야죠." 그리고 나는 걷기 시작했다.

"여기를 빙 둘러 간다고요?"

"비록 멀긴 하지만 그렇게 해야지요. 10분 정도 걸릴 거예요. 하지만 플로라가 걷지 않는 편을 택한 만큼 멀긴 해요. 그 애는 곧장 건너갔어요."

"에구머니!" 내 친구는 다시 소리를 질렀다. 연속적인 내 추리 과정이 부인에게는 언제나 너무 어려웠는데, 지금도 부인은 그 추리에 질질 끌려서 나를 따라왔던 것이다. 움푹 파인 땅을 넘고, 우거진 덤불로 뒤덮인 구불구불한 길을 따라서 지친 걸음으로 연못의 반쯤을 돌아갔을 때, 나는 부인이 숨을 돌리도록 걸음을 멈추었다. 그리고 고마운 마음으로 부인의 팔을 잡아 부축하면서, 부인이 나에게 대단히 큰 도움이 되고 있다고 말했다. 우리는 다시 출발했고 몇 분 더 지나자 내가 예상했던 곳에 보트가 있는 것이 우리가 있는 곳에서도 보였다. 배는 눈에 띄지 않는 곳에 의도적으로 숨겨져 있었고, 바로 물가까지 이어져 내려와 배에서 내리는 데 도움이 되었을 울타리의 말뚝에 매여 있었다. 무척 안전하게 끌어올려진 두 개의 짧고 두꺼운 노를 바라보면서 나는 어린 여자애가 하기에는 엄청나게 힘든 일일 거라고 생각했다. 그러나 그때쯤 나는 놀라운 일들 가운데서 너무 오래 살아왔고 너무나 아슬아슬한 장단에 맞춰 숨을 헐떡여왔기에 그런 일로 놀랄 여력이 없었다. 우리는 울타리의 문을 지나 약간 간격을 두고 훨씬 트인 곳으로 나아갔다. 그리고 대번에 외쳤다. "저기 있어요!"

약간 떨어진 풀밭에서 플로라가 우리 앞에 모습을 드러내며 마치 자신의 연기가 이제 끝난 듯 미소를 짓고 있었다. 하지만 그런 다음 몸을 곧장 굽히더니 마치 자기가 바로 그 일을 하러 왔다는 듯 크고 꼴사나운, 시들어빠진 고사리 줄기를 뽑았다. 나는 아이가 방금 관목 숲에서 나온 게 틀림없다고 생각했다. 플로라는 한 발자국도 움직이지 않으면서 우리가 다가가기를 기다렸고, 나는 유례없이 엄숙한 기분을 느끼며 아이에게 가까이 갔다. 플로라는 계속해서 미소를 지었고, 마침내 우리는 마주섰다. 그 대면은 극히 불길한 침묵 속에서 이루어졌다. 먼저 그 주문을 깨뜨린 사람은 그로스 부인이었다. 부인은 무릎을 꿇고 아이를 가슴으로 끌어당겨서 그 어리고 부드럽고 나긋나긋한 몸을 한참 동안 끌어안았다. 아무 말 없이 이런 격동이 지속되는 동안 나는 그저 바라만 볼 수 있을 뿐이었다. 부인의 어깨 너머로 나를 흘끗 쳐다보는 플로라의 얼굴이 보였고, 나는 더욱 골똘히 아이를 바라보았다. 이제 그 얼굴은 진지해졌고 웃음기가 사라져 있었다. 하지만 그것을 보자 그로스 부인과 아이가 맺는 단순한 관계가 부러웠고, 순간 나는 더욱 커다란 고통을 느껴야 했다. 이렇게 시간이 흐르는 동안 여전히 우리들 사이에서는 아무 말도 오가지 않았고, 다만 그 보기 흉한 고사리 줄기가 땅에 떨어졌을 뿐이었다. 플로라와 나는 이제 핑계가 통하지 않는다고 서로에게 말한 것이나 다름없었다. 그로스 부인이 마침내 아이의 손을 잡고 일어섰고, 그 둘은 내 앞에 나란히 섰다. 아이가 내게 던진 솔직한 표정에는 우리가 말없이 나눈 내면의 특이한 교감이 더욱 두드러지게 담겨 있었다. 그 얼굴은 '죽어도 말하지 않겠다'고 말하고 있었다.

솔직하고 놀란 표정으로 나를 훑어보고 먼저 말을 꺼낸 것은 플로라였다. 아이는 우리가 모자를 쓰지 않았다는 사실에 주목했다. "그런데 모자를 어디 두셨어요?"

"네 모자가 있는 곳에 있지!" 나는 즉시 대답했다.

플로라는 벌써 명랑한 기색을 되찾았고, 이 대답으로 충분하다고 여기는 것 같았다. "마일스는 어디 있어요?" 아이는 계속 말했다.

이렇게 말하는 앙증맞은 용기에는 나를 완전히 압도하는 무엇인가가 있었다. 그 애의 세 마디 말은 칼집에서 꺼낸 칼날의 번쩍이는 섬광처럼, 내가 오랫동안 높이 치켜들고 있던 철철 넘치는 잔, 그 말이 있기 전에도 홍수처럼 넘쳐흐른다고 느끼던 그 잔을 단번에 엎질러버리고 말았다. "네가 말한다면 나도 말해줄게." 나도 모르게 말이 나왔고 떨리는 가운데 말을 멈추었다.

"무엇을요?"

그로스 부인은 긴장하여 나를 뚫어지게 바라보았지만 이미 너무 늦었다. 나는 당당하게 그 말을 입 밖에 냈다. "우리 귀염둥이, 제슬 양은 어디 있지?"

20

교회 앞에서 마일스와 대면했을 때처럼 우리에게 일이 닥쳐왔다. 우리들 사이에서 이 이름이 한 번도 거론되지 않았다는 사실을 나는 무척 중요하게 여겼다. 지금 플로라가 그 이름을 받아들이는 표정을 보니 내가 묵계를 위반한 행위를 유리창을 깨뜨리는 것과 마찬가지로 어기는 것 같았다. 아이는 재빨리 고통스러운 눈초리로 나를 노려보았다. 그 순간 내가 가한 폭력의 타격을 만회하려는 듯 그로스 부인이 내지른 비명 소리가 끼어들었다. 겁에 질린, 아니면 다소 상처를 입은 듯한 부인의 비명은 몇 초 후 내 놀라움의 탄성으로 이어졌다. 나는 동료의 팔을 붙잡았다. "그 여자가 저기 있어요, 저기 있어요!"

제슬 양은 이전과 마찬가지로 반대편 강둑에서 우리 앞에 모습을 드러냈다. 이상하게도 내가 느낀 첫 번째 감정이 증거를 포착했다는 짜릿한 기쁨이었던 것을 기억한다. 그 여자가 거기 있으므로 내 말이 사실임이 입증된 셈이었다. 그 여자가 저기 있으니 나는 잔인하지도, 미치지도 않은 것이었다. 그 여자는 겁에 질린 불쌍한 그로스 부인이 볼 수 있도록 거기 있었지만 무엇보다도 플로라를 위해 그곳에 서 있었다. 창백하고 탐욕스러운 유령이기는 하지만 그 뜻을 알아차리리라 느끼면서 내가 의식적으로 그 여자에게 말없이 감사의 뜻을 보낸 그 순간처럼 기괴한 시간은 없었다. 그녀는 그로스 부인과 내가 조금 전에 떠나온 그 자리에 꼿꼿이 서 있었다. 길게 뻗은 그녀의 욕망에는 한 치의 악의도 모자람이 없었다. 이처럼 선명한 첫 환영과 그것이 일으킨 감정은 몇 초 동안 지속되었다. 그동안 그로스 부인이 어리둥절하여 눈을 끔벅거리며 내가 가리킨 방향을 바라보았으므로, 부인도 마침내 그것을 보았다는 확실한 증거로 받아들이고는 시선을 돌연히 아이에게로 향했다. 아이가 거기에 대해 보인 반응은 사실 무척 놀라웠다. 아이가 그저 흥분한 표정을 지었더라면 나는 훨씬 덜 놀랐을 것이다. 노골적으로 당황한 표정을 드러내리라고는 예상하지 않았으니까. 플로라는 사실 우리가 쫓아오는 것을 알고 대비책을 강구하고 경계 태세를 갖추었을 터이므로, 조금이라도 비밀을 드러낼 만한 것은 모두 감추었을 것이다. 그러므로 그 자리에서 전혀 예상치 못했던 특이한 내색을 처음 본 순간 내 마음은 동요되었다. 작고 발그스레한 얼굴을 찡그리지도 않고 내가 알려준 그 유령이 있는 쪽을 바라보려는 척도 하지 않으며, 오히려 냉혹하고 침착하며 진지한 표정, 내 마음을 읽고 비난하며 판단하는 듯한, 유례없이 전혀 새로운 표정으로 나를 대하는 것을 바라보자, 이 충격으로 인해서 마치 그 어린 소녀 자신이 나를 주춤하게 할 수 있는 바로 그런 존재로 바뀐 것 같았다. 아이가 유령을 분명히 보았다는 확신은 그 어느 때보다도 컸지만 나는 기가 죽었고, 자신을 변호하려는 다급한 욕구에서 강력하게 유령을 증거로 내세웠다. "그 여자가 저기 있잖아, 이 불쌍한 아가. 저기, 저기, 저기. 내가 보이듯이 그 여자도 보이지!" 좀 전에 나는 그로스 부인에게 플로라가 이런 때에는 어린애가 아니라 노련한 여자라고 말했었다. 내 말에 대한 최종적인 대답으로 아이가 눈빛으로 시인한 것이 아니라 더욱더 깊은 표정으로 갑자기 확고하게 질책하는 시선을 내게 보냈을 때, 그런 묘사가 옳다는 것은 그 어느 때보다도 확연해졌다. 내가 이 사건의 전모를 제시할 수 있을지는 의문이지만, 이때 나는 다른 무엇보다도 아이의 태도라고 부를 만한 것에 놀랐고, 동시에 그로스 부인에게도 무척 힘겹게 맞서야 함을 의식하게 되었다. 연장자인 내 동료는 다음 순간 어떻든 모든 사실을 뭉개버렸고 상기된 얼굴로 충격을 받은 듯이 큰 목소리로 항의하며 강력한 반대 의견을 퍼부었던 것이다. "정말 질겁할 일이군요, 선생님! 대체 어디에 무엇이 보인다는 말이세요?"

부인이 말하는 동안에도 선명하게 모습을 드러내고 있던 그 끔찍한 존재는 희미해지지도, 겁을 먹지도 않은 채 그대로 서 있었다. 나는 재빨리 부인을 꼭 붙잡을 수 있을 뿐이었다. 그 여자는 1분가량이나, 내가 내 동료를 붙잡아 그쪽으로 밀어서 유령에게 드러내며 손가락으로 가리키는 동안에도 계속 서 있었다. "우리가 보이듯이 저 여자가 분명히 보이지 않는다는 말이에요? 지금 보이지 않는다는 말인가요? 지금도? 저 여자가 타오르는 불길처럼 거들먹거리고 있잖아요. 잘 보세요, 부인. 보시라고요!" 내가 보듯이 그로스 부인도 그쪽을 바라보았다. 부인은 그런 광경을 보지 않게 되었다는 안도감과 나에 대한 동정심이 뒤섞인, 부정과 혐오와 연민이 담긴 신음 소리를 내면서, 자신이 할 수만 있다면 나를 지지했을 거라는, 그 순간에도 나에게 감동적이었던 느낌을 전달했다. 당연히 나에게는 그러한 지지가 필요했다. 절망적이게도 부인의 눈이 닫혀 있다는 이 증거에서 극심한 타격을 받아 나는 내 기반이 무너져 내리는 것을 느꼈고, 창백한 전임자가 자기가 서 있는 곳에서 나의 패배를 재촉하는 것을 느꼈고 또 보았으며, 무엇보다도 이 순간부터 그 놀랍고 깜찍한 플로라의 태도에서 무엇에 맞서야 할지 의식하게 되었기 때문이다. 이내 그로스 부인은 플로라의 태도에 전적으로 동조했다. 그리고 내 패배감을 통하여 개인적으로 대단히 의기양양해지면서 갑자기 아이를 안심시키려는 말을 숨 가쁘게 꺼냈다.

"그 여자는 저기 없어요, 아가씨. 아무도 없어요. 아무것도 보이지 않죠, 아가씨! 불쌍한 제슬 양은 이미 죽어서 땅에 묻혔는데 어떻게 나타날 수 있어요? 우리는 안다고요, 그렇죠?" 부인은 함부로 끼어들며 아이에게 호소했다. "전부 다 착각이고 괜한 근심에다 농담거리예요. 될 수 있는 대로 빨리 집으로 돌아가요!"

이 말을 듣자 플로라는 신기하게도 재빨리 얌전을 빼며 예의 바른 태도로 반응했다. 그로스 부인이 기운을 차리면서 그들은 사실상 다시 결합했고 감정이 상한 채로 내게 대립했다. 플로라는 질책이 담긴 조그만 얼굴로 나를 계속 쏘아보았다. 아이가 내 동료의 옷을 꼭 잡고 매달리며 거기 서 있는 동안에도 나는, 비할 데 없이 아름다운 아이의 어린애다운 자태가 갑자기 시들어버리고 또 완전히 사라져버린 듯이 보였다. 이에 대해 나는 신에게 용서해달라고 기도했다. 이미 말한 적이 있지만, 아이는 정말 무서울 정도로 매몰차게 굴었고 천박하며 거의 추악하게 변해버렸다. "선생님이 무슨 말을 하는지 모르겠어요. 저는 아무도 보이지 않아요. 아무것도 보이지 않는다고요. 한 번도 본 적이 없어요. 선생님은 잔인해요. 선생님이 싫어요!" 길거리의 천박하고 뻔뻔스러운 계집애처럼 이렇게 말한 다음 아이는 그로스 부인을 꼭 끌어안고 그 끔찍한 조그만 얼굴을 부인의 치맛자락에 파묻었다. 이런 자세로 그 애는 거의 울부짖다시피 분노의 소리를 질렀다. "나를 데리고 가요. 나를 데리고 가줘요. 저 여자에게서 멀리 데리고 가줘요!"

"나에게서?"

"선생님 말이에요. 바로 선생님이요!" 아이가 소리쳤다.

그로스 부인조차 경악한 표정으로 나를 보았고, 나는 다시 부인과 대화를 나누는 것 외에는 할 일이 없었다. 유령은 맞은편 강둑에서 선명하게 모습을 드러내며, 그 거리를 넘어 우리의 목소리를 포착하려는 듯 꼼짝 않고 가만히 서 있었다. 내게 도움이 아니라 재앙을 가져다주려고 거기 있는 것이었다. 그 저주받은 아이가 내뱉은 신랄한 단어들은 어떤 외부의 출처에서 얻어낸 것 같았다. 그러므로 나는, 내가 받아들여야 하는 절망감을 처절하게 느끼며 슬픈 마음으로 그 애에게 고개를 가로저을 수밖에 없었다. "내가 지금껏 의심을 품고 있었다면, 이제는 그것들이 모두 사라져버릴 때가 되었어. 나는 그 비참한 진실과 더불어 살아왔고, 그것은 이제 나를 꼼짝 못하게 둘러쌌지. 물론 나는 너를 잃었어. 내가 개입했고, 넌 알았어. 그 여자가 시키는 대로—이렇게 말하며 나는 다시 연못 건너 지옥의 증인을 바라보았다—내 개입에 대처할 쉽고 완벽한 방법을 말이야. 나는 최선을 다했지만 너를 잃어버렸어. 그럼 안녕." 그로스 부인에게 나는 명령하듯 거의 발작적으로 "가요, 가세요!"라고 소리쳤다. 그 말에 쫓겨서 부인은 매우 괴로워하면서도 말없이 어린 소녀를 데리고 최대한 빨리 우리가 왔던 길로 돌아가버렸다. 분별력이 없음에도 부인은 어떤 끔찍한 일이 벌어졌으며 무엇인가 붕괴하여 우리를 삼켜버렸다는 것을 분명히 인식했던 것이다.

혼자 남게 되었을 때 처음에 무슨 일이 일어났는지는 기억나지 않았다. 다만, 15분쯤 지난 후에 고약한 냄새가 나는 습기와 거친 느낌이 내 고통을 냉각시키고 파고들면서, 내가 땅 위에 엎어져 극심한 슬픔에 몸을 맡겼다는 것만 알 수 있을 뿐이었다. 머리를 들었을 때는 이미 날이 거의 저물었으므로, 아마 오랫동안 거기 엎드려서 소리치고 흐느껴 울었을 것이다. 나는 일어서서 어스름한 땅거미가 내리는 가운데 잿빛 연못과 귀신이 출몰하는 텅 빈 물가를 바라보았다. 그리고 지치고 힘겨운 발걸음으로 집으로 향했다. 울타리 문에 이르렀을 때 놀랍게도 보트는 사라져 보이지 않았다. 그래서 나는 상황을 마음대로 장악할 수 있는 플로라의 기막힌 능력에 대해 새롭게 생각하게 되었다. 그날 밤 전적으로 말없는 가운데 이루어진 합의에 의해, 그리고 행복이란 단어가 그처럼 기괴한 거짓말 같은 느낌을 주지 않는다면 덧붙일 텐데, 가장 행복한 합의에 의해서 플로라는 그로스 부인과 함께 같은 방에서 잤다. 내가 돌아왔을 때 그들 가운데 어느 누구도 보이지 않았고, 좋은 일인지 나쁜 일인지 모르지만 일종의 보상인 것처럼, 오히려 마일스의 모습이 더 많이 보였다. 마일스를 무척 많이 보았기에—보았다는 말 외에는 다른 표현을 찾을 수 없다—과거 그 어느 때보다도 더 많이 본 것 같았다. 내가 블라이에서 보낸 어느 저녁도 그날처럼 불길한 징조가 깃든 적은 없었다. 그럼에도 불구하고, 또한 내 발치에서 벌어진 섬뜩한 놀라움의 심연에도 불구하고, 퇴락해가는 현실에는 특이하게도 달콤한 슬픔이 속속들이 배어 있었다. 집에 도착했을 때 나는 마일스를 찾아보려고도 하지 않았다. 그저 곧장 내 방으로 가서 옷을 갈아입고 플로라와의 결별을 드러내는 물적 증거를 한눈에 파악했을 뿐이었다. 아이의 사소한 물건들은 이미 옮겨지고 난 다음이었다. 나중에 평소와 마찬가지로 교실의 난롯가로 하녀가 차를 가져다주었을 때 나는 또 다른 학생에 대해서는 전혀 묻지도 않았다. 이제 마일스는 자기 마음대로 할 수 있었고, 끝까지 자유를 누릴 수 있으리라! 자, 그 애는 정말로 자유를 누렸다. 8시경 교실로 들어와 아무 말 없이 나와 함께 앉아 있었던 것도 적어도 그 자유의 일부였던 것이다. 차를 치우고 나서 나는 촛불을 끄고 의자를 난롯가로 끌어당겼다. 지독한 추위를 느꼈고 다시는 몸이 따뜻해질 수 없을 것 같았다. 마일스가 나타났을 때 나는 불빛을 받으며 생각에 잠겨 앉아 있었다. 마일스는 나를 바라보는 듯 문간에서 잠시 걸음을 멈추더니 나와 생각을 나누려는 것처럼 난롯가 다른 쪽의 의자에 몸을 파묻었다. 우리는 아무 말 없이 그렇게 앉아 있었다. 하지만 나는 느꼈다. 그 아이가 나와 함께 있고 싶어 한다고.

21

새로운 날이 완전히 밝기도 전에 눈을 뜨자 내 방에는 그로스 부인이 더 나쁜 소식을 가지고 침대 옆에 서 있었다. 플로라가 무척 높은 열에 시달렸기에 곧 병에 걸릴 것 같다는 소식이었다. 아이는 극도로 불안한 상태로 밤을 보냈고 밤새 특히 두려움에 시달렸는데, 그 두려움의 내상은 예선의 가성교사가 아니라 전적으로 현재의 가정교사였다. 플로라는 제슬 양이 어쩌면 그곳에 다시 나타날지도 모른다는 것이 아니라, 내가 나타나는 것에 대해서 격렬하게 반감을 드러냈다. 물론 나는 즉시 침대에서 일어났다. 물어보고 싶은 것들이 무척이나 많았다. 겉으로 보기에 내 동료가 이제 다시 나를 상대하겠다는 태세를 갖추었기에 더욱 그러했다. 내 진심과 비교하여 플로라가 어느 정도나 진실하다고 생각하는지 부인에게 물어보자 부인의 심리상태를 느낄 수 있었다. "플로라가 어떤 것도 보지 못했고 본 적도 없다고 계속해서 주장하던가요?"

내 방문객이 느끼고 있는 고통은 실로 컸다. "선생님, 그건 제가 아가씨에게 추궁할 수 없는 문제지요! 그렇게 해야 할 필요도 별로 없는 것 같고요. 그것 때문에 아가씨는 속속들이 나이가 들어버렸어요."

"난 이제 플로라를 확실히 알겠어요. 그 아이는 무엇보다 신분이 높은 고귀한 인물인 양 자기의 정직성과, 말하자면, 자신의 품위에 대한 비난에 무엇보다 분개하고 있는 거지요. '그건 바로 제슬 양이에요!—그 여자!' 아, 그 애는 '품위'가 있지요. 깜찍한 꼬마 같으니. 확실히 말하자면 어제 거기서 그 애는 더할 나위 없이 이상한 인상을 주었어요. 그것을 능가하는 인상은 다시없을 거예요. 나는 정말로 그 비밀에 발을 들여놓은 거라고요! 그 애가 다시는 나에게 말을 걸지 않겠지요."

무시무시하고 분명치 않기는 했지만 이 말에 그로스 부인은 잠시 입을 다물었다. 그러고 나서 부인은, 틀림없이 이면에 무엇인가 숨기고 있기는 했지만 솔직하게 내 요점을 시인했다. "아가씨가 정말 그럴 거라고 생각해요. 그 점에 대해서 정말로 기고만장한 태도를 보였어요!"

"그리고 그 태도가 실제로 지금 그 애에게 문제가 되는 거지요." 나는 상황을 요약해서 말했다.

내 방문객의 얼굴에서 나는 그런 태도와 그 밖의 적지 않은 것들을 짐작할 수 있었다! "아가씨는 선생님이 들어올 것인지를 제게 3분마다 물어요."

"알겠어요." 나 역시 나름대로 짐작하고도 남음이 있었다. "어제 이후로 그 애가 제슬 양에 대해 한마디라도 다른 말을 한 적이 있었나요? 자기가 그런 끔찍한 존재와 친하다는 혐의를 부인하는 것 말고요."

"한마디도 하지 않았어요, 선생님. 그리고 물론 아시겠지만, 아가씨는 바로 그때 호숫가에 아무도 없었다고 했어요." 내 동료가 덧붙였다.

"그렇겠지요! 그리고 지금도 당신은 그 애에게서 듣고 있고요."

"저는 아가씨의 말에 맞서지 않아요. 달리 할 수 있는 일이 뭐가 있겠어요?"

"전혀 없지요! 당신이 상대하는 사람은 세상에서 가장 영리한 어린애라고요. 그자들이 그 애들, 자기들의 친구 두 명을 자연이 빚어놓은 것보다 더욱 영리하게 만들었지요. 자연은 가지고 놀기에 좋은 재료이니까요! 이제 플로라에게 불평거리가 생겼으니 끝까지 그것을 들먹일 거예요."

"그래요, 선생님. 그런데 무슨 목적으로 그러는 거죠?"

"글쎄, 백부님에게 나와의 문제를 처리해달라고 하려는 거죠. 그 애는 백부님께 나를 가장 저질스런 인간으로 꾸며 말할 거예요!"

나는 그로스 부인의 얼굴에 생생하게 펼쳐지는 그 장면에 주춤했다. 잠시 부인은 그들 모두를 예리하게 주시하는 듯이 보였다. "하지만 주인님은 선생님을 아주 높이 평가하시잖아요!"

"이제 생각이 분명해졌는데, 그분은 그런 사실을 아주 묘한 방식으로 입증하지요." 나는 웃었다. "하지만 그건 중요하지 않아요. 플로라가 원하는 것은 물론 나를 제거하는 거예요."

내 동료는 용감하게 동의했다. "다시는 선생님을 보려고도 하지 않을 거예요."

"그래, 당신은 지금 내 길을 재촉하기 위해서 온 건가요?" 나는 물었다. 하지만 부인에게 대답할 시간을 주지 않고 말문을 막았다. "나에게 더 좋은 생각이 있어요. 심사숙고한 결과지요. 내가 여기를 떠나는 것이 타당하게 보일 테고, 일요일에는 그렇게 결정을 내리기까지 했어요. 하지만 그래서는 안 되겠어요. 가야 할 사람은 당신이에요. 당신이 플로라를 데리고 가야 해요."

내 방문객은 이 말을 듣고 생각에 잠겼다. "하지만 도대체 어디로—?"

"여기서 멀리 떨어진 곳으로. 그들에게서 멀리 떨어진 곳으로요. 무엇보다도 이제는 나에게서 멀리 떨어진 곳으로. 그 아이의 백부님에게 곧장 가세요."

"그저 선생님에 대해 고자질하려요?"

"아니, '그저'가 아니에요! 게다가 나를 구제할 방법을 나에게 맡기는 거죠."

부인은 아직 어리둥절했다. "선생님을 구제하는 것이 무엇인데요?"

"우선은 당신이 믿어주는 것이지요. 다음으로 마일스가 믿

202

어주는 것이고요."

부인은 나를 뚫어지게 보았다. "도련님이 그럴 거라고 생각하세요?"

"기회가 있다 하더라도 나를 배반하지 않을 거라고요? 그래요. 아직 그렇게 생각하려고 해요. 어떻든 간에 나는 시도해보고 싶어요. 될 수 있는 대로 빨리 그 애의 여동생을 데리고 떠나세요. 나를 그 애와 단 둘이 있게 내버려두고요." 나는 아직도 내 속에 남아 있는 활기에 스스로도 놀랐고, 그렇기 때문에 이렇게 훌륭한 본보기를 보여주었음에도 부인이 주저하는 태도를 보였을 때 약간 더 당혹스러웠다. "한 가지가 더 있어요." 나는 계속 말했다. "플로라가 떠나기 전에 그 애들이 3초 동안이라도 서로를 보아서는 안 돼요." 그 말을 마치자 갑자기, 플로라가 연못에서 돌아온 순간부터 아마 그 애를 마일스와 떼어놓았겠지만, 이미 너무 늦었을지도 모른다는 생각이 들었다. 나는 근심스레 물었다. "애들이 벌써 서로를 보았나요?"

이 말에 부인은 얼굴을 붉혔다. "아, 선생님, 제가 그 정도로 바보는 아니에요! 서너 번 아가씨를 두고 나와야 했지만 언제나 하녀 한 명이 같이 있었고, 지금은 아가씨가 혼자 있지만 안전하게 문을 걸어두었어요. 하지만, 하지만!"

"하지만 뭐죠?"

"그 어린 신사에 대해서는 믿을 수 있으세요?"

"나는 당신 외에는 아무도 믿지 못해요. 하지만 어젯밤 이후로 새로운 희망이 생겼어요. 마일스가 나에게 기회를 주고 싶어 하는 것 같아요. 그 예민한 아이가 말을 하고 싶어 한다고 믿어요. 어젯밤에 난롯가에서 아무 말 없이 그 애는 그 순간이 다가오기라도 하듯 나와 함께 두 시간을 앉아 있었어요."

그로스 부인은 창문을 통해서 날이 점점 잿빛으로 짙어지는 것을 골똘히 바라보았다. "그 순간이 왔나요?"

"아뇨, 계속 기다렸지만, 그 순간은 오지 않았어요. 그래서 서로 침묵을 깨뜨리지 않고, 또 플로라의 상태나 부재에 대한 모호한 암시조차 하지 않은 채 그저 잘 자라는 키스를 나누었지요." 나는 계속 말했다. "플로라의 백부님이 플로라를 만난다면, 마일스에게 좀 더 시간을 주지 않고는 그분이 마일스를 만나시도록 할 수 없어요. 무엇보다도 사태가 아주 악화되었기 때문에 그래요."

내 동료는 이 점에 있어서 이해할 수 없을 정도로 망설였다. "시간을 더 준다니, 무슨 뜻이지요?"

"글쎄, 하루나 이틀 정도, 정말로 그것을 끌어낼 시간이 필요해요. 그러면 마일스가 내 편이 될 거예요. 그 점이 중요하다는 것을 당신도 아시겠지요. 만약 아무런 성과도 나오지 않는다면 나는 그저 실패하게 돼요. 최악의 경우라도 당신은 런던에 도착해서 당신이 할 수 있는 일을 하면서 나에게 도움이 될 거예요." 나는 이렇게 상황을 설명했지만, 부인이 여전히 약간 이해하지 못하고 어리둥절해하고 있었으므로 다시 부인을 도와주었다. "당신이 정말 가기 싫은 게 아니라면 말이지요." 나는 이렇게 말을 끝냈다.

부인의 얼굴에서 마침내 결심이 확고해지는 것을 볼 수 있었다. 부인은 맹세의 의미로 손을 내밀었다. "가겠어요. 가겠어요. 오늘 아침에 갈 거예요."

나는 아주 공정하게 처신하고자 했다. "혹시라도 당신이 계속 여기에서 기다리고 싶다면, 플로라에게 내 모습을 드러내지 않겠다고 약속하겠어요."

"아뇨, 아뇨. 문제는 이곳이에요. 플로라 아가씨가 여기를 떠나야 해요." 부인은 잠시 무거운 눈길로 나를 응시하고는 나머지 이야기를 털어놓았다. "선생님 생각이 옳아요. 저 자신은, 선생님—"

"네?"

"전 여기 있을 수 없어요."

이렇게 말하면서 나를 바라보는 부인의 표정에서 나는 여러 가지 가능성을 포착했다. "당신 말은 어제 이후로 당신도 보았다는 뜻인가요?"

부인은 위엄 있게 고개를 저었다. "전 들었어요!"

"들었다고요?"

"아가씨에게서 끔찍한 말을! 바로 그거예요!" 부인은 비극적인 안도감이 섞인 한숨을 쉬었다. "맹세코 선생님, 아가씨가 엄청난 말을 해요!" 그러나 이 기억을 떠올리자 부인은 말을 잇지 못했다. 갑자기 울음을 터뜨리며 부인은 소파에 털썩 주저앉았고, 이전에 내가 본 적이 있듯이, 온갖 슬픔에 젖어 흐느꼈다.

나는 나대로 전혀 다른 방식으로 감정을 발산했다. "오, 하느님, 감사합니다!"

부인은 이 말에 벌떡 일어나 한숨을 쉬며 눈물을 닦았다. "감사하다고요?"

"내가 옳다는 것을 증명해주니까요!"

"정말 그래요, 선생님!"

이보다 더 강조해주기를 바랄 수는 없었지만, 나는 조금 망설였다. "플로라가 그 정도로 끔찍했나요?"

내 동료는 어떻게 표현해야 할지 알지 못하는 듯이 보였다. "정말 충격적이었어요."

"나에 관해서요?"

"선생님에 관해서요. 선생님이 아셔야 하니까 하는 말이지만, 어린 숙녀가 쓰기에는 너무 지나친 말들이었어요. 도대체 아가씨가 어디서 그런 말들을 주워들었는지 생각할 수도 없어요."

"플로라가 나한테 퍼부은 소름 끼치는 말이요? 나는 짐작할 수 있어요!" 나는 갑자기 웃음을 터뜨렸고, 그것은 틀림없이 의미심장하게 울렸을 것이다.

그 웃음소리를 듣자 내 동료는 더욱 심각해졌다. "아마 저도 알고 있어야겠죠. 전에 그런 말을 들은 적이 있으니까요. 하지만 저는 그것을 견딜 수 없어요." 그 불쌍한 여자는 말하면서 내 화장대 위의 시계를 흘끗 바라보았다. "이제 돌아가야겠어요."

그러나 나는 부인을 붙잡았다. "당신이 그걸 참을 수 없다면—!"

"어떻게 아가씨와 함께 지낼 수 있느냐는 뜻인가요? 바로 그걸 위해서 아가씨를 데리고 가야지요. 여기서 먼 곳으로, 그들에게서 멀리—" 부인은 계속 말했다.

"플로라가 달라지겠지요? 그 애가 자유로워지겠지요?" 나는 거의 기쁜 마음으로 부인을 붙잡았다. "그렇다면, 어제 있었던 일에도 불구하고, 당신은 믿는다는 말이지요?"

"그런 일들을?" 부인의 표현에 비추어보면 그런 일들에 대한 부인의 단순한 묘사는 더 이상 자세히 거론할 필요가 없었다. 부인은 이전과 달리 진면모를 드러냈다. "나는 믿어요."

그렇다. 그것은 다행스런 일이었다. 우리는 여전히 어깨를 맞대고 공동보조를 취하고 있는 것이었다. 이 점에 대해서 계속 확신할 수만 있다면 다른 일이 일어나더라도 거의 개의치 않을 것이다. 이전에 비밀을 터놓을 만한 사람이 필요했던 때와 마찬가지로, 재앙에 직면하여 나를 지지해주는 힘이 여전히 존재할 것이다. 그리고 내 친구가 나의 정직성을 보장해준다면, 나는 그 밖의 모든 일에 대해 책임을 질 것이다. 그럼에도 불구하고 부인과 헤어지려는 찰나, 나는 약간 당혹스러운 기분이 들었다. "갑자기 생각이 났는데 물론 기억해야 할 것이 한 가지 있어요. 놀라운 소식을 전하는 내 편지가 당신보다 먼저 런던에 도착할 거예요."

이제야 나는 부인이 요점을 피하고 막연히 둘러서 말해왔으며, 그렇게 하면서 급기야는 무척 지쳤다는 사실을 알게 되었다. "선생님의 편지는 도착하지 않았을 거예요. 그 편지는 가지도 않았어요."

"그렇다면 어떻게 되었어요?"

"아무도 모르지요! 마일스 도련님이—"

"그 애가 편지를 가로챘다는 뜻인가요?" 나는 숨을 헐떡였다.

부인은 주저했지만 망설임을 극복했다. "어제 플로라 아가씨와 돌아왔을 때 그 편지가 선생님이 두었던 곳에 없다는 사실을 알았어요. 나중에 저녁이 되어 루크에게 물어볼 기회가 있었지요. 그 사람은 편지를 본 적도, 만진 적도 없다고 하더군요." 이 말에 우리는 그저 마음속으로 은밀한 추측을 서로 나눌 수 있을 뿐이었다. 거의 의기양양한 목소리로 "아시겠지요!"라고 말함으로써 먼저 추측을 드러낸 사람은 그로스 부인이었다.

"네, 마일스가 그 편지를 가로챘다면 그 애가 아마 그것을 읽고 없애버렸을 거예요."

"그 밖에 다른 것은 모르시겠어요?"

나는 슬픈 미소를 지으며 잠시 부인을 바라보았다. "지금은 당신의 눈이 내 눈보다 더 활짝 뜨인 것 같군요."

정말로 그렇다는 것이 확인되었다. 하지만 부인은 그것을 드러내며 아직도 얼굴을 붉히고 있었다. "도련님이 학교에서 무슨 일을 저질렀는지 이제 알겠어요." 부인은 단순한 통찰력을 발휘하여 익살맞게 고개를 끄덕이면서 환멸감을 드러냈다. "도련님이 훔친 거예요!"

나는 그 말을 심사숙고하며 보다 공정하게 판단하려고 했다. "글쎄, 어쩌면."

부인은 내 침착한 반응에 예상치 못했다는 듯한 표정을 지었다. "도련님은 편지를 훔친 거예요!"

결국 따지고 보면 별로 대수로울 것도 없는 내 침착함의 이유를 부인은 알 수 없었다. 그래서 나는 그 이유를 과시하듯 드러냈다. "그랬다면 그것이 이번 경우보다 더 큰 목적에 도움이 되기를 바라야겠군요. 어떻든 내가 어제 탁자에 올려놓았던 편지에서 그 애는 얻는 것이 거의 없었을 테니까요." 나는 계속 말했다. "그 편지에는 그저 면담 요청만 쓰여 있었어요. 그래서 그 애는 그런 하찮은 것을 위해 그 정도로 지나치게 행동한 것을 부끄러워하고 있었나봐. 어젯밤 그 애의 마음속에 있었던 것은 바로 고백해야겠다는 생각이었고요." 그 순간 나는 상황을 정확히 파악하고 모든 것을 알고 있는 듯했다. "떠나세요, 우리를 두고 가세요." 나는 벌써 문간으로 다가서서 부인을 서둘러 보냈다. "마일스에게 그 말을 듣고 말겠어요. 그 애는 나와 대면할 거고, 고백을 하겠지요. 만약 마일스가 고백한다면, 그 애는 구원을 받는 기예요. 그리고 그 애가 구원을 받는다면—"

"그렇다면 신생님이 구원을 받는 건가요?" 친애하는 부인은 이 말을 하며 나에게 입을 맞추었고, 나는 부인과 작별했다. "도련님이 아니더라도 제가 선생님을 구해줄게요!" 부인은 가면서 소리쳤다.

22

하지만 부인이 떠나간 그 순간부터 나는 부인이 없어서 아쉬
웠고, 실제적으로도 절박한 상태가 엄습했다. 나는 마일스와
단 둘이 있으면서 진실을 얻게 되기를 기대했지만, 곧 그런 상
태가 이 상황을 끝내리라는 것을 깨달았다. 사실 내가 블라이
에 머문 이래로, 그로스 부인과 플로라를 실은 마차가 이미 대
문 밖으로 나가버렸다는 사실을 알았을 때처럼 불안감에 시달
린 적은 없었다. 이제 나는 초자연적인 요소들과 직면하게 되
었다고 생각했다. 그리고 그날 하루 종일 나의 나약함과 싸우
면서 내가 지나치게 성급했다는 생각이 들었다. 지금껏 내가
행동했던 범주보다 더욱 비좁은 처지에 놓였기 때문이었다. 더
욱이 처음으로, 다른 사람들의 얼굴에서 그 위기가 혼란스럽게
반영된 것을 볼 수 있기 때문에 더 그러했다. 갑작스럽게 일어
난 사건 때문에 사람들은 당연히 모두 어안이 벙벙한 표정으로

바라보았다. 뭐라고 이유를 늘어놓든지, 그로스 부인의 갑작스런 행동에는 설명되지 않은 부분이 너무 많았다. 하녀들과 일꾼들은 멍한 표정을 지었고, 그것 때문에 신경이 쓰인 나는 그것을 실제적인 도움으로 바꿔야겠다고 생각했다. 간단히 말해서 키를 꽉 움켜잡음으로써 완전한 침몰을 피할 수 있었던 것이다. 그날 아침 나는, 조금이라도 견딜 수 있도록 아주 오만하고 대단히 쌀쌀맞은 태도를 취했다. 나는 여러 가지 임무를 떠맡았으며, 나 혼자 남겨졌어도 상당히 강인한 인물이라는 생각이 들도록 행동했다. 이런 태도로 두 시간 동안 집 안을 샅샅이 돌아다녔는데, 틀림없이 어떤 공격이 있더라도 맞설 준비가 되어 있는 듯이 보였을 것이다. 이렇게 해서 혜택을 입을 사람이 누구인지는 모르지만, 나는 이렇게 쓰라린 마음으로 시위하듯 돌아다녔다.

정찬 시간이 될 때까지 가장 관심을 보이지 않은 사람은 바로 마일스였다. 집 안을 돌아다니는 동안 그 애의 모습은 전혀 보이지 않았다. 그러나 그렇게 돌아다닌 것은, 아이가 전날 플로라를 위해 피아노를 연주하면서 나를 기만하고 우롱한 결과 우리의 관계에서 일어난 변화를 더욱 공공연히 알린 셈이 되었다. 물론 플로라가 병석에 누워 있다가 떠난 일은 마치 도장을 찍듯이 그 변화를 공식적인 사실로 만들었다. 변화 자체는 시간에 맞춰 수업하던 습관이 지켜지지 않음으로써 시작되었다. 아래층으로 내려오는 길에 아이의 방문을 열었을 때 그 애는 이미 자리에 없었다. 밑에서 나는, 마일스가 하녀들 두 명이 있는 곳에서 그로스 부인, 누이동생과 함께 아침을 먹었다는 말을 들었다. 그리고 아이는 산책하러 나갔다고 했다. 돌연 달라진 내 임무에 대한 마일스의 솔직한 생각을 이보다 더 잘 드러낼 수는 없을 거라고 나는 생각했다. 이제 그 아이가 무엇을 나의 임무로 규정하도록 허용할지는 아직 두고 보아야 할 문제였다. 어떻든지 한 가지 가식을 떨쳐버린 것은 특히 나에게 묘한 안도감을 주었다. 이렇게 많은 일들이 표면화되었지만, 어쩌면 가장 높이 표면에 솟아오른 것은 내가 그 애에게 뭔가 더 가르칠 것이 있다는 허구를 계속 유지하는, 터무니없는 일이었다. 이렇게 말한다 해도 그다지 지나치지 않을 것이다. 나보다도 오히려 그 아이가 말없이 세밀한 계략을 세워 내 체면을 살려주기 위해 더욱 신경을 썼다는 사실은 확연히 드러났다. 나는 아이의 진정한 능력이 발휘되는 곳에서 내가 그 애와 맞서려고 애쓰지 않게 해달라고 아이에게 호소하지 않을 수 없었다. 어떻든 이제 아이는 자유를 누리고 있었다. 나는 다시는 그의 자유를 간섭하지 않을 것이다. 게다가 전날 밤 아이가 교실로 찾아왔을 때도 나는, 바로 그 전까지의 남는 시간에 무엇을 했는지에 대한 도전적인 발언이나 암시조차 일체 내비치지 않음으로써 내 의도를 충분히 드러냈다. 그 순간부터 나는 다른 생각에 너무 몰두해 있었다. 하지만 아이가 마침내 내게 와서 그 어리고 아름다운 존재를 보게 되자, 그 생각을 적용하는 것이 얼마나 어려운지, 내게 얼마나 많은 문제가 쌓여 있는지 대번 절실하게 느껴졌다. 겉으로 보기에, 지금까지 일어난 일들은 아직 그 아이에게는 오점이나 그늘도 드리우지 않은 듯했다.

내가 조성한 고귀한 위엄을 온 집안에 과시하기 위해서, 나는 흔히 아래층이라 불리는 곳에서 마일스와 함께 식사를 할 수 있도록 준비해달라고 했다. 나는 창문 밖의 장중하고 화려한 그 방에서 아이를 기다렸다. 그곳은, 내가 처음으로 겁에 질렸던 일요일에, 진실이라고 부르기에는 너무나도 빈약한 어떤 암시를 그로스 부인에게서 얻은 곳이었다. 이제 여기서 나는—이전에도 여러 차례 느꼈던 것처럼—마음의 평정을 얻으려면 엄격한 의지를 발휘해야 한다고 다시금 느꼈다. 즉 내가 다루어야 할 것들이 혐오스럽게도 자연에 위배된다는 사실을 눈감아버릴 수 있는 의지를 발휘하는 것이다. 나는 '자연'의 이치에 내 비밀과 문제점을 털어놓고 그 이치를 고려하며, 내가 겪는 기괴한 시련을 결국 당당하게 정면에서 맞서도록 하는 압박으로 여김으로써, 물론 그것은 비정상적이고 불쾌한 방향이지만, 바꾸어 말하면 평범한 인간 두덕성의 나사를 한 바퀴 더 죄는 것으로 여김으로써 그나마 지탱해갈 수 있었다. 그럼에도 불구하고 바로 이처럼 자기 자신, 즉 '온전한' 자연을 제공하는 시도보다 정교한 솜씨를 요하는 일은 없으리라. 그 시도의 일부나마 이미 발생한 일에 대한 언급을 회피하는 데 사용할 수 있을까? 하지만 그 무시무시한 어둠의 영역에 새로이 뛰어들지 않는다면 어떻게 그것을 언급할 수 있겠는가? 자, 얼마간의 시간이 흐른 다음 일종의 해답이 제시되었고, 그것은 내 어린 친구에게서 드물게 드러나는 단서를 재빨리 포착하면서 논의의 여지없이 아주 확실해졌다. 사실 그 아이는 이전 수업 시간에 종종 그러했듯이 지금도 나를 편안하게 해줄 어떤 섬세한 방법을 찾아낸 것 같았다. 우리가 서로의 고독을 나눌 때, 이제껏 없었던 그럴듯한 광채를 띠고 갑자기 드러난 그 사실에 어떤 진실의 암시가 있지 않았을까? 그렇게 재주 많은 아이가 (이제 다가온 소중한 기회의 도움을 받아서) 절대적 지능, 즉 유령으로부터 얻어낼 수 있는 도움을 마다한다는 이상한 사실 속에 말이다. 자신을 구하기 위한 것이 아니라면 그의 지성이 무슨 이유로 주어졌겠는가? 아이의 마음에 도달하기 위해서 그 아이의 겉모습 너머로 말라빠진 손을 뻗어보려는 모험을 감행할 수 있지 않을까? 우리가 식당에서 얼굴을 맞대고 앉아 있을 때 아이는 정말로 나에게 그 방법을 보여준 듯했다. 양고기 구이가 식탁에 올라와 있었고 나는 하녀들의 시중을 물리쳤다. 마일스는 앉기 전에 호주머니에 손을 넣은 채 잠시 서서 고깃덩어리를 바라보았고, 그것에 관하여 우스갯소리를 하려고 했다. 그러나 곧 아이가 꺼낸 말은 이러했다. "아니, 그 애가 정말 몹시 아픈가요?"

"어린 플로라? 그렇게 나쁘지는 않으니까 곧 좋아질 거야. 런던이 그 애를 건강하게 해주겠지. 블라이가 그 애에게 맞지 않았어. 이리 와서 양고기를 먹으렴."

마일스는 신속하게 내 말에 따랐고 조심스레 접시를 들고 자기 자리로 가더니 앉아서 다시 말을 이었다. "블라이가 그렇게 갑자기 그 애에게 맞지 않게 되었나요?"

"네가 생각하듯이 그렇게 갑작스러운 것은 아니었지. 그런 일이 일어나고 있다고 알고 있었으니까."

"그러면 왜 이전에 플로라를 보내지 않으셨어요?"

"언제 말이니?"

"그 애가 여행할 수 없을 정도로 아프기 이전에요."

내 대답은 즉각적으로 나왔다. "플로라가 여행할 수 없을 정도로 아픈 것은 아니야. 여기 더 오래 머물렀다면 그렇게 됐을지도 모르지. 시간을 제대로 포착한 거야. 여행을 하면 그 영향력이 흩어져서 없어지게 되겠지." 아, 나는 오만하게 굴었다.

"그래요, 알겠어요." 마일스도 이 문제에 있어서는 오만하게 대답했다. 아이는 내가 도착한 날 이래로, 내가 잡스럽게 이런저런 잔소리를 하지 않아도 되게끔 했던 그 매혹적인 '식사 예절'로 식사를 시작했다. 그가 무엇 때문에 학교에서 쫓겨났든지 간에, 추접스럽게 먹기 때문은 아니었다. 언제나 그렇듯이 오늘도 마일스의 태도에는 비난할 만한 점이 없었지만 분명 그 아이는 평소보다 더 의식적이었다. 도움을 받지 않고 아주 쉽게 알아낸 것 이상의 더 많은 것들에 대해서 당연지사로 여기려고 노력하고 있는 것이 역력히 드러났다. 아이는 평화롭게 침묵을 지키며 자신의 상황을 가늠하고 있었다. 우리의 식사는 간단히 끝났다. 나는 그저 먹는 시늉만 했을 뿐이고 음식을 곧 치우도록 했다. 식탁을 치우는 동안 마일스는 다시 작은 주머니에 손을 넣고 내게 등을 돌린 채 서 있었다. 아이는 일전에 나를 놀라게 했던 망령이 서 있었던 그 넓은 창밖을 바라보았다. 하녀가 우리와 함께 있는 동안 우리는 침묵을 지켰다. 그 고요함으로 인해서 마치 신혼여행 중인 어린 부부가 여관에서 시종이 옆에 있는 동안 수줍음을 느끼는 것 같다는 엉뚱한 생각이 들었다. 그 '시종'이 우리를 두고 나간 다음에야 비로소 아이는 몸을 돌렸다. "자, 이제 우리만 남았네요."

23

"아, 그런 셈이지." 내 미소가 창백했으리라고 짐작한다. "전적으로 그런 것은 아니야. 우리만 있는 것을 좋아해서도 안 되고!" 나는 계속 말했다.

"그렇지요. 그래선 안 된다고 생각해요. 물론 우리에게는 다른 사람들이 있지마요."

"우리에게 다른 사람들이 있다고? 그래, 정말 다른 사람들이 있지." 나는 동의했다.

"하지만 그렇다고 해도, 그들이 대단히 중요한 것은 아니에요, 그렇죠?" 아이는 여전히 손을 주머니에 넣은 채 돌아서서 내 앞에 섰다.

나는 그 말을 최대한 유리하게 해석했지만 맥 빠진 기분이었다. "그건 네가 무엇을 '대단히'라고 하느냐에 달려 있지."

"그래요, 모든 것에 조건이 달려 있죠." 마일스는 아주 순수히 시인하는 태도로 대답했다. 하지만 이 말을 하면서 다시 창문을 바라보았고, 곧 멍하고 들떠 있으며 생각에 잠긴 발걸음으로 창가에 다가갔다. 아이는 이마를 유리창에 대고 잠시 서서, 익히 알고 있던 시들어가는 관목들과 11월의 단조로운 풍경을 바라보았다. 나는 언제라도 '일'하는 척할 수 있었기에 소파에 앉아서 일거리를 잡고 몰래 살펴보았다. 고통의 순간, 즉 아이들이 내게는 금지된 어떤 것에 빠져 있다는 사실을 알게 되는 그런 순간에, 언제나 그랬듯이 나는 뜨개질을 하면서 침착함을 유지하며 최악의 사태에 대비하는 습관을 충실하게 따랐다. 그러나 곤혹스러워하는 아이의 뒷모습에서 어떤 의미를 캐내려고 할 때, 어떤 특이한 인상이 갑자기 뇌리를 스쳤다. 바로 내가 이제는 유령에게 접근하는 것이 금지되어 있지 않다는 인상이었다. 이 추측은 곧 예리하게 강도를 더해갔고, 금지된 것은 바로 '마일스'라는 인상으로 직접 이어지는 듯했다. 커다란 창틀과 네모진 모양은 그에게 일종의 실패를 드러내는 한 가지 이미지였다. 어떻든 마일스는 안에 갇혀 있거나 밖에 내쫓긴 듯이 보인다는 느낌이 들었다. 아이는 감탄스러운 태도를 유지하고 있었지만 편안한 상태는 아니었다. 나는 이 사실을 받아들이며 희망이 고동치는 것을 느꼈다. 유령이 출몰하는 유리창 너머에서 아이는 보이지 않는 어떤 것을 찾고 있지나 않았을까? 이 사건 전체에 있어서 그러한 능력의 상실을 그 아이로서는 처음으로 경험한 것이 아니었을까? 정말로 처음으로, 생전 처음 겪는 일이었을 것이다. 나는 그것을 상서로운 징조로 여겼다. 겉으로 드러내지 않으려고 조심했지만 그러한 사실로 인해서 아이는 불안해했다. 마일스는 하루 종일 불안한 상태였고, 평소의 상냥한 태도로 식탁에 앉아 있을 때에도 그 불안함을 용케 억누르기 위해서 기묘하고도 사소한 재주를 모두 발휘해야 했다. 마일스가 마침내 몸을 돌려 나를 마주했을 때, 아이의 재주는 거의 바닥이 난 듯이 보였다. "블라이가 제게는 아주 잘 맞아서 다행이라고 생각해요."

"지난 24시간 동안 이전보다 블라이를 훨씬 더 많이 둘러본 것 같구나. 혼자서 즐겁게 지냈기를 바란단다." 나는 용감하게 말했다.

"네, 지금까지는 즐거웠어요. 몇 마일 떨어진 곳까지 돌아다녔죠. 이렇게 자유로웠던 적은 없었어요."

아이는 진정 자기 나름의 방식이 있었고 나는 그저 아이와 보조를 맞추기 위해 노력할 따름이었다. "그래, 자유로워서 좋았니?"

아이는 거기 서서 미소를 지었고, 드디어 "선생님도 그래요?"라고 물었다. 그 두 단어에는 내가 지금껏 들은 두 단어에 내포된 것보다 훨씬 더 많은 의미가 담겨 있었다. 하지만 내가 그 말에 대답할 겨를도 없이 아이는 그 버릇없는 말을 무마해야 할 필요가 있다고 생각한 듯 말을 계속했다. "그 말을 받아들이는 선생님의 태도보다 더 매력적인 것은 없을 거예요. 이제 우리가 단 둘이 있게 되면 대체로 혼자 지내게 될 쪽은 물론 선생님이니까요. 하지만 선생님이 특별히 신경 쓰시지 않기를 바라요." 아이는 덧붙였다.

"너와 상대할 것을 신경 쓰느냐고?" 나는 물었다. "얘야, 내가 어떻게 신경 쓰지 않을 수 있겠니? 내가 네 친구로서의 권리는 모두 포기했지만—넌 나를 능가하는 곳에 있으니까—적어도 나는 그것을 무척 즐겁게 여긴단다. 그렇지 않으면 무엇 때문에 내가 계속 머물러 있겠어?"

마일스는 나를 똑바로 바라보았다. 이제 조금 더 심각해진 그 얼굴 표정은 지금까지 보아온 것보다 더욱 아름답게 여겨졌다. "단지 그것 때문에 선생님이 머물러 계신다고요?"

"물론이지. 나는 너의 친구로서 너에 대한 엄청난 관심을 가지고 있기 때문에 머물러 있는 거야. 네게 가치 있는 어떤 일이 너를 위해 일어날 때까지 말이지. 이런 말을 듣는다고 해서 놀랄 필요는 없단다." 내 목소리가 너무 떨려서 그것을 억제하려고 해봐야 소용이 없다고 느껴졌다. "폭풍우가 치던 밤 내가 네 침대에 앉았을 때, 너를 위해서라면 이 세상에서 못할 일이 없다고 말했던 것을 기억하니?"

"아, 네!" 아이도 그 나름대로 불안해하는 것이 역력했고 목소리를 가다듬어야 했다. 그러나 아이는 나보다 훨씬 더 훌륭하게 해냈고, 심각한 와중에도 큰 소리로 웃으며 우리가 나누는 이야기가 유쾌한 농담인 척할 수 있었다. "생각해보니까 그것은 그저 선생님을 위해서 뭔가를 하도록 만들려는 말이었어요!"

"부분적으로는 네게 무언가를 하도록 하려는 것이었지." 나는 인정했다. "하지만 알다시피 너는 그것을 하지 않았어."

"아, 그래요." 아이는 겉으로만 열성적으로 활기차게 말했다. "선생님께 뭔가 이야기해주기를 바라셨지요."

"맞아. 자, 터놓고 이야기해봐. 네 마음속에 두고 있는 것 말이야."

"그러면, 바로 이것 때문에 계속 머물러 계신 거예요?"

아이는 명랑하게 말했지만 그 속에서 분노의 섬세한 떨림을 여전히 포착할 수 있었다. 하지만 그렇게 미약하기 짝이 없는 굴복의 기미가 내게 미친 영향에 대해서 나는 표현할 수조차 없다. 내가 갈망했던 것이 마침내 도래했지만 그저 나를 놀라게 하는 데 그칠 것 같았다. "자, 그래. 속 시원히 내 마음을 털어놓는 것이 좋겠지. 바로 그것 때문이었단다."

마일스는 아주 오래 뜸을 들이며 말을 하지 않았기에 나는 그것이 내 행동의 근거를 이루는 가설을 부인하기 위해서라고 생각했다. 그러나 그 애가 마침내 한 말은 이러했다. "지금, 여기서 말이에요?"

"이보다 더 나은 장소나 시간은 있을 수 없겠지." 아이는 불안하게 주위를 둘러보았다. 나는 아이에게서 절박한 공포가 다가오고 있음을 드러내는 첫 번째 징후를 보았고, 전에 없이 기묘한 인상을 받았다. 마치 아이가 갑자기 나를 두려워하는 듯했던 것이다. 어쩌면 나를 두려워하도록 만드는 것이 사실 가장 좋을 거라는 생각이 들었다. 하지만 무척 고통스럽게 그러한 노력을 기울이며, 엄격한 태도를 취해봐야 소용이 없을 거라고 느끼면서, 다음 순간 터무니없을 정도로 부드러운 목소리로 말을 했다. "그렇게도 다시 밖으로 나가고 싶니?"

"정말 그래요!" 아이는 용기를 내어 미소를 지었고, 그 애처로운 허세는 아이가 실제로 고통스럽게 얼굴을 붉힘으로써 더욱 두드러졌다. 아이는 쓰고 있던 모자를 잡고 빙빙 돌리며 서 있었다. 그 태도로 말미암아 나는 목적지의 항구에 막 도달하려는 순간 내가 하고 있는 일이 그릇된 것이라는 공포를 느끼게 되었다. 어떤 식으로든지 그것을 하는 것은 폭력적인 행위였다. 그것은 아름다운 친교의 가능성을 내게 보여주었던 무력한 어린아이에게 조악함과 죄의식이라는 개념을 강요하는 것이 아니라면 무엇이겠는가? 그렇게 섬세한 존재에게 순전히 이질적인 투박함을 덮어씌워서 곤란하게 만드는 것은 비열한 일이 아니었던가? 지금 나는, 그 당시에는 가능하지 않았던 명료한 의미를 우리의 상황에 덧붙여 읽는다고 생각한다. 우리의 흐린 눈이 앞으로 다가올 고뇌를 예시하는 섬광으로 이미 타오르고 있음을 보는 듯하기 때문이다. 그래서 우리는 감히 맞붙지 못하는 투사들처럼 공포와 망설임으로 주위를 맴돌았다. 그러나 우리가 두려워했던 것은 서로를 위해서였다! 그로 인해 우리는 좀 더 오래 유보상태를 유지했고 다치지 않을 수 있었다. "선생님께 모든 것을 말씀드릴게요." 마일스가 말했다. "선생님이 원하는 것은 무엇이든 말할 생각이에요. 선생님은 나와 함께 계속 계실 거고 우리는 둘 다 괜찮아질 거예요. 정말로 선생님께 말할 거예요. 정말이에요. 하지만 지금은 아니에요."

"왜 지금은 안 된다는 말이지?"

내가 다그치자 아이는 몸을 돌려 아무 말 없이 다시 창가로 갔다. 우리 사이에는 바늘 떨어지는 소리가 들릴 만큼 침묵이 흘렀다. 그러고 나서 아이는 터놓고 문제를 해결해야 할 중요한 존재가 밖에서 기다리는 듯한 태도로 다시 내 앞에 섰다. "나는 루크를 만나야 해요."

나는 아직껏 아이가 그렇게 옹색한 거짓말을 하도록 몰아간 적이 없었기에 부끄러움을 느꼈다. 하지만, 끔찍한 일이기는 해도, 아이의 거짓말은 나의 진실을 만들어냈다. 나는 생각에 잠겨 뜨개질의 고리 몇 개를 만들었다. "자, 그렇다면 루크에게 가렴. 나는 네가 약속한 것을 기다릴 거야. 다만 그 보답으로 네가 가기 전에 아주 작은 부탁을 들어주렴."

아이는 충분히 성공을 거두었으므로 사소한 것은 흥정할 수 있다고 느끼는 듯이 보였다. "아주 작은 거라고요?"

"그래, 전체에서 아주 작은 부분에 불과한 거야. 내게 말해다오." 뜨개질에 몰두하면서 나는 대수롭시 않은 듯이 말했다. "어제 오후에 홀의 탁자에서 네가 내 편지를 가져갔는지 말이야."

24

주의력의 갑작스런 분산이라고밖에 묘사할 수 없는 어떤 것 때문에 나는 잠시 이 질문을 마일스가 어떻게 받아들였는지 인식하지 못했다. 그 충격으로 처음에 나는 벌떡 일어나서 그저 맹목적으로 아이를 붙잡아 꼭 끌어안았고, 가까이 있는 가구에 기대려고 하다가 넘어지는 순간에도 본능적으로 아이의 등을 창문 쪽으로 향하게 했다. 내가 이곳에서 상대해야 했던 그 유령이 우리에게 모습을 드러냈던 것이다. 피터 퀸트는 감옥 앞에 선 보초처럼 눈앞에 나타났다. 다음 순간 그가 바깥쪽에서 창문으로 다가오는 것이 보였고, 창문 가까이에서 그 너머를 노려보며 저주받은 그의 흰 얼굴을 다시 한 번 방에 들이대고 있다는 것을 알았다. 그 순간 내가 결단을 내렸다고 말한다면, 그것을 보았을 때 내 내면에서 어떤 일이 벌어지고 있었는지를 아주 조야하게 표현하는 것에 불과하다. 하지만 어떤 여성도 그처럼 몹시 당황한 상태에서 해야 할 일을 파악하는 능력을 그렇게 짧은 순간에 되찾은 경우는 없었다고 믿는다. 눈앞의 그 존재에 대해 엄청난 공포를 느끼면서도 내 시야에 들어온 그를 보며 든 생각은, 소년이 의식하지 못하도록 해야 한다는 것이었다. 나는 내 의지대로 대단히 탁월하게 그 일을 해낼 수 있다는 느낌이 들었으며, 그것은 그 순간의 영감이었다고 말하는 것밖에는 다른 이름을 붙일 수 없었다. 마치 그것은 인간의 영혼을 놓고 악마와 싸우는 것 같았다. 이런 상황을 제대로 평가했을 때쯤, 나는 떨리는 손으로 팔 하나 거리에 붙잡고 있는 그 인간 영혼의 사랑스러운 어린 이마에 완벽한 이슬처럼 땀방울이 맺혀 있는 것을 보았다. 내 얼굴 가까이 있는 그 얼굴은 유리창에 기대고 있는 유령의 얼굴처럼 하얗게 질려 있었다. 이내 그 얼굴에서 나지막하지도 희미하지도 않지만 아주 먼 곳에서 울리는 듯한 어떤 소리가 흘러나왔고, 나는 그것을 향기로운 바람처럼 마셨다.

"그래요 선생님, 제가 그걸 가져갔어요."

이 말에 나는 기쁨의 탄성을 내지르며 아이를 감싸고 꼭 끌어안았다. 아이를 내 가슴에 안고서, 그 작은 몸에서 갑자기 열이 오르며 작은 심장이 엄청나게 고동치는 것을 느끼면서, 나는 창문의 그 물체에 시선을 고정시켰고 그것이 움직이며 자세를 바꾸는 것을 보았다. 나는 그것을 보초에 비유했지만, 그 순간 그것이 천천히 오가는 동작은 좌절한 짐승이 배회하는 것에 가까웠다. 하지만 이제 막 솟아난 용기는 심하게 넘칠 정도라서 그것이 너무 발산되지 않도록, 비유적으로 말하자면, 내 불꽃을 가려야 했다. 그사이 그 얼굴은 다시 창가에서 번뜩이며 이쪽을 노려보았다. 그 악당은 감시하며 기다리려는 듯 뚫어지게 바라보고 있었다. 이제는 그에게 도전할 수 있다는 자신감과 더불어, 아이가 전혀 알지 못하고 있다는 분명한 확신이 들었기 때문에 나는 물러서지 않았다. "왜 그것을 가져갔지?"

"선생님이 저에 대해서 뭐라고 말했는지 보려고요."

"편지를 뜯었니?"

"뜯었어요."

나는 마일스와 다시 약간 거리를 두고 아이의 얼굴을 보았다. 조롱의 빛이 완전히 사라지고 오로지 불안감에 찌든 얼굴이 보였다. 놀라운 것은 마침내 내가 승리함으로써 그의 감각이 닫히고 의사소통이 막혀버렸다는 사실이었다. 그는 자기 앞에 뭔가 존재하고 있다는 것을 알았지만 무엇인지를 몰랐다. 더욱이, 내가 그것의 존재와 더불어 그 실체까지 알고 있다는 사실을 알 수 없었다. 창가를 보았을 때 대기는 다시 청명하기만 했고 나의 승리로 인해서 그 영향력이 소멸되었는데 이 고통의 중압감이 무슨 대수란 말인가? 거기에는 아무것도 없었다. 나는 내 입장이 정당하며, 분명 모든 것을 알아내야 한다고 느꼈다. "그런데 아무것도 보지 못했겠지!" 나는 의기양양한 기분을 드러냈다.

아이는 아주 슬픈 듯이 생각에 잠겨 고개를 가로저었다. "아무것도 못 봤어요."

"아무것도 못 봤단 말이지!" 나는 기쁨에 겨워 거의 소리를 지를 지경이었다.

"전혀, 아무것도." 아이는 슬픈 듯이 되풀이했다.

나는 아이의 이마에 입을 맞추었다. 이마는 땀에 젖어 있었다. "그래서 그 편지를 어떻게 했지?"

"불에 태워버렸어요."

"태웠다고?" 지금이 유일한 기회였다. "네가 학교에서 한 일이 그런 것이었니?"

아, 이 말이 어떤 말들을 불러냈던가! "학교에서요?"

"편지나 아니면 다른 것들을 가로챘니?"

"다른 것들이요?" 아이는 이제 먼 과거의 어떤 일을 생각하는 듯이 보였고, 그것은 불안감으로 압박을 받아야 기억나는 것이었다. 그것을 아이가 기억해냈음이 분명했다. "내가 훔쳤냐고요?"

나는 머리끝까지 빨개지는 것을 느꼈다. 동시에 그러한 질문을 아이에게 하고, 그 애가 그것을 고려한다는 사실 자체가 이상한 일이 아닌가 하는 의문이 들었다. 그것은 마일스가 더이상 신사가 아니라는 점을, 이 세상에서 얼마나 타락했는지를 보여주었기 때문이다. "바로 그 일 때문에 학교에 돌아가지 않을 거니?"

그가 느낀 것이라고는 약간 서글픔이 배어 있는 놀라움뿐이었다. "제가 돌아가지 않으리라는 것을 알고 계셨어요?"

"나는 모든 것을 알고 있단다."

아이는 이 말에 아주 낯선 표정으로 한참 동안 나를 바라보았다. "모든 것이라고요?"

"모든 것을 알고 있어. 그래서 묻는데, 네가 그렇게 했니?" 나는 그 말을 다시 입에 담을 수 없었다.

마일스는 아주 간단히 말했다. "아뇨. 훔치지 않았어요."

내 얼굴은 아이를 전적으로 믿는다는 것을 틀림없이 보여주었을 것이다. 하지만 내 손은, 순수한 애정을 담고 있기는 했지만, 그것이 아무 일도 아니었다면 대체 무엇 때문에 내가 몇 달 동안 고통을 받았는지 물어보는 듯 아이를 흔들었다. "그렇다면 너는 무슨 일을 했니?"

아이는 막연한 고통 속에서 방의 윗부분을 둘러보았고 아주 힘겹다는 듯이 두세 차례 숨을 들이쉬었다. 바다 밑바닥에 서서 눈을 들어 희미하게 비치는 초록색 빛을 바라보고 있을지도 모를 일이었다. "나쁜 말을 했어요."

"그것뿐이니?"

"학교에서는 그것으로도 충분하다고 생각했어요!"

"너를 쫓아내기에 충분하다고?"

진정, '쫓겨난' 사람치고 이 작은 아이처럼 사실을 해명하기 위해 변명거리를 늘어놓지 않는 사람은 없을 것이다. 아이는 내 질문의 무게를 가늠하는 듯이 보였지만 아주 초연하고 거의 무기력한 태도였다. "음, 그런 말을 하지 않았어야 했어요."

"그런데 누구에게 그런 말을 했지?"

아이는 기억하려고 노력했지만 그것은 수포로 돌아갔다. 기억이 사라진 것이었다. "모르겠어요!"

처량한 패배감을 느끼며 아이는 나에게 미소를 짓다시피 했다. 이쯤해서 사실 그는 완전히 패배한 것이었기에 나는 그만 해두었어야 했다. 그러나 나는 도취되어 있었고, 승리감으로 눈이 멀었다. 비록 바로 그때에도 아이를 그렇게 가까이 오게 했던 바로 그 힘은 이미 반대 방향으로 멀어지게 만드는 힘이었지만 말이다. "모두에게 그런 말을 했니?" 나는 물었다.

"아니요, 저는." 아이는 힘없이 고개를 약간 저었다. "아이들의 이름을 기억하지 못하겠어요."

"아이들이 그렇게 많았어?"

"아니, 몇 명뿐이었어요. 내가 좋아한 아이들이었죠."

좋아한 아이들이었다고? 나는 명료함이 아니라 더욱 어두운 불명료함 속에서 부유하고 있는 듯했다. 1분도 채 안 되어 아이가 어쩌면 죄가 없을지도 모른다는 놀라운 의구심이 깊은 동정심에서 솟아올랐다. 그 순간 그것은 혼란스럽고 헤아릴 수 없는 생각이었다. 만약 아이가 순진하다면, 그렇다면 도대체 나는 뭐란 말인가? 이 물음이 슬쩍 스쳐 지나가기만 했는데도 나는 망연자실하여 아이를 조금 놓게 되었다. 아이는 깊은 한숨을 쉬면서 나에게서 몸을 돌렸다. 아이가 창문을 향하고 있었지만 이제 그곳에는 아이가 보지 못하도록 막아야 할 것이 없었기에 그냥 내버려두었다. "그런데 아이들이 네가 한 말을 전했니?" 나는 잠시 후에 말을 이었다.

나에게서 약간 떨어진 곳에 서 있던 아이는 이제는 분노를 느끼지 않았지만, 자신의 의지에 반하여 원치 않는 구속을 받고 있다는 태도로 다시 거센 숨을 들이쉬고 있었다. 전에 그랬던 것처럼 다시 한 번 아이는 어둑어둑한 하늘을 올려다보았다. 지금까지 자신을 지탱해온 것들 중에서 이루 말할 수 없는 고뇌 외에는 아무것도 남지 않은 듯이 보였다. 그럼에도 아이는 대답했다. "그래요. 틀림없이 그 말들을 되풀이했을 거예요. 자기들이 좋아한 사람들에게요." 아이는 덧붙였다.

내가 기대했던 대답에는 미치지 못했지만 그 말을 되새겨보았다. "그리고 그 말들이 돌아서—?"

"선생님에게 들어갔냐고요? 네, 그래요!" 아이의 대답은 아주 간단했다. "하지만 그 사람들이 말할 거라고는 생각하지 않았어요."

"선생님들이? 그렇지 않아. 그분들은 전혀 말하지 않았어. 그래서 내가 너에게 묻고 있는 거야."

아이는 열에 들뜬 그 아름다운 얼굴을 다시 나에게로 돌렸다. "그래요, 너무 나빠요."

"너무 나쁘다고?"

"때로 제가 말했다고 여겨지는 것들이요. 집에 편지를 보내다니."

그렇게 말을 잘 하는 아이가 앞뒤가 맞지 않는 말을 하고 있는 상황의 그 묘한 슬픔을 뭐라고 이름 붙여야 할지 모르겠다. 다만 내가 다음 순간 따뜻하지만 거칠게 "쓸데없는 허튼 소리!"라고 나도 모르게 내뱉었다는 것만 알았다. 그러나 그 다음엔 무척 단호한 목소리로 말했다. "네가 한 말들이 뭐였지?"

아이에 대한 내 엄격함은 재판하거나 형을 집행하는 사람들에게나 어울릴 만한 것이었다. 하지만 그 말을 듣고 아이는 다시 몸을 돌렸다. 아이가 몸을 돌린 것과 동시에 나는 단숨에 벌떡 일어나 억제할 수 없는 비명을 지르며 곧장 그 애에게 달려갔다. 마치 아이의 고백을 망쳐버리고 아이의 대답을 막으려는 듯, 우리에게 무시무시한 고뇌를 주는 장본인이 그 저주받은 흰 얼굴을 유리창에 대고 있었던 것이다. 내 승리가 꺾이고 전투가 다시 시작되었다는 사실에 구역질이 나고 발밑이 빙빙 돌았다. 내가 벌떡 일어나 거칠게 뛰어간 그 급작스러운 행동은 그저 내가 감추려던 것을 내보였을 뿐이었다. 뛰어가는 와중에 나는 아이가 뭔가 짐작하듯 내 행동을 지켜보는 것을 보았다. 지금도 아이는 그저 짐작만 할 따름이며, 아직도 창문에 아무것도 보이지 않는다는 사실을 알아차리고는, 그가 느끼는 극도의 경악을 해방의 근거로 비꿔놓으려는 충동이 내 내면에서 불타올랐다. "더 이상은 안 돼, 더 이상 안 돼, 이제는 안 돼!" 나는 아이를 끌어안고 그 망령에게 비명을 질렀다.

"그 여자가 여기 있어요?" 마일스는 눈을 감고 내가 말한 방향을 감지하면서 숨을 헐떡였다. 아이가 기이하게도 '그 여자'라고 말한 것에 깜짝 놀라서 내가 숨 가쁘게 "제슬 양, 제슬양!"이라고 되풀이하자 아이는 갑작스럽게 화를 내며 나를 밀쳤다.

깜짝 놀라서 나는 아이가 생각하는 바를 간파했다. 우리가 플로라에게 저지른 짓을 연장하고 있다고 추측한 것이다. 나는 아이에게 그것보다는 이번이 훨씬 더 대단하다는 것을 보여 주고 싶어졌다. "제슬 양이 아니야! 하지만 그것은 창가에 있어. 바로 우리 앞에 말이야. 저기 있지. 저 끔찍한 겁쟁이, 저기 마지막으로 있는 거야!"

이 말에 마일스는 냄새를 맡고 추적하는 당황한 개처럼 고개를 돌렸다. 그러고 나서 공기와 빛을 찾으려는 듯 미친 듯이 머리를 흔들어대더니 분노로 하얗게 질려서 나에게 달려들었다. 어리둥절해하며 온 방 안을 노려보았으나 헛수고였고 아무것도 찾지 못한 것이다. 비록 지금도 나는 그것이 방대하고 압도적인 존재로 독기처럼 온 방 안을 채우고 있음을 느낄 수 있었지만 말이다. "그 남자예요?"

나는 모든 증거를 확보하려고 단단히 결심하고 있었으므로 대번에 냉정한 태도로 아이에게 도전했다. "'그 남자'라니 무슨 뜻이지?"

"피터 퀸트 말이야, 이 악질아!" 온 방 안을 둘러보며 아이의 얼굴은 다시 애원하듯 경련을 일으켰다. "어디라고?"

아이가 결국 입에 올린 그 이름과, 나의 헌신적 보살핌에 대한 아이의 찬사가 아직도 내 귀에 생생하다. "지금 그 사람이 무엇 때문에 문제가 되지, 애야? 그 사람이 조금이라도 중요할까? 너를 가진 것은 나야." 나는 그 짐승에게 퍼부었다. "그리고 그자는 너를 영원히 잃어버렸어!" 그런 다음 내 과업을 과시하기 위해서 나는 마일스에게 말했다. "저기, 저기야!"

마일스는 이미 몸을 휙 돌려 그곳을 다시 뚫어지게, 사납게 노려보고 있었으나 고요한 저녁 풍경 외에는 아무것도 보지 못했다. 내게 그토록 자랑스러웠던 그 상실의 타격으로 인해서 아이는 나락으로 떨어지고 있는 짐승처럼 비명을 내질렀다. 나는 아이를 되찾으려 했지만 그것은 추락하고 있는 아이를 붙잡는 것이나 다름없었다. 나는 아이를 붙잡았다. 그래, 나는 그 아이를 꼭 잡았다. 얼마나 뜨거운 열정으로 아이를 안고 있었는지 짐작할 수 있으리라! 그러나 1분이 지나자 내가 붙들고 있는 것이 진정 무엇인지를 느끼게 되었다. 고요한 저녁 시간에 남아 있는 사람은 우리 둘뿐이었고, 그의 작은 심장은 유령에게서 버림받아 이미 멈춘 다음이었다.

보여주되
설명하지 않는
모호함의 미학

정상준(서울대 영문학과 교수)

생전에 그리 큰 성공을 거두지 못했던 헨리 제임스가 탁월한 소설가로 인정받게 된 이유 중의 하나로 영국의 저명한 비평가 F. R. 리비스의 공을 들 수 있다. 리비스는《영국 소설의 위대한 전통》에서 제임스를 제인 오스틴, 조지 엘리엇, 조지프 콘래드와 함께 영국 소설의 맥을 잇는 작가로 지목하며, 심리적 리얼리즘을 구축한 소설가라고 극찬했다. 이렇게 리비스가 그를 영국 소설의 정전에 올려놓자 이후 '제임스 산업'이라고 표현될 수 있을 만큼 그에 관한 방대한 연구가 이어졌고, 지금도 그의 작품은 일반 대중들보다는 비평가들의 주목을 받으며 무수한 분석을 이끌어내고 있다.

　제임스에 대한 리비스의 평가에서 가장 주목할 만하고 지금도 유효한 것은 '심리적 리얼리즘'에 대한 관심일 것이다. 여러 가지 면에서 제임스에게 영향을 미쳤고 또 제임스 자신도 찬탄을 금치 못했던 작가 조지 엘리엇이 인간의 내면에서 작용하는 무의식적인 동기와 성격적 특성이 인간의 삶을 결정짓는 양식에 관심을 두었다면, 제임스는 한 걸음 더 나아가 모호한 감정적 영역의 미묘한 뉘앙스를 다루었다고 볼 수 있다. 그는 어떤 인물의 의식에 들어오는 주위의 온갖 인상들과, 그것들이 내면에 미치는 영향을 마치 현미경을 통해 들여다보듯이 꼼꼼히 살펴보고, 그 미묘한 움직임을 정확히 그려냈다. 제임스의 걸작이라고 흔히 평가되는 후기의 삼부작, 《특사들(The Ambassadors)》《비둘기의 날개(The Wings of the Dove)》《황금주발(The Golden Bowl)》이 마치 후기 인상파의 그림처럼 여겨지는 것도 이와 무관하지 않을 것이다. 숱한 붓질을 통해서 형체와 색채를 이루어가는 그림처럼, 그의 작품들은 무수한 인상들이 쌓이며 서서히 윤곽과 의미를 드러낸다. 제임스 작품의 악명 높은 난해성은 이와 같은 그의 관심 영역과 소설 기법에서 비롯된다고 하겠다.

전체적으로 보면 《나사의 회전》도 모호한 심리 영역의 탐구라는 점에서 제임스의 여타 소설들과 같은 주제를 보여준다. 익명의 서술자인 가정교사의 의식에 초점을 맞춰서, 그녀가 영국의 한적한 시골 저택에서 체험한 이야기를 다루고 있는 이 작품은, 표면적으로는 유령을 다룬 고딕소설로 볼 수 있지만, 통속적인 유령 이야기와는 전혀 다르다. 무엇보다도 이 소설에서 유령이 실제로 등장한 것인지조차 의심스럽게 제시되고 있다는 점은, 이 소설이 전형적인 고딕소설들과 달리 공포를 둘러싼 심리적 흐름을 면밀히 탐구하고 있음을 보여준다.

원래 이 소설은 제임스가 캔터베리 대주교인 E. W. 벤슨과 차를 마시다가 그에게서 들은 유령 이야기에 영감을 받아 집필된 것이다. 제임스는 작가 노트에 이 이야기를 다음과 같이 기록해놓았다.

> 아마도 부모가 사망한 후 하인들의 손에 맡겨진 어린 아이들의 이야기(숫자와 나이는 분명치 않음). 사악하고 타락한 하인들이 아이들을 물들인다. 아이들은 사악할 정도로 불량하고 부도덕하다. 하인들이 죽고 …… 그들의 유령이 돌아와서 아이들에게 나타난다. 하인들은 내려앉은 담장이나 깊은 개울 등 위험스러운 곳에서 손짓, 몸짓으로 아이들을 부른다. 아이들이 그들에게 반응을 보이고 그들의 지배를 받게 되면 파멸한다. 아이들을 그들로부터 보호하면 아이들을 구할 수 있다. 하지만 그들은, 이 악한 존재들은, 아이들을 장악하기 위하여 끊임없이 노력한다. 문제는 아이들이 '그들이 있는 곳으로 건너가는가' 하는 점이다. 이 이야기는 모호하고 불완전하지만 거기에는 이상스럽게 소름 끼치는 효과가 있다. 반드시 외부의 목격자나 관찰자가 서술해야 할 이야기로 보인다.

이 작은 씨앗에서 3년 후, 제임스의 작품 가운데 가장 논란의 여지가 많은 《나사의 회전》이 탄생했다. 당시 제임스는 다른 어러 작가들처럼 유령에 관심이 많았다. 1840년대 폭스 자매가 사자(死者)와 소통을 시도한 것이 사기라고 밝혀진 이후에도 심령술은 여전히 사람들의 관심을 끌었으며, 정신 현상은 진지한 과학적 탐구의 대상이었다. 한편 그의 아버지와 형은 심령연구학회의 회원이었는데(심리학자였던 형은 회장을 역임하기도 했다), 초자연적 현상과 다양한 형태의 심령술, 정신 현상의 연구에 관심이 많았다. 이러한 주변 분위기와 사회적 분위기 속에서, 제임스 자신이 유령의 존재를 실제로 믿었는지는 알 수 없지만, 그는 그 문제에 관심을 가지고 있었고, 연구 결과를 알고 있었으며, 연구자들과 직접 접촉하고 있었다. 따라서 《콜리어스 위클리》의 발행인이 유령 이야기를 써달라고 했을 때 그가 참고할 수 있는 실제 사례는 얼마든지 있었을 것이다.

이 작품은 유령들의 소름 끼치는 영향력과 그로 인한 사악하고 불길한 분위기를 탁월하게 전달한다. 제임스 자신도 "이 이야기로 세상 사람들 모두에게 공포의 감정을 불러일으키고, 독자들을 겁에 질리게 하고 싶었다"고 말한 바 있다. 그는 또한 뉴욕판 서문에서는 이 유령들이 '사악함의 심연'을 대변하고, 악의 기운을 퍼뜨리는 주체로 형상화하기 위해 노력했다고 언급하기도 했다. 제임스가 사망한 후 그를 회상하는 글에서 한 비평가는 《나사의 회전》을 이렇게 평했다. "내가 읽은 유령 이야기 가운데 가장 강력하고 섬뜩한 작품이다. 피가 어는 것 같았고, 등골이 오싹했다. 머리카락 하나하나를 곤두서게 만들었다." 21세기의 독자가 이 느낌에 얼마나 동의할지는 다소 의심이 가지만, 이 작품이 훌륭한 유령 이야기라는 점은 분명해 보인다.

그러나 《나사의 회전》에서 핵심적인 문제는 과연 유령이 실재하는가 하는 점이다. 퀸트와 제슬의 유령이 정말 아이들에게 나타났는가, 아니면 가정교사의 상상 속에서만 존재하는가? 아이들이 정말로 유령의 사악한 영향을 받아 거짓말을 하고 있는가, 아니면 그 모든 것들은 그저 가정교사의 착각과 환영에 불과한가? 어느 입장을 취하는가에 따라 작품의 해석은 근본적으로 달라지며, 상반되는 두 해석은 양립하지 못할 것처럼 보인다. 즉 유령이 실재하고 가정교사가 제정신이고 아이들이 타락했든지, 그 반대이든지 둘 중 하나일 수밖에 없다.

많은 비평가들은 이 소설의 유령이 가정교사의 환각에 불과하다고 주장한다. 이 주장에 수긍이 가는 것은 무엇보다도 유령들이 다른 사람들에게는 보이지 않고 오직 가정교사에게만 나타나기 때문이다. 가정교사는 또한 자신에게 맡겨진 두 아이의 모든 발언과 행위를 자신의 입장에서 파악한다. 그녀는 아이들이 간교하기 때문에 유령과 만난 사실을 인정하지 않는다고 믿고 아이들을 추궁한다. 그로스 부인에게도 자신의 권위를 이용해 유령의 실체를 믿도록 은근히 강요하는 모습을 보이기도 한다. 말하자면 독자에게 그녀는 '믿을 수 없는 화자'인 것이다.

가정교사의 이런 상태에 무의식적 '성적 동기'를 부여하면 더욱 환상적인 독해가 가능해진다. 소설의 전반부에 제시되어 있듯이, 그녀는 저택의 주인인 젊고 멋진 사교계의 신사를 만난 후, 그의 특별한 관심을 받고 있다고 착각하기도 하고, 그가 자기를 신뢰하여 특별한 임무를 맡긴 거라고 생각하기도 하는 등 확신할 수 없는 심리 상태를 드러낸다. 시골 목사의 딸로 외롭게 성장하면서 형성된 성적 억압은 아이들의 백부에 대한 감정과 합쳐지고, '환상'의 형태를 갖추어 전직 하인인 퀸트에게 투사된다. 퀸트가 탑 위에 나타나고 제슬이 호숫가에 나타나며, 플로라가 나뭇조각의 구멍에 막대기를 꽂는 행위 등은 억압된 성적 욕망이 표출된 상징적인 행동이다. 이러한 물건과 배경은, 지나치게 명백한 것이 문제지만, 성적인 상징이 문학적으로 재현된 것이다(탑과 막대기는 남성 성기를 상징하며 호수와 구멍은 여성 성기를 상징한다). 또한 가정교사로서 생계대책을 마련해야 하는 상황에서 짐작할 수 있듯이 그녀는 사회적, 경제적 기반이 취약한 인물이다. 결혼 외에는 별다른 대안이 없던 당대 여성들의 삶을 고려해볼 때 그녀의 심리는 이미 상당히 불안정한 상태였으리라고 짐작할 수 있다. 이러한 상태에서, 더욱이 고딕소설에 적합한 분위기의 고택에 기거하면서 그녀는, 억제된 성적 욕구와 좌절감에서 히스테리성의 노이로제를 일으키며 유령을 보았다고 믿고, 모든 사물과 대화의 의미를 곡해하고, 극도의 자기기만과 환상에 빠져들었다고 볼 수 있다. 이 주장에서는, 유령과 아이들에 관한 이야기가 그 자체로서는 의미가 없고, 무엇보다 가정교사를 형상화하기 위한 일종의 독백으로 기능한다고 본다. 퀸트와 제슬은 아이들을 위험에 빠뜨리고 유혹하기 위해 존재하는 것이 아니라, 가정교사가 미쳤다는 것을 보여주기 위해 존재한다는 것이다. 일부 비평가들은 더 나아가 이 작품이 제임스 자신의 성적 억압과 형과의 동성애를 드러내는 것인지도 모른다고 추측하기도 한다.

이러한 해석이 작품의 재미를 더해주기도 하지만, 소설 속에서 유령은 상당한 실체감을 갖고 등장한다. 구체적으로 살펴보면, 유령의 존재를 인정하지 않을 경우 설명하기 어려운 사실이 많다. 예컨대 왜 가정교사는 계속 가정교사로 남으며, 왜 더글러스는 프롤로그에서 그녀에게 긍정적인 평가를 내리는가? 어떻게 가정교사는 한 번도 본 적이 없는 퀸트의 모습을 그로스 부인에게 정확하게 묘사할 수 있는가? 왜 그로스 부인이 처음에는 유령의 존재에 대해 의심하다가 소설의 마지막 부분에서는 유령이 방문하여 아이들을 타락시켰다고 믿는가? 제임스 본인도, 가정교사보다는 아이들과 유령에 더 관심이 많으며, 이 유령들은 사악함을 대변하는 존재라고 분명히 밝힌 적이 있다. 그런데도 작가의 의도를 전적으로 무시할 수 있을까?

어떤 해석을 지지하든 《나사의 회전》에는 상반된 두 의견을 뒷받침하는 근거가 충분하며, 사실 이 부분이 제임스의 가장 뛰어난 성취라고 할 수 있다. 한 걸음 더 나아가 '과연 두 독해가 반드시 상호배타적일 필요가 있는가' 하는 의문을 제기할 수 있다. 제임스는 의식적으로는 악령에 사로잡힌 아이들에 관한 이야기를 했지만, 무의식적으로는 내면의 문제로 말미암아 도덕성의 혼란을 겪고 있는 여성에 관한 이야기를 했다고 볼 수도 있는 것이다.

《나사의 회전》에서는 유령의 실재뿐만 아니라 퀸트와 제슬의 유령이 아이들에게 가하는 악행이 정확히 무엇이었는지도 구체적으로 명시되지 않는다. 퀸트와 제슬 간의 관계도 분명치 않다. 이처럼 제임스의 소설은, 작품의 중요한 쟁점이 될 수 있는 부분에 대해 명확하게 밝히지 않는 것을 특징으로 한다. 그는 '절대적 악행, 최악의 행동이 무엇인가'라는 물음에 대한 답이 보는 사람에 따라서 달라질 수 있으므로, 그것을 공백으로 남겨두었다고 말한다. 막연한 암시만 제공하여 독자가 형상화할 수 있는 최악의 경우를 스스로 상상하도록 만드는 것이다. 독자는 자신의 경험과 성향에 따라 다양한 방법으로 그 공백을 채울 수 있다.

명료한 해석을 의도적으로 회피하는 이 작품에 독자에 따라서는 짜증과 허탈, 불만족을 느낄 수도 있을 것이다. 하지만 반대로 생각해보면, 상반된 독해를 가능하게 만드는 대화와 장면, 암시와 복선을 따라가면서 모호함의 공백을 메우고 자신만의 의미를 만드는 작업도 문학작품을 읽는 큰 즐거움이 될 수 있지 않을까.

헨리 제임스의 할아버지 윌리엄 제임스, 아일랜드에서 미국으로 이주.	**1789**
아버지 헨리 제임스 1세 출생.	**1811**
할아버지 사망. 12명의 자녀들 약 300만 달러의 유산 상속.	**1832**
철학자이자 심리학자인 형 윌리엄 제임스 출생.	**1842**
4월 15일 뉴욕 시 워싱턴 플레이스 21번지에서 헨리 제임스 태어남. 파리, 런던으로 가족 여행을 떠나 1845년에 귀국.	**1843**
올바니와 뉴욕에서 유년 시절 보냄. 누이동생 앨리스 출생(1848). 아버지 헨리 제임스 1세, 너대니얼 호손, 랄프 왈도 에머슨 등	**1845 ~ 1855**

*다작인 관계로 주요 작품만 추려 명기했습니다.

당대의 손꼽히는 철학자 및 작가들과 교류. 헨리 제임스 미국과 유럽에서 개인적으로 공부.

3년 정도 제네바, 런던, 파리 등에서 학교를 다니며 가정교사의 지도 받음. 1855

에머슨, 헨리 W. 롱펠로, 제임스 러셀 로웰, 올리버 웬델 홈스 등 《애틀랜틱 먼슬리》 창간. 후일 헨리 제임스 이 잡지에 종종 투고. 1857

제임스 가족 로드 아일랜드 주 뉴포트에 정착. 1858

제네바에서 과학학교 다님. 본에서 독일어 공부. 1859

뉴포트에서 학교 다님. 뉴포트에서 자원 소방수로 활동하다 척추 부상. 이 부상으로 남북전쟁 참전 불가. 남동생 둘은 참전. 잠시 미술 공부. 미국 화가 존 러파지와 친교. 1860

하버드 법과 대학에 진학했으나 작가의 길을 걷기 위해 중퇴. 미국 작가 윌리엄 딘 하월스와 친교 맺기 시작. 1862

제임스 가족 보스턴, 케임브리지로 이사. 《콘티넨털 먼슬리》에 첫 단편 〈실수의 비극〉을 익명으로 발표. 《노스 아메리칸 리뷰》의 편집장 찰스 엘리엇 노튼과 친교. 같은 해, 너대니얼 호손 사망. 1864

진보적 주간지 《네이션》에 논평 투고 시작. 본명으로 《애틀랜틱 먼슬리》에 〈한 해의 이야기〉 발표. 1865

영국, 프랑스, 스위스, 이탈리아 여행. 영국 1869

에서 조지 엘리엇 만남. 이듬해까지 엘리엇의 《로몰라》, 《미들마치》, 《대니엘 데론다》 등에 대한 비평을 《애틀랜틱 먼슬리》와 《갤럭시》에 발표.

	1870
사촌 메리 템플(혹은 미니 템플) 사망. 충격을 받고 귀국. 에머슨의 집에서 지내며 당시 《노스 아메리칸 리뷰》 편집장이던 헨리 애덤스를 만남. 《애틀랜틱 먼슬리》에 첫 장편 〈파수꾼〉 연재.

	1871	《파수꾼》

누이동생 앨리스와 유럽 여행. 《네이션》에 여행기 게재. 이때부터 서평, 단편, 여행기 등의 원고료 받으며 경제적으로 자립. | 1872

《애틀랜틱 먼슬리》에 〈로데릭 허드슨〉 연재. 신문사 특파원으로 파리에 거주. 플로베르, 에밀 졸라, 알퐁스 도데, 투르게네프와 교류. 특파원 직을 그만둔 뒤, 런던으로 이주. 《미국인》 집필. | 1875 《로데릭 허드슨》 《열정적 순례자》 《대서양 횡단 스케치》

미국의 외교 정책에 실망하여 런던 정착 결정. 1870년대 후반까지 영국 작가 및 사상가들과 빈번한 교류. | 1876

파리와 로마, 피렌체 방문. 알프레드 테니슨, 로버트 브라우닝과 친교. | 1877 《미국인》

《데이지 밀러》 미국과 유럽에서 호평 받음. | 1878 《프랑스 문인들》 《유럽인들》 《데이지 밀러》

《호손 평전》에서 미국을 문화의 불모지로 묘사하여 논란. | 1879 《호손 평전》

피렌체와 로마 방문.《콘힐 매거진》과《하퍼스》에 〈워싱턴 스퀘어〉 발표.	1880	《워싱턴 스퀘어》
베네치아, 밀라노, 로마, 스위스, 스코틀랜드 방문.	1881	《여인의 초상》
뉴욕과 워싱턴 D.C. 방문 중 오스카 와일드와 짧은 조우. 어머니의 죽음. 영국으로 돌아가 프랑스를 여행하다 아버지의 임종을 지키기 위해 귀국했으나 임종하지 못함.	1882	
파리 다시 방문하여 알퐁스 도데, 에밀 졸라 등과 재회. 소설론인 〈소설의 기예〉 발표. 누이동생 앨리스 런던 거주 시작.	1884	《프랑스 탐방》
런던으로 이주.	1886	《보스턴 사람들》 《카사마시마 공작부인》
이탈리아 여행. 미국 작가 제임스 페니모 쿠퍼의 손녀 콘스탄스 페니모 울슨과 친교. 이 관계의 정확한 성격에 관해서는 그 이후 다양한 의견이 제시됨.	1887	
	1888	《애스펀 문서들》 《반사경》
《보스턴 사람들》의 실패로 심리적·경제적 우울증을 겪은 후, 6년간 극작에 치중.	1889	
《비극적 뮤즈》를 발표하나 실패함. 이것 또한 그의 관심을 극작으로 이동시키는 계기가 됨.	1890	《비극적 뮤즈》
《미국인》을 각색하여 런던에서 연극으로 공연. 비교적 성공을 거둠. 그러나 네 편의 희	1891	

곡은 제작자에 의해 거부당함.

이탈리아 방문 후 런던으로 돌아 옴. 누이동생 앨리스 런던에서 사망.	1892	《대가의 교훈》
울슨이 베네치아에서 자살하여 로마에 있는 그녀의 무덤 방문.	1894	
런던에서 공연된 연극 〈가이 돔빌〉의 첫 공연 시 관객이 보낸 야유에 크게 타격을 받아 극작 포기, 다시 소설 창작으로 관심을 돌림. 스페인과 쿠바의 갈등에 개입하는 미국 정책에 반대.	1895	
구술로 소설을 쓰기 시작함.	1897	《포인턴의 소장품》 《메이지의 자각》
《나사의 회전》이 《데이지 밀러》이후 가장 대중적 인기를 얻음. 영국의 소도시 라이에 램하우스 구입, 창작에 전념. 미서전쟁 발발.	1898	《나사의 회전》
이탈리아 방문. 조지프 콘래드, H. G. 웰스와 친교.	1899	《사춘기》
	1901	《성자의 샘》
	1902	《비둘기의 날개》
런던에서 이디스 워튼과 조우.	1903	《특사들》
	1904	《황금 주발》
25년 만에 고국으로 돌아와 뉴욕, 필라델피아, 워싱턴, 시카고 등 방문.	1905	《영국 기행》

새로 출간될 전집에 포함할 작품 선정, 편집, 서문 집필.	1906	
《헨리 제임스 작품 전집》 간행(1909년 완간).	1907	《미국 기행》 《헨리 제임스 작품 전집》
전집 판매 부진. 우울증으로 고통.	1908	
	1909	《이탈리아 기행》
신경 쇠약 진행. 케임브리지로 함께 돌아갔던 형 윌리엄 사망.	1910	
뉴욕에서 정신과 치료 받은 후, 8월 영국으로 돌아옴.	1911	
옥스퍼드 대학에서 명예 학위를 받음.	1912	
고희를 맞아 화가 존 싱어 사전트가 초상화 그림. 자서전 첫 번째 권 《소년과 다른 사람들》 발표.	1913	《소년과 다른 사람들》
자서전의 두 번째 권 《아들과 아우, 오빠의 노트》 발표. 소설 《상아탑》과 《과거의 느낌》 집필 시작. 제1차 세계대전의 발발로 심적 충격 받음.	1914	《작가론》 《아들과 아우, 오빠의 노트》
건강 악화. 미국이 참전에 소극적인 입장을 보이자 실망, 영국 귀화.	1915	
영국 국왕 조지 5세로부터 명예 훈장 받음. 2월 28일 첼시에서 72세로 사망, 첼시교회에서 장례식 거행. 유해는 매사추세츠 주 케임브리지의 가족묘에 안장.	1916	

자서전 세 번째 권《중년의 세월》간행.	**1917**	《중년의 세월》 《상아탑》 《과거의 느낌》 (모두 유작)
맥밀런 출판사에서 전집 간행(1923년 완간).	**1921**	
	1934	《소설의 기예》
웨스트민스터 사원의 '시인들의 방'에 기념 비 제막.	**1976**	

옮긴이 **정상준**

서울대학교 영어영문학과를 졸업하고 텍사스주립대학교(UT 오스틴)에서 미국학 석사, 하와이주립대학교에서 미국학 박사 학위를 받았다. 현재 서울대학교 영어영문학과 교수다. 〈고어 비달의 《링컨》과 포스트모더니즘 역사소설〉 〈쿠퍼의 인디언들—가죽각반 이야기〉 〈The Originality of William James' Pragmatism〉 등의 논문을 썼다. 지은 책으로 《Representing the Rosenberg Case: Coover, Doctorow, and the Consequences of Postmodernism》이 있고, 《테러리스트》 《아들과 연인》 《미국역사의 순환》 등을 우리말로 옮겼다.

세계문학의 숲 006

나사의 회전

2010년 8월 10일 초판 1쇄 인쇄
2010년 8월 17일 초판 1쇄 발행

지은이 | 헨리 제임스
옮긴이 | 정상준
발행인 | 전재국

발행처 | (주)시공사
출판등록 | 1989년 5월 10일(제3-248호)

주소 | 서울 서초구 서초동 1628-1(우편번호 137-879)
전화 | 편집 (02)2046-2867 · 영업 (02)2046-2800
팩스 | 편집 (02)585-1755 · 영업 (02)588-0835
홈페이지 | www.sigongsa.com
세계문학의 숲 홈페이지 | www.sigongclassic.com

ISBN 978-89-527-5982-5(04840)
       978-89-527-5961-0(set)